MORD IM PRIME TOWER

Oliver Thalmann landete mit seinem Debütroman «Mord im Hotel Savoy» gleich in den Top Ten der Schweizer Taschenbuch-Bestsellerliste. Er wurde 1975 geboren und wuchs in Hergiswil bei Willisau im Kanton Luzern auf. Er lebt mit seiner Ehefrau und seinen zwei Kindern im Kanton Zürich.
www.oliverthalmann.ch
Instagram: oliverthalmann.ch
Facebook: oliverthalmann.ch

OLIVER THALMANN

MORD IM PRIME TOWER

Kriminalroman

emons:

Bibliografische Information der Deutschen Nationalbibliothek
Die Deutsche Nationalbibliothek verzeichnet diese Publikation in der Deutschen Nationalbibliografie; detaillierte bibliografische Daten sind im Internet über http://dnb.d-nb.de abrufbar.

MIX
Papier | Fördert gute Waldnutzung
FSC® C083411
FSC
www.fsc.org

Umschlagmotiv: shutterstock.com/SilvanBachmann
Umschlaggestaltung: Nina Schäfer, nach einem Konzept von Leonardo Magrelli und Nina Schäfer
Umsetzung: Tobias Doetsch
Gestaltung Innenteil: DÜDE Satz und Grafik, Odenthal
Druck und Bindung: CPI – Clausen & Bosse, Leck
Printed in Germany 2023
ISBN 978-3-7408-1769-5
Originalausgabe

Wer anderen die Freiheit verweigert,
verdient sie nicht für sich selbst.

Abraham Lincoln

1

Monti starrte den Teufel an.

Der Satan spielte mit dem Menschen eine Partie Schach um dessen Seele, während im Hintergrund ein Engel wachte, jedoch vom Geschehen auf dem karierten Brett gelangweilt und schliesslich eingeschlafen war.

Monti wandte seinen Blick vom Gemälde an der Wand ab.

Er musste eine Entscheidung treffen, und zwar rasch.

Die Uhr tickte, und ihm verblieben nur noch fünf Minuten.

Es fühlte sich an, als hätte jemand die Frequenz des Zeitzählers erhöht.

Die Stille im Raum war nicht zum Aushalten. Er spürte das Adrenalin in seinen Adern pumpen, sein Herzschlag hatte sich erhöht, und seine Hände waren feucht.

Heute musste es funktionieren.

Ein zweites Mal würde er einen Gegner nicht entwischen lassen. Die Erinnerung an den letzten Misserfolg brannte in seinem Gedächtnis. Der Flüchtigkeitsfehler, der ihm damals unterlaufen war, hatte ihm eine schlaflose Nacht beschert und ihn noch Tage verfolgt. Selbst das Einreden von Kollegen, dass alle einmal einen Fehler machten und es nicht das Ende der Welt sei, half ihm nicht, denn er war selbst sein grösster und härtester Kritiker. Die anschliessende Analyse hatte ihm das Missgeschick aufgezeigt: schwarz auf weiss, gedruckt auf einem A4-Blatt und mit einem dicken Fragezeichen versehen.

Er hatte die Optionen seines Kontrahenten nur oberflächlich, nicht sorgfältig genug evaluiert. Man musste konzentriert bleiben bis zum Schluss. Nur ein einziger Fehler, eine kleine Unachtsamkeit, eine Prise Nachlässigkeit und das Spiel drehte sich um hundertachtzig Grad.

Schach war brutal.

Es war klar, dass er eine gute Stellung erreicht hatte. Seine schwarzen Figuren waren weit ins gegnerische Lager vorgerückt. Der Raumvorteil sollte ausreichen, sein Gegner war eingeengt, den einzigen Fluchtweg hatte er dieses Mal zugestellt, trotzdem machte sein Gegenüber keine Anstalten zu resignieren.

Monti musste den richtigen Moment abwarten, um zuzuschlagen und die Schlinge festzuziehen. Von aussen betrachtet erschien es immer so einfach, eine vorteilhafte Stellung in einen Gewinn zu verwandeln, die praktische Umsetzung, wenn man selbst die Entscheidungen treffen und verantworten musste, gestaltete sich oft schwieriger, was er bereits mehrfach am eigenen Leib hatte erfahren müssen.

Jetzt durfte er den Plan nur nicht zu stark hinterfragen, sonst sah man plötzlich Geister, die einem Gefahren weismachten, die es gar nicht gab, und die einen so vom Gewinnweg abbrachten.

Monti atmete dreimal – ganz langsam – tief ein und aus. Er streckte die rechte Hand aus, nahm den weissen Bauer vom Brett und setzte seinen schwarzen Springer auf das frei gewordene Feld.

Sein Widersacher blickte mit weit geöffneten Augen auf das Brett, gefolgt von einem Seufzer, bevor er Monti anstarrte, der den gespielten Zug auf seinem Partieformular notierte.

Eine Ablehnung des Opfers kam nicht in Frage, ansonsten würde Weiss einen Turm verlieren, und sein König würde einen wichtigen Verteidiger einbüssen.

Weiss stand auf Verlust, aber sein Gegenüber gab nicht auf. Der Herr war zäh wie sieben Tage altes Brot und schlug den Springer mit seinem Bauern und drückte auf die Uhr.

Weiss hatte vierzig Minuten Restbedenkzeit, das war das Einzige, was für das Weiterspielen sprach.

Monti schaute sich die neue Stellung an, führte eine letzte Kontrollrechnung in seinem Kopf durch und setzte dann seinen Bauern auf das Feld c1, griff nach der Dame neben dem Brett, ersetzte den Bauern durch diese und betätigte die Uhr.

Bevor er den Zug auf seinem Formular notiert hatte, hielt

der Gegner die Schachuhr an und reichte ihm schweigend die Hand.

Game over.

2

Hans Notter hatte die dreizügige Kombination gesehen, die Monti vorbereitet hatte und zwei Züge zuvor in zwanzig Minuten in seinem Kopf zigmal auf mögliche Fehler und Schlupflöcher durchgegangen war. Montis Gegenüber gönnte ihm die Ausführung der «Petite Combinaison» nicht, wie sie von seinem grossen Vorbild José Raúl Capablanca genannt wurde. Sie hätte zum Matt geführt, und das vor allen Kiebitzen, nicht zuletzt den eigenen Mannschaftskollegen, die sich rund ums Schachbrett im Spielsaal der Schachgesellschaft Zürich an der Olivengasse 8 versammelt hatten.

Zum zweiten Mal hatte Monti in seiner langen Schachkarriere Notter, den vierfachen Zürcher Stadtmeister, besiegt, und das in nur neunundzwanzig Zügen.

Notter nahm seine Hornbrille ab und rieb sich die Augen. Er hatte merklich zugenommen, seit sie das letzte Mal gegeneinander gespielt hatten, fiel Monti auf. Der Bauchansatz war noch nicht da gewesen.

Notter fluchte über seine passive Spielweise. Erst jetzt bemerkte Monti die Schweissperlen auf dessen hoher Stirn, das schüttere braune Haar, das wie bei einem Hahn in der Mitte zu einem Kamm frisiert leicht aufstand.

Monti war erleichtert, denn bei seiner letzten Partie vor zwei Wochen gegen einen weniger starken Spieler hatte er sich mit einem Remis begnügen müssen, obwohl er, wie ihm seine Kollegen, die sich wie Geier, die nach Beute Ausschau hielten, ums Brett versammelt hatten, im Anschluss mitgeteilt hatten, «eine technisch gewonnene Stellung» hatte und «klar auf Gewinn stand». Sein Kontrahent hatte ihn mit unfairen Aktionen etwas aus dem Konzept gebracht. Andauernd hatte dieser *«J'adoube»* gesagt und die Figuren auf dem Brett zurechtgerückt, und zweimal hatte er die Züge nicht mitgeschrieben und dann Montis Partieformular, wo die Züge notiert werden mussten, von ihm verlangt, während er am Zug gewesen war und seine Zeit lief. Alles Sachen, die gegen das Etikett im Schach verstiessen, was Monti immer ärgerte. Am liebsten hätte Monti ihn vierundzwanzig Stunden in eine Zelle auf dem Polizeiposten geschmissen.

Notter und Monti stellten die Figuren wieder auf ihre Anfangsstellung zurück und gingen die Partie noch einmal Zug für Zug durch, um nach besseren Zügen für Weiss und Schwarz Ausschau zu halten. Dieses Ritual am Ende einer Schachpartie gefiel Monti, egal, ob er als Sieger oder als Verlierer vom Brett ging, es zeugte von gegenseitigem Respekt. Und vier Augen sahen mehr als zwei, das war auch im Schachsport so.

Es war die letzte Partie. An den anderen fünf Tischen hatten die Spiele schon geendet. Notter öffnete ein Fenster hinter sich, um der abgestandenen Luft den Garaus zu machen. Die Mannschaftskollegen stellten sich um den Tisch und verfolgten die Analyse anfänglich mit Zurückhaltung, aber dann kamen immer mehr Einfälle für vermeintlich bessere Züge von ihnen.

Die besten Vorschläge kamen von Charles A. Tanguy, der seit zehn Jahren als Präsident der Schachgesellschaft Zürich amtete. «Bobby Fischer gewann eine schöne Partie mit der gleichen Eröffnung, aber der spielte an dieser Stelle einen aggressiveren Zug als du, Fabio.»

«Was hatte Fischer im neunten Zug gespielt, das noch besser war?», fragte Monti und schaute Tanguy an.

«Ich glaube, er hat den Damenspringer entwickelt und gar nicht rochiert. Aber lass mich im Fischer-Buch nachschauen. Vielleicht täuscht mich mein Gedächtnis.»

Nein, Tanguy hatte ein Gedächtnis wie ein Elefant. Mit

Fischer-Buch meinte er das Werk «My 60 Memorable Games» des ehemaligen US-amerikanischen Weltmeisters Bobby Fischer. Tanguy war ein Fan von Fischers Schachspiel und hatte eine dreihundertseitige Biografie über Fischer verfasst, die regen Anklang in der Schachszene fand.

Tanguy drehte sich um und schaute zum Bücherregal, das sich gleich neben ihnen befand. «Hat ein Junior es wieder falsch eingeordnet?» Er suchte die Büchersammlung von oben nach unten und von links nach rechts mit seiner rechten Hand ab, als hielte er einen Scanner zwischen den Fingern, bis er konsterniert feststellte: «Das ist doch nicht möglich. Es ist nicht da.»

«Ausgeliehen?», fragte Monti.

«Nein, das müsste mir gemeldet werden. Das darf nicht sein.»

«Das Buch wurde –»

Tanguy wartete nicht, bis Monti es ausgesprochen hatte. «*Merde!* Das Fischer-Buch war von der ersten Auflage mit der alten, deskriptiven Notation. Das kannst du heute gar nicht mehr kaufen.»

Es geschah nicht oft, dass Monti Tanguy nervös oder schockiert sah, aber heute war so ein Tag. Selbst in Zeitnot während einer Schachpartie verlor *Monsieur Le Président* nie die Ruhe, als hätte er Nerven aus Stahl. Der sonst immer gut aufgelegte französisch-schweizerische Doppelbürger schien seine Contenance zu verlieren und zupfte an seiner Fliege herum. Sein Markenzeichen, das er bei jedem Schachspiel anhatte. Heute trug er ein burgunderrotes Exemplar, das zu seinem weissen Hemd passte. Seine Fliegensammlung umfasste mehr als zweihundert Stücke, wie er Monti einmal erzählt hatte.

«Keine Panik auf der Titanic.» Notter nahm sein Telefon aus seiner Jacke und tippte kurz auf das Display. «Ich habe die Partie gefunden. Keres gegen Fischer, 1959 am Kandidatenturnier in Bled, Jugoslawien.»

«*Oui.* Das ist die Partie.»

Notter lud die Partie in seine Schach-App auf dem Smartphone, und sie spielten sie nach. Im neunten Zug spielte Fischer tatsächlich den Springer nach d7.

«Und wann hat er rochiert?», fragte Monti ungläubig. Er hatte im neunten Zug mit der kleinen Rochade seinen König in Sicherheit gebracht.

Notter starrte Monti an. «Er verzichtete auf die Rochade und griff am Damenflügel an. Mit der kleinen Rochade läufst du geradewegs in meinen Angriff am Königsflügel rein.»

«Den ich in der Partie aber ohne Probleme abwehren konnte.»

«Ich war zu wenig konsequent, sonst hätte ich deinen König zerlegt.»

Tanguy stimmte anerkennend zu. «Fischer war ein Genie. Wenn er Blut leckte, dann konnten die Gegner die Segel streichen.»

Sie spielten die nächsten Züge der Fischer-Partie durch und bemerkten, dass dieser im Gegensatz zur Fortsetzung, die Monti gewählt hatte, eine noch bessere Stellung besass, alle seine Figuren standen auf guten Feldern und übten gewaltigen Druck auf den Gegner aus.

«Das nächste Mal wähle ich auch die Fortsetzung von Fischer», sagte Monti.

«Und ich werde eine andere Eröffnung spielen.» Notter stand auf, streifte sich die Lederjacke über und verliess das Spiellokal, umringt von seinen Mannschaftskollegen, die alle dreinblickten, als stände der Weltuntergang bevor.

Sie hatten doch lediglich den Wettkampf gegen die Schachgesellschaft Zürich verloren.

Als Monti beabsichtigte, die Tür zu schliessen, drehte sich Notter auf der Türschwelle um. «Das war das letzte Mal, dass du mich besiegt hast!»

3

Keine fünf Minuten nachdem die gegnerische Mannschaft das Clublokal mit gesenktem Haupt verlassen hatte, sassen Max Staub, der Kassier der Schachgesellschaft, Tanguy und Monti im «Bohemia» am Kreuzplatz.

«Simply the Best» dröhnte aus den Lautsprechern, als ob sie es beim DJ gewünscht hätten. Es roch nach Käse und Pommes frites. Das Restaurant war gut besucht, der Aussenbereich war dank des milden und sonnigen Frühlingswetters voll besetzt, weshalb sie sich im Inneren neben der Bar auf der ledernen Ecksitzbank niedergelassen hatten. Die Leute unterhielten sich ausgelassen und genehmigten sich ein Bier, ein Glas Wein oder ein Cüpli. Einige kamen sicherlich von der 1.-Mai-Demonstration, die weitgehend friedlich verlaufen war und keine Nachdemonstrationen nach sich gezogen hatte, wie Monti aus der Teletext-App auf seinem Smartphone erfahren hatte. Jetzt konnten sie alle den Tag der Arbeit, der dieses Jahr auf einen Samstag fiel, gebührend feiern.

Eine Flasche Château Les Gravières des Jahrgangs 2015, die Tanguy spendiert hatte, stand vor ihnen auf dem runden roten Tisch. Sie prosteten sich zu.

Freude herrschte.

«Ein feiner Tropfen. Gute Wahl!» Der Rotwein schmeckte fruchtig nach Kirsche und Brombeere, am Gaumen etwas trocken, wahrscheinlich vom hohen Tanningehalt. Monti merkte, wie sich sein Körper nach den Adrenalinschüben am Schluss der Partie nach und nach wieder einem normalen Niveau anpasste, der Wein trug seinen Anteil dazu bei.

«Nicht nur die Toskaner produzieren guten Wein.» Tanguy grinste.

Endlich war die Durststrecke zu Ende. Vier zu zwei für die Schachgesellschaft Zürich. Es war der erste Sieg in der diesjährigen Schweizer Mannschaftsmeisterschaft, kurz SMM genannt. Ein wichtiger Sieg, drohte ihnen doch der Abstieg aus der Nationalliga B in die erste Liga.

Tanguy legte das Wettkampfformular, auf dem die Resultate der einzelnen Partien standen, in die Mitte des Tisches, als ob es eine Trophäe wäre, die es zu bestaunen galt. Er sass immer am ersten Brett bei den Wettkämpfen, da er der Spielstärkste im Team war. Er war eine lebende Legende in der Schachszene, jeder kannte und schätzte ihn. Er ordnete alles dem Schach unter. Wenn er zu einem Meisterturnier einlud, kam die ganze Weltelite in die Limmatstadt, nicht wegen des Preisgeldes, das floss nicht mehr so reichlich wie früher, sondern wegen des attraktiven Rahmenprogramms und der ausgezeichneten Spielbedingungen, die er den Grossmeistern offerierte.

«*Merveilleux!* Ein schönes Figurenopfer. Das hatte Notter übersehen, und es hat ihm den Rest gegeben.»

Tanguy klopfte Monti auf die Schulter.

«Mein Freibauer war einfach zu stark», sagte Monti.

«Das fuchst ihn. Der brennt auf die Revanche. Hast du seinen Blick gesehen, als er das Lokal verliess?»

«Dem möchte ich heute Nacht nicht begegnen», mischte sich Staub ein.

«Auf die Revanche muss er jetzt ein Jahr warten.» Monti nahm das Weinglas in die Hand und toastete seinen Kollegen erneut zu.

«Vielleicht trefft ihr beim Bundesturnier aufeinander», sagte Tanguy.

«Leider kann ich daran nicht teilnehmen. Ich habe den Pikettdienst von Urech übernommen über Auffahrt. Der will unbedingt zum Eidgenössischen Schützenfest in Luzern, das nur alle fünf Jahre stattfindet.»

«Was? Als Offizier hast du Pikettdienst?», fragte Staub.

Monti seufzte.

«Eigentlich schön, dass es noch so Leute gibt wie Urech, die Traditionen hochhalten und die Wurzeln der Eidgenossenschaft kennen», sagte Tanguy.

«Urech ist Eidgenosse durch und durch», ergänzte Monti.

Staub räusperte sich. «Ich will keine Spassbremse sein, aber ich muss euch etwas weniger Schönes mitteilen.»

Monti und Tanguy schauten ihn fragend an.

«Es hat sich ein Diebstahl im Clublokal ereignet», begann Staub.

«Was? Was wurde gestohlen?», fragte Tanguy.

«Jemand hat die Kasse geplündert.»

Die rote, metallene Geldkassette lag immer neben der Kaffeemaschine. Sie war klein, viel zu klein, weshalb sich Monti schon häufig aufgeregt hatte. Der Schlitz für den Münzeinwurf war winzig. Mit viel Mühe gelang es einem, eine Zehn- oder Zwanzigernote reinzustossen, aber Wechselgeld konnte man nicht rausnehmen, da nur Staub einen Schlüssel hatte. Vielleicht war das ein Mitgrund dafür, dass der ein oder andere Spieler «vergass», den Kaffee zu bezahlen, dachte Monti.

Tanguy rümpfte die Nase. «Wer macht denn so etwas?»

«Jemand, der Geld braucht», sagte Staub mit ruhiger Stimme.

«Aber die Schatulle ist doch verschlossen, und du hast den einzigen Schlüssel», sagte Tanguy und schaute Staub an.

«Ein Kindergärtner könnte dieses Zwanzig-Franken-Kässeli aufbrechen. Auf YouTube findest du eine Anleitung, wie du sie mit einer Stecknadel aufbringst.»

«So einfach?», fragte Tanguy.

«Es war bereits das zweite Mal, dass ich eine leere Kasse vorfand.»

«Wer hat alles einen Schlüssel zum Lokal?», fragte Monti.

«Wir haben sieben Kopien. Die Putzfrau hat einen, Max, ich und Vázquez und …», sagte Tanguy. «Ich habe die Liste mit den Schlüsselbesitzern zu Hause.»

«Wer könnte so was anstellen, Max?», fragte Monti.

«Ich vermute, der alte Britschgi bereichert sich auf unsere Kosten.»

«Hat der immer noch einen Schlüssel? Er spielt doch seit Jahren nicht mehr», fragte Monti.

Tanguy nickte.

Staub erzählte, dass er Britschgi am letzten Samstag, als er die Uhren und Bretter für ein Jugendturnier holen wollte, im Spiellokal schlafend auf einer der Holzbänke entdeckt hatte. «Britschgi nützt das Lokal als Schlafgelegenheit. Es hat nach Alkohol und Rauch gerochen. Ich habe drei leere Weinflaschen entsorgen müssen. Er hat so tief geschlafen, dass er gar nicht gemerkt hat, dass ich im Lokal war.»

«Ich spreche mit ihm. Das muss aufhören», sagte Tanguy.

«Und nimm ihm gleich den Schlüssel ab, bevor er wieder ein Saufgelage veranstaltet», sagte Staub bestimmt.

«Glaubst du, er hat auch das Fischer-Buch gestohlen?», fragte Tanguy.

«Der klaut alles, was nicht niet- und nagelfest ist.»

Hanspeter Britschgi war bis vor fünf Jahren der Materialverwalter der Schachgesellschaft gewesen, bis er aus dem Vorstand geschmissen worden war. Britschgi hatte eine lange Liste von Verfehlungen. Das Fass zum Überlaufen hatte gebracht, dass er an der Schweizermeisterschaft einem Gegner mit schwarzer Hautfarbe den obligatorischen Handschlag vor der Partie verwehrt hatte. Das hatte eine Forfait-Niederlage mit sich gezogen und seinen Ruf in der Schachszene ruiniert. Seit seinem Rausschmiss aus dem Vorstand hatte er keine Partie mehr für die Schachgesellschaft gespielt. Tanguy liess ihn zwar als einfaches Mitglied im Club bleiben, die Schachgesellschaft sei auf jeden einzelnen Mitgliedsbeitrag angewiesen, meinte er dazumal, aber zu den offiziellen Wettkämpfen und Turnieren wurde Britschgi nicht mehr aufgeboten. Er kam einzig noch zum jährlichen Blitzturnier am Stephanstag, weniger des Schachs wegen, wie Monti vermutete, hatten dessen Leistungen am Brett in der Zwischenzeit doch merklich nachgelassen. Der wahre Grund dürften die üppigen Fleisch- und Käseplatten und die feinen Weine sein, die der Vorstand seinen Mitgliedern dann jeweils offerierte.

Staub konnte Britschgi noch nie ausstehen, vor allem seit

dieser in den letzten Jahren den Mitgliedsbeitrag nicht mehr oder nur nach mehreren Mahnungen bezahlt hatte. An einem der Blitzturniere waren sie aneinandergeraten. Der sonst so ruhige Staub, der keiner Maus etwas zuleide tun konnte, hatte Britschgi einen Turm an den Kopf geworfen, was zu einem Handgemenge geführt hatte, bevor Monti die Streithähne trennte. Sie waren so gegensätzlich wie ein Elefant und eine Maus.

Staub, der Ordentliche, Ruhige und Saubere, der seine Brötchen als Steuerkommissär bei der Steuerverwaltung des Kantons Zürich verdiente, stand Britschgi gegenüber, der stets etwas verwahrlost auf Monti gewirkt hatte, sich nicht um sein Erscheinungsbild kümmerte und keinem Wortgefecht aus dem Wege ging. Die Alkoholsucht und dass er häufig arbeitslos war und die Stellen, wenn er solche innehatte, wohl häufiger wechselte als seine Unterwäsche, rundeten das Profil ab.

«Wollen wir eine Kamera oberhalb des Putzschranks aufstellen?», fragte Tanguy.

«Für die Installation einer Überwachungskamera müssten wir zuerst das Einverständnis des Vermieters haben und streng genommen unsere Mitglieder darüber informieren. Persönlichkeits- und Datenschutz, meine Herren», erwiderte Staub und schaute Monti an.

«Kein Problem. Machen wir so. Dann hört das Klauen auf», sagte Tanguy und beendete den Exkurs. Er hob sein Weinglas. «Auf die Schachgesellschaft! Den ältesten und erfolgreichsten Schachclub der Welt.»

Staub und Monti hoben die Gläser ebenfalls, sie prosteten sich zu, und ihre Gespräche drehten sich wieder um ihre gespielten Partien, Eröffnungen und Endspiele.

«Die Herren lassen es sich gut gehen», sagte eine Frau, die sich von hinten an Monti angeschlichen hatte und ihm ihre beiden Hände auf die Schultern legte, was ihn zusammenzucken liess.

«*Chère* Nicole, du siehst aber toll aus. Setz dich und trink ein Glas Wein mit uns.» Tanguy küsste galant ihre Hand und rutschte zur Seite. Sie liess sich nicht zweimal bitten.

In der Tat sah Montis Verlobte bezaubernd aus. Ihre braunen, offen getragenen Haare glänzten. Sie trug ein einteiliges schwarzes Kleid mit langen Ärmeln, das kurz genug war, um ihre schönen Beine zu betonen.

«Wir haben gewonnen.» Monti gab ihr einen Begrüssungskuss.

«Das sieht ein Blinder.» Sie lachte. «Das war aber auch mal Zeit. Ihr hättet bald einen Komplex gehabt, wenn ihr ans Schachbrett treten müsst. Nicht wahr, Fabio?»

Monti nickte. Es war wie verhext. Je härter man versuchte, gut zu spielen, umso schlechter lief es.

«Dein Mann spielte wie Bobby Fischer. Er hat den Notter nach Strich und Faden zerlegt. Das hättest du sehen sollen, *comme un grand maître. Magnifique!*» Tanguy hob die Stimme.

«Jetzt reicht es mit Selbstbeweihräucherung, ihr Grossmeister in spe.»

Schachgrossmeister waren sie alle nicht, würden sie auch nie werden, aber heute fühlte sich Monti wie einer.

Tanguy erzählte Nicole, ohne ein Detail auszulassen, wie die Partien verlaufen waren, obwohl sie von Schach nicht sehr viel Ahnung hatte.

Während die Gesprächsthemen sich vom Schach hin zur Politik und zum Wetter bewegten, schlich sich Monti zum Bartresen, wo er eine zweite Flasche Château Les Gravières bestellte, bezahlte und zum Tisch brachte. Für Staub und Tanguy.

Nicole und er verabschiedeten sich von ihnen. Sie marschierten Hand in Hand in Richtung Niederdorf, wo sie im Nägelihof «Mère Catherine» einen Tisch reserviert hatten, um danach im Kino einen Dokumentarfilm über eine amerikanische Schriftstellerin anzuschauen.

«Tanguy war in Festlaune, als ob ihr gerade die Meisterschaft gewonnen hättet», sagte Nicole.

Er schlang seinen Arm um ihre Schultern. «Die vierundsechzig Felder auf dem Schachbrett bedeuten die Welt für ihn.»

«Er hat gestrahlt wie ein Maikäfer.»

«Schach macht glücklich.»

Sein Handy klingelte.

Widerwillig nahm er den Anruf entgegen, als er das Display betrachtet hatte, wo ein Gesicht mit schneeweissem Bart aufleuchtete.

«Wir haben eine Leiche», sagte Peter Urech, sein Polizeikollege von der Ermittlungsabteilung Gewaltkriminalität, mit tiefer und heiserer Stimme, die ihren Ursprung bestimmt in einer durchzechten Nacht im Schützenhaus hatte.

«Wo?» War der 1. Mai doch nicht so friedlich verlaufen?

«Ein Securitas-Mitarbeiter hat einen toten Geschäftsmann im Keller des Prime Towers entdeckt – mit einem Loch im Kopf …»

Nicole schaute ihn kritisch an, ihre Schultern hingen tief.

Monti unterbrach ihn. «Danke für die Information. Ich gehe jetzt mit Nicole nachtessen und danach ins Kino. Wenn du den Einsatzplan lesen würdest, wüsstest du, dass ich nicht Pikettdienst habe. Sucht euch einen anderen.»

«Leider braucht es dich. Die Umstände erfordern es.»

«Welche Umstände?»

«Dein Schachwissen ist gefragt, sonst hätte ich einen anderen aufgeboten. Das darfst du mir glauben.» Urech erzählte von seinen ersten Eindrücken vom Tatort, und Monti gab seinen Widerstand auf.

«Wer ist alles vor Ort?»

«Das ganze Orchester: Müller, die Spurensicherung und die Rechtsmedizin.»

Schlimmer konnte es nicht mehr kommen. Sein Samstagabend war ruiniert: Statt den Tag mit einem feinen Coq au Vin und einem Dokumentarfilm über Patricia Highsmith ausklingen zu lassen, drohten ihm der Anblick einer Leiche und, was nicht minder schlimm war, die Zusammenarbeit mit Staatsanwalt Dr. Hans Müller.

Seit Anfang des Jahres hatte es das Schicksal gut mit ihm gemeint, und die Wege von Müller und ihm hatten sich nicht gekreuzt.

Er beendete den Anruf.

Nicole, die Vollblutjournalistin, die beim Schweizer Fernsehen arbeitete, war die flexiblen Arbeitszeiten von ihm gewohnt, aber er sah die Enttäuschung in ihrem Gesicht.

«Es tut mir leid, Nicole. Ich muss ausrücken. Wir haben einen Mordfall.»

«Verdammt! Muss das sein? Am 1. Mai?»

«Mörder kennen keine Feiertage.»

4

Die Luft war feucht, am Horizont zogen dunkelgraue Wolken auf, und das Thermometer zeigte fünfzehn Grad an, als Monti aus der S7 am Bahnhof Hardbrücke stieg. Es stand ein Sturm bevor, hatte ihn seine Wetter-App gewarnt. Er musste sich durch die Menschenmenge auf dem Perron kämpfen. Laute Musik dröhnte aus tragbaren Boxen, und einige Männer prosteten sich mit Bierdosen zu. Die SBB-Uhr zeigte sechs Uhr einundfünfzig an.

Während er durch die Unterführung schritt, die neuerdings von einer zwanzig Meter langen elektronischen Videowand gesäumt war, die die Plakatwand abgelöst hatte, lief dort ein Spot von Schweiz Tourismus. Er sah das Ende des Films mit der Botschaft: *«When you need vacation without drama. You need Switzerland.»*

Das hätte er sich auch gewünscht – weniger Drama in seinem Leben. Einfach mal etwas Ruhe, eine Auszeit vom Jagen von Mördern, ein bisschen «chillen» würde Daniela Lüscher, die junge Cyberspezialistin in seinem Team, sagen.

Als Monti vor dem Prime Tower stand, fühlte er sich winzig klein. Die Glasfassade des Wolkenkratzers mit seinen sechsunddreissig Stockwerken, die auf hundertsechsundzwanzig Meter verteilt waren, beeindruckte ihn immer wieder aufs Neue. Auf den obersten Etagen ragte die Fensterfront heraus wie ein Würfel.

Über dem Dach zog ein Adler seine Kreise und hielt nach Beute Ausschau. Das Hochhaus beheimatete Anwaltskanzleien, Banken, Dienstleistungskonzerne, das Hotel Rivington & Sons und das Restaurant Clouds, dessen Essen und Traumblick über die Stadt und den Zürichsee Nicole und er am letzten Valentinstag, den er ausnahmsweise nicht vergessen hatte, geniessen konnten.

Monti ging durch eine der beiden gläsernen Karusselltüren. Im Entree am Haupteingang erwarteten ihn Kollege Urech und ein Wachmann, der sich als Revierbewachungsspezialist Tobias Fischli auswies, so nannte die Securitas ihre Wachmänner heutzutage.

«Die anderen sind bereits unten.» Urech lief voraus.

Sie schritten am Empfangsbereich vorbei, der grosszügig bemessen war. Es war ruhig an diesem Ort, wo sich sonst Geschäftsleute und Anwälte mit eiligen Schritten kreuzten, es schienen nicht viele Leute an diesem Samstagabend im grössten Hochhaus in Zürich zu arbeiten. Sie liefen an einem Herrn im schwarzen Anzug vorbei, der sie freundlich von seinem Pult hinter der Rezeption grüsste. Fischli schleuste sie mit seinem Badge durch die Schiebetüren. Alles im Gebäude war auf Hochglanz poliert: der graue Boden, die Spiegelwandfront und die Marmorwand neben den Liften. Fischli drückte eine Taste auf dem Steuerungsinstrument, das neben einem der acht Lifte stand. Der Lift mit dem Buchstaben H kam fast geräuschlos, und die Türen glitten auf. Neben dem G-Lift befand sich die grüne Notausgangstür.

«Wann haben Sie die Leiche entdeckt?», fragte Monti, als sie den Lift betraten.

Fischli schaute auf die Uhr. «Vor zwei Stunden. Mir ist aufgefallen, dass das Licht im Untergeschoss nicht funktionierte, und da bin ich zum Schaltkasten der Elektroverteilung gegangen. Die Sicherungen waren rausgeflogen. Da habe ich einen Kontrollgang gemacht und die Leiche gefunden.»

Als sie im Untergeschoss aus dem Fahrstuhl stiegen, liefen sie einen langen, schmalen Gang entlang. Es roch nach Zitrusfrucht, wahrscheinlich vom Putzmittel. Es gab keine Fenster, nur künstliches Licht, das aber dank den LED-Lampen ganz angenehm war. Fischli führte sie zur Tür am Ende des Flurs. Er schloss sie mit seinem Badge auf. «Ich habe nichts angefasst, nichts verändert, nichts geöffnet.»

Der Raum hatte eine rechteckige Form, war mit einem Steinboden versehen und verfügte über keine Fenster, dafür über eingebaute Spotlampen. Selbst hier im Technikraum hatte der Architekt nicht gespart. Es gab zwei Regale. Das eine war mit Kabeln, Bildschirmen und Tastaturen belegt, das andere mit Brandschutzutensilien und Werkzeugen für den Hauswart bestückt.

Fischli teilte ihnen mit, dass alle Badge-Inhaber Zutritt zu diesem Raum hätten. Jeder Mitarbeiter, der im Prime Tower arbeitete, konnte sich also Zugang zum Keller verschaffen.

Es trat ihnen ein stechender und aufdringlicher Geruch entgegen, als sie eintraten. Monti zog seine Augen zusammen und musste niesen.

«Desinfektionsmittel, Ethanol, schätze ich», sagte der Mann im weissen Schutzanzug, als er einen Plastikbeutel in seinen Spurensicherungskoffer legte.

«Habt ihr etwas gefunden?», fragte Monti, der den Mann unter dem Ganzkörperanzug erst beim zweiten Hinsehen erkannte. Es war Michael Hafner vom Forensischen Institut, der seine Haare neuerdings ganz kurz trug. Neben ihm waren noch zwei weitere Forensiker vor Ort.

«Wir haben das Projektil dort hinten gefunden.» Hafner streckte seinen rechten Arm aus.

«Welches Kaliber? Welche Waffe?»

«Das müssen wir im Labor prüfen. Die Kugel scheint mir einen Geschossdurchmesser von 0,4 oder 0,45 Zoll aufzuweisen. Zur Tatwaffe kann ich noch nicht viel sagen, ausser dass es sich um eine Handfeuerwaffe handelt.»

«Habt ihr verwertbare DNA-Spuren gefunden?»

Hafner zeigte auf die Klebetaps, die sie benutzten, um Hautschuppen sicherzustellen. «Wir haben Schuppenspuren gefunden, aber die können natürlich auch von den Leuten stammen, die sich sonst hier im Technikraum aufhalten.»

Jeder Mensch verlor pro Stunde Hunderte von Hautschuppen. Diese stammten aus Zellen mit einem Zellkern, der die Erbsubstanz DNA enthielt. Unter günstigen Bedingungen konnte eine winzige Schuppe den Forensikern respektive den Rechtsmedizinern bereits ausreichen, um die DNA eindeutig zu bestimmen. Es war für einen Täter in der heutigen Zeit unmöglich, einen Tatort zu verlassen, ohne dass Schuppen zurückblieben.

Das Hauptproblem der Forensiker war nicht die Sicherstellung der Schuppen, um das DNA-Profil zu erstellen, sondern dass zu viele Leute am Tatort herumliefen und so Spuren unfreiwillig verwischten.

«Wie sieht es mit Fingerabdrücken aus?»

«Das Fedpol wird einiges zu tun haben mit dem Füttern des AFIS.»

«Viel Spass bei der Auswertung.»

«Ich erhoffe mir mehr von den daktyloskopischen Spuren als von den DNA-Profilen im vorliegenden Fall, wenn ich ganz ehrlich bin», sagte Hafner.

Monti verstand ihn. Während DNA-Spuren am Tatort auch von einer anderen Person – absichtlich oder unabsichtlich – mitgebracht werden konnten, bestand beim Fingerabdruck kein Zweifel, dass die dazugehörige Person sich dort aufgehalten hatte. Mit dem automatisierten Fingerabdruck-Identifikations-System, AFIS, konnte die Polizei eine eindeutige Personenidentifikation innert weniger Minuten durchführen.

Die Leiche lag hinten an der Wand am Boden, mit krummem Rücken und zusammengeschrumpft wie ein Sack Mehl, der von der Wand gerutscht war.

Als Monti sich ihr näherte, nahm er Uringestank wahr. Der Täter hatte das Opfer nicht einmal auf die Toilette gehen lassen. Sie blieben einen Moment ehrfürchtig und bedächtig vor dem toten Mann stehen, als ob sie ihn gekannt hätten.

«Volltreffer eines Verrückten!», stiess Urech aus.

Monti schauderte, weniger vom Anblick der Leiche, sondern vielmehr von der Kälte, die er fühlte.

Das Opfer lag in einer Blutlache, die von dem Einschuss in der Mitte der Stirn herrührte und über das Hemd auf den Plattenboden gelangt war; sonst war relativ wenig Blut an die Wand gespritzt. Das Blut am Kopf war bereits trocken und eher schwarz als rot. Eine Binde ragte aus dem aufgesperrten Mund, aus dem Speichelfäden runterhingen. Der Mann trug einen Massanzug. Die Hose wies neben den Blutspritzern einen Urinfleck auf.

Im Schritt des Mannes war eine gelbe Kerze eingeklemmt, die fast vollständig heruntergebrannt war. Sie war in einem roten Plastikbehälter, der einen goldenen Deckel mit gestanzten Löchern in Form von Kreuzen und Kreisen besass. Eine Grabkerze.

«Was zum Teufel soll das?» Urech zeigte auf die Kerze.

Monti kniete nieder und nahm den Docht zwischen Daumen und Zeigefinger. Er war kalt. «Die Kerze muss eine Bedeutung haben.»

Urech schaute ihn verdutzt an, streckte seinen Zeigefinger hoch und bewegte ihn rauf und runter. «Vielleicht ein Streit unter Schwulen.»

Monti zog die Schultern hoch. «Es könnte auch eine religiöse Bedeutung haben. Aber spekulieren wir nicht, sondern machen erst unsere Hausaufgaben.»

«Es sind immer Beziehungsdelikte.» Urech starrte weiterhin auf die Kerze.

«Falsch. Nur in neunzig Prozent der Fälle.»

Urech lachte. «Mit Betonung auf ‹nur›.»

Jetzt sah Monti das Loch in der Wand hinter dem Kopf der Leiche, wo Hafner das Projektil gefunden hatte. Die Tatwaffe fehlte. Deshalb mussten sie ein paar Leute aufbieten, um nach ihr in Abfalleimern innerhalb sowie ausserhalb des Gebäudes zu suchen, obwohl sie sich bewusst waren, dass es unwahrscheinlich war, dass der Täter die Waffe in der nahen Umgebung entsorgt hatte.

Und dann sah Monti etwas, das seinen Puls erhöhte.

Eine Schachfigur – ein schwarzer Bauer aus Holz. Standardgrösse: fünf Zentimeter hoch, der Sockel hatte einen Durchmesser von zweieinhalb Zentimetern. Der Bauer stand rechts neben den Füssen des toten Mannes, so weit weg, dass, falls sich die Beine der Leiche drehten, er von ihnen nicht berührt würde. Monti streifte sich Plastikhandschuhe über und kniete sich zum Opfer. Er nahm die Figur in die Hand und drehte sie in alle Himmelsrichtungen.

Je länger er auf sie blickte, umso mehr wuchs ein Unbehagen in ihm. Was sollte das?

«Hat der Täter noch Schach mit seinem Opfer gespielt und den Bauer vergessen mitzunehmen?», fragte Urech.

«Das glaube ich nicht. Mit gefesselten Händen und zugepflastertem Mund lässt sich schlecht Schach spielen.»

Urech schaute hinter den Rücken des Opfers. «Das ist ein Kletterseil, mit dem die Handgelenke gefesselt sind.»

Monti fotografierte die Leiche und die Gegenstände mit seinem Smartphone aus allen Richtungen. Obwohl die Spurensicherung für die Fotos zuständig war, hatte er sich angewöhnt, immer selbst auch Fotos zu schiessen. Es half ihm, die Details besser in seinem Gedächtnis zu behalten.

Monti hielt Urech den schwarzen Bauer vor die Nase. «Das ist edles Holz. Keine Billigware, die du im Supermarkt kaufst.»

Müller platzte dazwischen. «Schauen Sie sich das an.»

Er kniete auf der anderen Seite des Opfers nieder und zeigte mit seinem Finger auf das Blatt Papier, das auf dem Bauch der Leiche lag. Die Seite sah alt und benutzt aus, war vergilbt, und die Ecken hatten Faltspuren.

Montis Körper versteifte sich. Er spürte, wie sein Blut aus dem Gesicht wich. Er hob die Seite auf, und als er sie in Sichtweite hatte, zuckte er mit dem Kopf zurück, wie wenn ein elektrischer Stoss ihm durch den Körper fahren würde. Er starrte auf das Blatt.

Dio mio. Das durfte nicht wahr sein.

«Das ist die vierzehnte Partie aus ‹My 60 Memorable Games›.»

Müller und Urech schauten ihn verwundert an.

«Sie kennen das Buch?», fragte Müller.

«‹Meine 60 denkwürdigen Partien› ist ein Buch von Bobby Fischer, dem wohl berühmtesten Schachspieler aller Zeiten.»

«Fischer. War das nicht der amerikanische Schachspieler, der die Sowjets während des Kalten Kriegs ärgerte?»

«Ja, er war der elfte Schachweltmeister, der 1972 die Weltmeisterschaft in Island gegen Boris Spassky gewann und die Dominanz der sowjetischen Spieler durchbrach.»

«Der gute Westen gewann gegen den bösen Osten», murmelte Urech.

«Die Partien wurden live im Fernsehen übertragen.»

«Was hat es mit diesem Buch auf sich?», fragte Müller.

«Das Buch ist ein Klassiker der Schachliteratur. Bobby Fischer hatte seine eindrücklichsten Schachpartien in einem Buch niedergeschrieben und mit Anekdoten, Analysen und Kommentaren zu den einzelnen Zügen versehen. Diese Seite muss aus einer Ausgabe der ersten Auflage stammen, Anfang der siebziger Jahre oder so.»

Monti hatte zu Hause eine neuere Ausgabe davon, was er ebenso unerwähnt liess wie das verschwundene Buch aus der Bibliothek der Schachgesellschaft.

«Das bedeutet, dass wir es mit einem älteren Täter zu tun haben», sagte Urech.

«Gut möglich. Falls der Täter das Buch damals im Alter von zehn Jahren erhalten hat, wäre er jetzt um die sechzig», sagte Monti.

«Das muss nicht zwingend sein. Der Täter kann das Buch in einem Antiquariat erworben haben», sagte Müller.

Monti las laut vor:

«14 Keres [U.S.S.R] – Fischer
Candidates Tournament 1959
Sicilian Defense
Too many cooks»

Darunter folgten in kleinerer Schrift zwei Abschnitte mit Text, wo der Autor über Gambits, Initiative und Damenopfer fachsimpelte.

«Was bedeuten diese Zahlen und Buchstaben?» Urech zeigte auf den dritten Abschnitt, der zentriert eine Abfolge von Ziffern, Zeichen und Buchstaben aufwies.

1 P – K4	*P – QB4*
2 N – KB3	*P – Q3*
3 P – Q4	*P x P*

«Das sind die gespielten Züge der Partie. Wir nennen es die Notation – die Partienotation.»

«Die Notation mit den Buchstaben und Ziffern ist die Sprache unter euch Schachspielern?», fragte Urech.

«So kann jeder die Partie nachspielen und analysieren. Es gibt verschiedene Notationen, verschiedene Sprachen. Dieses hier ist die beschreibende Notation, die heute nicht mehr verbreitet ist. Heute herrscht die algebraische vor, die der Weltschachverband FIDE vorschreibt.»

«Was bedeutet 1 P – K4?», fragte Müller.

«Die 1 steht für den ersten Zug. P steht für *Pawn*, Bauer. K für *King*, König. 4 steht für die 4. Reihe. Weiss zieht mit dem ersten Zug den Königsbauer zwei Felder voran von der zweiten auf die vierte Reihe. Bei der beschreibenden Notation werden die Reihen des Schachbrettes von eins bis acht aus Sicht des jeweiligen Spielers gezählt, während bei der algebraischen jedes Feld des Schachbretts von Weiss aus betrachtet wird und jedes Feld eine eindeutige Koordinate besitzt.»

«Hat der schwarze Bauer etwas mit der Buchseite zu tun?», fragte Müller.

«Gut möglich. Vielleicht ist es eine Botschaft des Mörders», erwiderte Monti.

Urech zwinkerte Monti zu. «Schach ist ein Kriegsspiel. Verdammt gefährlich. Jetzt töten die Schachspieler sogar schon abseits des Brettes. Nimm dich in Acht, wenn du das nächste Mal am Brett spielst. Aus Spiel wird Ernst.»

Monti wandte sich ab, er hatte sich über die Jahre an die Sprüche und den Humor seines Kollegen gewöhnt, während Müller diesen zurechtwies und etwas mehr Pietät vor dem Opfer verlangte.

«Wer ist Keres?», fragte Müller.

«Paul Keres war ein estnischer Grossmeister. Ein starker Spieler, der für die Sowjetunion spielte, der es aber nie zum Weltmeister gebracht hat.»

«Wieder Osten gegen Westen», sagte Müller nachdenklich.

«Der Text ist auf Englisch. Gibt es das Buch auch auf Deutsch?», fragte Urech.

«Möchtest du in deinem zarten Alter noch eine Schachkarriere starten?», fragte Monti mit einem Lächeln im Gesicht.

«Nein, keine Angst. Ich mache dir keine Konkurrenz. Meine Frage war rein dienstlich.»

«Ich denke, es gibt eine deutsche Übersetzung, bin mir

aber nicht ganz sicher.» In seiner Bibliothek zu Hause lag auch eine Ausgabe in englischer Sprache.

«Weshalb hat der Mörder eine englische Version benutzt?», fragte Urech.

«Vielleicht kann er kein Deutsch», intervenierte Müller.

Urech zog sich ein Paar Plastikhandschuhe über, beugte sich über den toten Mann und griff in die Innentasche des Sakkos, wo er ein Portemonnaie fand. In der Brieftasche waren dreihundertfünfzig Franken in Noten, etwas Wechselgeld, drei Kredit-, zwei Bankkarten, der AHV-Ausweis und die Identitätskarte.

«Goldman, Emanuel Jakob, geboren am 15. Mai 1959», sagte Urech, drehte den Ausweis und fuhr fort: «Hundertfünfundsiebzig Zentimeter gross, Heimatort Zürich.»

Der Name sagte keinem etwas.

Was hatten das Opfer und der Täter an einem Wochenende im Prime Tower gemacht?

Hafner zog die Nase hoch. «Jemand hat wie wild mit Ethanol um sich gespritzt.»

Monti schaute zum Rechtsmediziner Bruno Zeiter runter, der sich über den Toten beugte. «Können Sie etwas zum Todeszeitpunkt sagen?»

Zeiter blickte zu Monti auf. «Der Mann ist seit mehr als sechs Stunden tot.» Er zeigte auf die leicht bläulichen Hände des Opfers. «Und auch die getrockneten Blutflecke im Gesicht deuten darauf hin, dass die Tat am Vormittag begangen wurde.» Im Gegensatz zu seinem Vorgesetzten, Professor Oberholzer, schien er keine Angst vor schnell geäusserten Hypothesen zu haben, was ihn sympathisch machte.

Monti hasste es, wenn sogenannte Experten sich hinter dem Konjunktiv versteckten, einen Haftungsausschluss setzten, um dem Gegenüber keine Angriffsfläche zu bieten. Im Schachspiel gab es auch immer verschiedene Möglichkeiten, viele Züge, die zur Auswahl standen, aber als Spieler am Brett musste man sich für einen Zug entscheiden und diesen ausführen. Das Schach hatte ihn gelehrt, entscheidungsfreudig und pragmatisch zu sein. Eigenschaften, die auch in seinem Metier gefragt waren, die aber immer weniger Menschen besassen, wie er fand.

Müller besprach mit dem Rechtsmediziner Zeiter dessen Auftrag, er wollte von der Obduktion und den Blutanalysen wissen, ob Alkohol, Gift oder Drogen im Spiel waren und ob der Mann betäubt oder gefoltert worden war.

Monti lief zu Fischli, der wie angegossen bei der Tür stehen geblieben war, ihm schien die ganze Situation unangenehm zu sein, als ob er sie selbst verschuldet hätte. «Gibt es noch einen anderen Weg, um von oben zu diesem Raum zu gelangen?»

«Es gibt eine Treppe, die als Notausgang dient», sagte Fischli und führte ihn zu den Stufen, die sich hinter dem Lift befanden. Hier benötigte man keinen Badge, wohl eine feuerpolizeiliche Vorschrift, dachte Monti. Sie kamen im Erdgeschoss bei einer grünen Türe hinaus und gingen in das kleine Büro der Securitas, das sich gleich neben dem Empfang befand.

«Können Sie mir die Liste aller Personen ausdrucken, die einen Badge besitzen?», fragte Monti.

Fischli setzte sich an den Computer, und der Laserdrucker in der Ecke spuckte zig Seiten aus, die er Monti aushändigte.

«Und wäre es möglich, nach Nachnamen alphabetisch zu sortieren?»

Fischli schnaufte laut. Wenig später hatte Monti die Liste in der gewünschten Form in der Hand. Neben den Namen befand sich in der dritten Spalte der Name der Gesellschaft, für die der Badge-Inhaber arbeitete. Auf der zehnten Seite fand er Goldman. Er arbeitete für die Helvetiacom, einen Schweizer Telekommunikationskonzern, bei dem auch Monti als treuer Kunde für Mobiltelefon, Internet und Fernsehen figurierte. Einen Festnetzanschluss hatten sie zu Hause schon lange nicht mehr.

Wenig später verliessen Müller, Urech und Monti das

Hochhaus. Müller verabschiedete sich und stieg in seinen BMW, den er direkt vor dem Prime Tower auf dem Parkplatz einer Anwaltskanzlei parkiert hatte.

Monti blieb stehen.

«An was denkst du?», fragte Urech, als sie zum Bahnhof Hardbrücke liefen, um die nächste S-Bahn zu nehmen.

«Ein Mann im Anzug, der für einen grossen Konzern arbeitet, wird im Keller des höchsten Gebäudes von Zürich, dem Epizentrum der Geschäftswelt und des Kapitalismus, am 1. Mai – dem Tag der Arbeit – erschossen. Ist das Zufall?»

5

«Ich bin schwanger!»

Nicole stand mit Slip und T-Shirt bekleidet in der Küche und hielt einen weissen Stift mit rosaroter Spitze in die Höhe, als ob sie mit der Fackel das olympische Feuer entzünden dürfte.

Monti, der zur Tür hereinspaziert kam, legte den Brotbeutel auf den Küchentisch und blieb für einen Moment stehen, bevor er auf sie zuging und sie umarmte. Eine Träne rutschte über ihre Wimpern, die immer noch mit violetter Mascara vom Ausgang vom Vorabend gefärbt waren. Er tupfte sie mit seiner Hand ab, als sie ihre Wange herunterlief.

Sie holte sich ein Taschentuch, während er sich an den Tisch setzte und tief durchatmete. Er spürte, dass sein Puls anstieg.

«Das ging aber schnell», sagte er und gab ihr einen Kuss auf die Stirn, als sie auf ihn zukam.

Sie zwinkerte ihm zu. «Übung macht den Meister.»

«Das kannst du laut sagen. Ich habe mich gefühlt wie ein Zuchtstier.» Er versuchte die Nachricht, die ihn etwas durcheinandergebracht hatte, mit Humor zu überdecken.

«Oh, du armer Mann. Du tust mir so leid.»

Sie streichelte ihm durch seine Haare. Nicoles Laune hatte sich mit dem Ergebnis des Schwangerschaftstests um hundertachtzig Grad gedreht. Er konnte sich entspannen.

Als er gestern Abend vom Tatort heimgekehrt war, liess Nicole ihrer Wut freien Lauf. Er hatte sie versetzt. Versetzen müssen, wie er fand. Ihr ging nicht in den Kopf, weshalb kein anderer Ermittler der Kriminalpolizei ausrücken konnte. Die Polizei hatte einen Einsatzplan, der die Dienstzeiten einen Monat im Voraus regelte und Notfalleinsätze nur bei krankheitsbedingten Ausfällen von Kollegen nötig machte. Er hätte sich stärker zur Wehr setzen sollen, hatte sie ihm vorgeworfen. Seinen Einwand, dass es sich bei den Schachgegenständen am Tatort um eine spezielle Konstellation handelte, die seinen Einsatz unabdingbar machte, zerpflückte sie. Nur weil die Ermittler am Tatort eine Schachfigur vorgefunden hatten, musste doch nicht zwingend er – als Hobby-Schachspieler – den Fall übernehmen.

«Wenn ich das gewusst hätte, hätte ich noch eine Schokoladentorte bei Frau Baumberger gekauft.»

Nicole konnte den süssen Versuchungen nicht widerstehen, und auch er hätte nun etwas Zucker vertragen können. Es war weniger die überraschende Nachricht von der Schwangerschaft als die Tatsache, dass er zu wenig geschlafen hatte und noch nicht Betriebstemperatur erreicht hatte.

Monti griff nach der Papiertüte mit dem Logo der Bäckerei Walter Buchmann – das einen Knaben zeigte, der das Brot fest umschlungen unter den Armen hielt – und leerte den Inhalt ins Brotkörbchen. Der Duft von Croissants, Wiedikergipfeln und Brioches breitete sich in der Küche aus. Er schätzte das gemeinsame und ausgiebige Frühstück mit Nicole an den Sonntagen. Die warmen Backwaren, der frisch gepresste Orangensaft und ein Glas Prosecco waren für sie beide der perfekte gemütliche Start in den freien Tag.

«Den Prosecco heben wir uns für ein anderes Mal auf», sagte Monti.

«Ein Glas macht doch nichts.»

Monti ignorierte sie, nahm die Flasche aus dem Champagnerkühler und stellte sie in den Kühlschrank zurück. «Wir stossen mit frisch gepresstem Orangensaft an. Die Vitamine kannst du … Ich meine, ihr beide könnt die Vitaminspritze gut gebrauchen.»

«Das tönt gut, Herr Ernährungsberater. Ich gehe mich anziehen, während du den Saft presst, und dann feiern wir das im würdigen Rahmen.»

Sie lief beschwingt, fast schon tanzend davon. Ihr Glück war nicht zu übersehen.

Monti ging zum Fenster und schaute auf die Strasse hinunter. In seinem Beruf beschäftigte er sich eingehend mit dem Tod, den Toten und ihrem Umfeld. Er liebte seinen Job, es war für ihn fast wie eine Sucht – eine Rätselsucht. Jeder Fall liess ihn nicht los, bis er ihn gelöst hatte. Alles andere trat in den Hintergrund. In Kürze würde er mit neuem Leben, einem neuen Geschöpf konfrontiert werden. Hier würden andere Fähigkeiten gefragt sein, die er erst noch entwickeln musste.

6

Am Montagmorgen tat Monti, was er wochentags immer tat, bevor er seinen Dienst bei der Kriminalpolizei antrat. Er füllte seine Koffeinreserven im La Stanza auf. Das Café am Bleicherweg platzte auch an diesem Morgen aus allen Nähten. Giuseppe, Montis Lieblingskellner, hatte ihm den letzten verbliebenen Stuhl am Bartresen reserviert, indem er einen Karton mit Kaffeebohnenbeuteln darauf abgestellt hatte.

Giuseppe servierte ihm einen Espresso, und Monti öffnete die runde Vitrine der Etagere, die auf einem goldenen Sockel stand, und entnahm ihr ein Cornetto con marmellata. Die vor ihm liegende Zeitung überflog er kurz. Der Mordfall im Prime

Tower wurde im Lokalteil in einer Randspalte erwähnt. Er hatte Mühe, sich auf den Inhalt zu konzentrieren, wechselte noch ein paar Worte mit einem anderen Stammgast an der Bar, bevor er sich auf den Weg machte.

Monti eilte zur Kasernenstrasse 29, wo er mit seinem Team die nächsten Schritte im Mordfall Goldman besprechen wollte. Demnächst würde er sein Büro mit Blick auf die Sihl räumen müssen, stand doch der Umzug ins Polizei- und Justizzentrum an die Güterstrasse 33 bevor. Es graute ihm davor, in diesen Bunker ziehen zu müssen. «Alle unter einem Dach» war das Motto. Forensiker, Kriminalpolizei und Staatsanwälte würden ihre Arbeitsplätze an einem zentralen Ort in Zürich haben. An und für sich eine gute Idee, aber der Umstand, dass Müller nur ein paar Schritte von ihm entfernt sein Büro aufschlagen würde, gefiel ihm nicht.

«Donnerwetter!» Urech tippte wild auf seiner Tastatur herum, als Monti in das Gemeinschaftsbüro im zweiten Stock eintrat.

«Was ist los?» Daniela Lüscher schaute hinter ihren Monitoren hervor.

«Nichts ist los. Eben nichts ist los. Netzausfall. Kein Internet, kein Festnetz, alles ausser Betrieb.» Urech stand auf und trat wütend gegen den Stuhl.

«Das scheint sich zu häufen. Schon der zweite in diesem Jahr. Normalerweise haben wir höchstens einen pro Jahr.»

«Das kann doch nicht sein. Immer zum dümmsten Zeitpunkt fällt das verdammte Netz aus. Wie sollen wir arbeiten, ohne Zugang zum Internet, ohne Telefonverbindung? Sauladen!»

Monti, der sich einen Stuhl geschnappt hatte und mit Lüscher die Tatortfotos anschauen wollte, wusste, dass nicht der Netzausfall der Grund für Urechs schlechte Laune war, sondern dessen Gerichtsfall am kommenden Donnerstag.

Urech klopfte mit der Faust auf den Tisch, was Monti veranlasste zu intervenieren. «Du wirst sicher einmal dreissig

Minuten ohne Internet auskommen. Früher haben wir die Mörder auch gefasst, ohne Computer, Internet und Smartphone.»

«Oder hast du wieder ein Tinderdate, das auf deine Antwort wartet?» Lüscher grinste.

Urech ignorierte sie. «Diese Netzbetreiber gehen mir aber so was von auf den Wecker. Jedes Jahr erhöhen sie die Preise, und die Netzausfälle nehmen zu.»

«So funktioniert die Marktwirtschaft: Qualität und Preis sind zwei verschiedene Dinge, die nicht zwingend positiv korrelieren müssen», sagte Monti.

Sie gingen in den dritten Stock hoch in Montis Büro und setzten sich an den Besprechungstisch, den Frau Weber, seine Sekretärin, bereits von allen Dokumentenstapeln befreit hatte, die Monti dort üblicherweise lagerte.

Monti verteilte die Aufgaben an die Teammitglieder.

Lüscher sollte die sozialen Medien wie Instagram, Facebook, Twitter, TikTok und YouTube abklappern und die Liste der Telefonanrufe und Mitteilungen vom Netzbetreiber, wahrscheinlich von Goldmans eigenem Arbeitgeber Helvetiacom, anfordern, um Informationen über das Opfer und seine persönlichen Beziehungen zu sammeln.

Urech sollte die Befragungen der Arbeitskollegen von Goldman vorbereiten, sich im Umfeld der Helvetiacom umhören und beim Einwohneramt die Personaldaten aufnehmen respektive verifizieren.

Monti nahm das nahe Umfeld des Opfers unter die Lupe. Das Gros der Morde geschah dort: Opfer und Täter kannten sich oft.

«Was hatte Goldman veranlasst, am Samstag, den 1. Mai, ins Büro zu gehen?», fragte Lüscher. «Und weshalb wusste das der Mörder?»

Urech strich sich mit der rechten Hand durch den Bart, der eine Trimmung benötigte. «Vielleicht hatten sich Opfer und Mörder verabredet?»

Lüscher sagte: «Sie müssen Arbeitskollegen gewesen sein. Wie sonst konnten sie den Prime Tower betreten?»

«Goldman hatte einen Zutrittsbadge», sagte Monti. «Der Mörder hatte vielleicht auch einen Badge oder kam als Gast rein oder mit dem Opfer zusammen.»

Wie immer gab es zu Beginn eines Falles einen Haufen offener Fragen.

Monti stand auf und lief gedankenversunken ein paar Schritte von der Gruppe weg. Die Buchseite hatte ihn in der letzten Nacht um den Schlaf gebracht. Zuerst verschwand das Fischer-Buch aus der Bibliothek seines Schachclubs, dann fand man eine Seite aus einem solchen Buch am Tatort auf dem Bauch der Leiche. Stammte die Seite am Tatort aus dem Buch der Schachgesellschaft? Das Fischer-Buch in der ersten Auflage wurde tausendfach verkauft. Die Seite konnte aus irgendeinem Exemplar herausgerissen worden sein, versuchte er sich einzureden.

Er unterbrach ihre Diskussion kurz, Urech und Lüscher gingen sich einen Kaffee am Automaten holen, während er sein Smartphone in die Hand nahm und Hafner anrief, diesem den möglichen Zusammenhang erklärte und ihn zur Olivengasse 8 beorderte, um dort am Nachmittag nach Einbruchsspuren zu suchen. Als Nächstes kontaktierte er Tanguy und bot ihn auf, das Clublokal für sie aufzuschliessen, damit der Forensiker seine Arbeit ausführen konnte.

Lüscher und Urech trotteten zurück ins Zimmer, beide mit einem Kaffeebecher in der Hand.

«Aber warum im Prime Tower?», fragte Lüscher.

«Warum nicht?», fragte Urech.

Lüscher antwortete mit ruhiger und sanfter Stimme. «Das ist nicht der ideale Ort, um einen Mord zu verüben. Das Gebäude ist stark frequentiert und bestimmt überwacht.»

«Aber nicht am 1. Mai. Dann arbeitet quasi niemand dort.» Urech schüttelte den Kopf.

«Der Mörder wollte ein Zeichen setzen. Eine Botschaft

aussenden», sagte Monti, dessen Stimme nun bestimmter und eine Spur lauter war.

«Vielleicht ein Antikapitalist?», fragte Urech und gab gleich selbst eine mögliche Antwort. «Jemand, der unser System angreifen will. Das ist doch kein Zufall, dass der Täter am 1. Mai zugeschlagen hat.»

«Jetzt geht die Phantasie wieder einmal durch mit unserem Innerschweizer», sagte Lüscher.

«Man muss in alle Richtungen denken bei Mordermittlungen. Aber das wirst du auch noch lernen, wenn du deinen jugendlichen Leichtsinn abgelegt hast.»

Frau Weber, die wie immer Protokoll führte, setzte ihren Bleistift ab, rückte ihre Brille auf der Nasenspitze zurecht und fragte: «Herr Monti, hat der Bauer eine besondere Bedeutung im Schachspiel?»

«Die Bauern sind die Seele des Schachspiels», zitierte er mit François-André Danican Philidor einen der besten Schachspieler des 18. Jahrhunderts. «Die Bauern sind zwar die Figuren mit dem tiefsten Materialwert im Schach, aber sie legen die Struktur der Stellung auf dem Brett fest. Sie sind von hoher strategischer Bedeutung, sind wie das Fundament eines Hauses. Bauernzüge müssen gut überlegt sein, sie können nicht rückgängig gemacht werden, da sie nur vorwärts ziehen dürfen.»

Monti erhob sich, lief zur Pinnwand und drehte sich zu seinen Kollegen um. «Im Schach opfert man eine eigene Figur, um einen Vorteil zu erlangen. Zum Beispiel, um eine Linie zu öffnen und den gegnerischen König anzugreifen.»

«Eine Art Investition, die sich später mit Gewinn zurückzahlt?», fragte Urech.

«Der Gegner erhält kurzfristig einen Materialvorteil, aber er kommt unter Druck oder wird matt gesetzt.»

«Aber warum opfert der Täter einen Bauern und nicht eine Dame?», fragte Lüscher.

Monti stand auf. «Der Bauer am Tatort ist vielleicht ein

Symbol dafür, dass es in Wahrheit um etwas Bedeutsameres geht. Goldman ist lediglich ein Bauernopfer.»

7

Als sie die Treppen hinunterstiegen, diskutierten sie immer noch über das Bauernopfer. Sie hatten einen Anker in ihren Ermittlungen gefunden, an dem sie sich festhalten konnten, aber nicht mehr, dessen war sich Monti bewusst.

Lüscher ging in ihr Büro, während ihn Urech nach draussen in den Hinterhof des Polizeiareals begleitete, wo sie eine Rauchpause einlegten. Er sah die Gelegenheit gekommen, Urech über seine privaten Neuigkeiten zu informieren.

«Peter, ich werde Vater.»

Urech horchte auf, legte seine Zigarette im Aschenbecher ab und klopfte ihm auf die Schulter. «Herzliche Gratulation! Das wurde aber auch höchste Zeit. In deinem Alter war ich bereits zweifacher Grossvater.»

«Es sind nicht alle so schnell wie du. Einige Leute brauchen etwas Anlaufzeit.»

Als er den Satz beendet hatte, streichelte er über seine Narbe im Gesicht und fühlte die Trauer in sich aufkommen. Die Zeit heilt alle Wunden, besagte ein Sprichwort. Die Verletzungen im Gesicht nach dem Autounfall waren innert weniger Monate verheilt, nur die eine Wunde in der linken Gesichtshälfte war als unübersehbares Erinnerungsmal geblieben. Der Schmerz ging nie ganz weg, mal war er schwächer, fast erloschen, aber dann kam er wie ein Jo-Jo zurück. Es war weniger der physische als der mentale Schmerz, der ihn plagte. Das Nervige war, er erinnerte sich an nichts, nur an die Hitze, die sich durch sein Gesicht zog, als er im Spital wieder aufgewacht war.

«Jetzt beginnt der Ernst des Lebens, Fabio.»

«Alles neu macht der Mai», sagte Monti, obwohl ihm nicht zum Scherzen zumute war, aber er versuchte sich damit von den künftigen Veränderungen, die auf ihn warteten, abzulenken.

Seit er vor einigen Jahren mit Nicole zusammengezogen war, hatte sich zu seiner positiven Überraschung nicht viel in seinem Leben verändert. Im Grossen und Ganzen behielt er seine Lebensweise und seinen Lebensrhythmus, neue Einschränkungen gab es fast keine, und seine Gewohnheiten durfte er beibehalten, selbst sein privates Büro mit der Sammlung von historischen Gegenständen aus der Toskana und den Schachutensilien war bis heute von Nicole – trotz mehrfacher Androhungen – nicht entrümpelt worden.

Er hätte nicht gedacht, dass er noch einmal mit einer Frau glücklich werden konnte. Es gab ein Leben vor und nach dem Autounfall, bei dem er seine Frau Viola und das ungeborene Kind verloren hatte. Nachdem er aus dem Spital entlassen worden war, verkroch er sich wie ein Maulwurf monatelang in seiner Wohnung. Einzig die Arbeit bei der Kriminalpolizei und das Schachspiel vermochten ihn von seiner Trauer abzulenken.

Jetzt kam der nächste Schritt, dieser war eine Schuhnummer grösser, und es würde Einschnitte in seinem Leben geben, deren Ausmasse er sich noch gar nicht vorstellen konnte. Da machte er sich nichts vor.

Seine anfänglichen Bedenken der Vaterschaft gegenüber, die er nicht zuletzt wegen seines fortgeschrittenen Alters hegte, hatten sich zwar nicht in Luft aufgelöst, seit ihm Nicole die freudige Nachricht ihrer Schwangerschaft überbracht hatte, aber er blickte dem ganzen Unterfangen etwas positiver entgegen. Das mussten wohl die Glückshormone sein. Man wächst bekanntlich mit seinen Aufgaben.

Urech war ihm auf diesem Gebiet einen Schritt voraus oder besser gesagt hatte mehr Erfahrungen mit dem Vatersein und den damit verbundenen Pflichten, die bereits ein paar Jahre hinter ihm lagen, sah er doch seine beiden erwachsenen Söhne nur noch an Ostern, zu Weihnachten und bei Familienfesten. Zu seiner Ex-Frau hatte er den Kontakt nach einem wüsten und teuren Scheidungskrieg definitiv abgebrochen, wie eine Brücke, die im Krieg abgefackelt und vollständig niedergebrannt wurde.

Sie verabschiedeten sich, und Urech gab ihm einen Ratschlag mit auf den Weg.

«Trag Sorge zu Nicole und dem Baby. Begehe nicht die gleichen Fehler wie ich.»

8

Trams und Autos zischten über das Stauffacherquai, während Monti über die Sihlbrücke zum Paradeplatz lief, um sich von dort aus in Richtung Kreis 3 aufzumachen. Das Gespräch mit der Ehefrau des Opfers stand auf der Agenda. Er hatte die Stadtpolizisten, die am Samstagabend der Witwe die traurige Nachricht des Todes ihres Ehemanns überbracht hatten, angewiesen, seinen Besuch anzukünden.

Mit dem Tram hatte er eine direkte Linie zum Wohnort von Frau Goldman und ersparte sich das Umsteigen, das er wenn immer möglich vermied, auch wenn es zeitliche Vorteile gebracht hätte.

Als er auf der Traminsel unter dem ellipsenförmigen Dach am Paradeplatz angekommen war, stieg er im hintersten Abteil des 13er-Trams ein.

Nicole hatte ihm eine WhatsApp-Nachricht geschickt, die mit nicht weniger als fünf Baby-Emojis gespickt war. Fünf Kinder, das wäre des Guten dann schon zu viel. Er hoffte, dass diese Schwangerschaft besser enden würde als die letzte, an der er beteiligt gewesen war. Leben und Tod waren manchmal so nahe beieinander. Das Leben war eine gefährliche Sache.

Die Schiebetüren öffneten sich, und er stieg aus. Es herrschte reger Betrieb bei der Haltestelle Uetlihof, da unmittelbar daneben eine Grossbank ihre Büros hatte. Leute kamen und gingen wie Ameisen aus und zu ihrem Haufen. Ob diese Arbeiter auch so fleissig und stark waren wie die Sechsbeiner? Monti entschied sich, nicht entlang der stark befahrenen Uetlibergstrasse, sondern durch das Wohnquartier zu laufen. Am Hang oben sah er die Schrebergärten, schön rechteckig angelegt, einen neben dem anderen, die für Familien angenehme Rückzugsorte in der Stadt boten.

Monti musste sich eingestehen, dass er diese Gegend von Zürich, ja den ganzen Kreis 3 nicht gut kannte. Einen grünen Daumen hatte er nicht, seine Besuche im Albisgütli konnte er an einer Hand abzählen, am Knabenschiessen hatte er nie teilgenommen, seine gute Schusstechnik war erst in der Polizeischule zum Vorschein gekommen, und die Saalsporthalle hatte er vor über zwanzig Jahren das erste und letzte Mal besucht, als ein Dienstkollege ihn mit zum Handball geschleppt hatte und Amicitia sich genau an diesem Abend den Schweizer Meistertitel sichern konnte, was mit einer ausufernden langen Feier begossen worden war. Allein schon bei diesem Gedanken stellten sich die Kopfschmerzen von damals wieder ein.

Als er das Ende der Quartierstrasse erreichte, sah er das Albisgütli mit seinem prächtigen Turm, der aus einem Disney-Film hätte stammen können. Der Ort verkörperte für ihn Tradition. Jeweils im September schossen die Knaben und – seit 1991, als die Schweiz siebenhundert Jahre Eidgenossenschaft feierte – auch die Mädchen mit dem Sturmgewehr auf die Dreihundert-Meter-Zielscheiben, um die Zürcher Schützenkönigin oder den Schützenkönig zu bestimmen. Ein Brauchtum, das seit dem 17. Jahrhundert überlebt hatte und weltweit wohl einzigartig war. In ein paar Jahren könnte dann sein Kind daran teilnehmen, falls Nicole, die kein Fan von Schusswaffen jeglicher Art und vom Schiesssport war, dem Kind das

Schiessen nicht verbieten würde. Urech könnte sicherlich im Schützenverein ein Einführungstraining für seinen Zögling organisieren.

Monti gab die Wohnadresse von Frau Goldman in sein Smartphone ein und folgte der Stimme von Google Maps, die ihn in die Uetliberghalde führte.

Erwartungsvoll stand er vor einem Reiheneinfamilienhaus, das neu renoviert sein musste. Der Verputz war schneeweiss, während jener der angrenzenden Bauten schon etwas in die Jahre gekommen war. Das Haus befand sich an einem schmalen Weg. Es hatte eine Photovoltaikanlage auf dem Dach, die man immer häufiger auf neuen Gebäuden in Zürich und Umgebung sah. Lag das an den Abzugsmöglichkeiten in der Steuererklärung, den grosszügigen Investitionsbeiträgen der Stadt, oder waren die Leute einfach umweltbewusster geworden? Alles gute und legitime Gründe. Es war eine gute Sache für die Umwelt und, so meinte Urech einst, leistete einen Beitrag zur autarken Stromversorgung der Schweiz.

Auf dem Klingelschild stand: «Anna & Emanuel Goldman». Die Tür war mit einem Fingerscanner ausgestattet, so brauchte man keine Schlüssel mehr, die man immer wieder verlegte oder gar verlor. Er drückte auf die Klingel.

Eine Frau mit einer runden schwarzen Brille öffnete. Monti zeigte seinen Dienstausweis, und ohne ein Wort zu sagen, liess sie ihn eintreten und wies ihm den Weg ins Wohnzimmer. Sie trug eine schwarze Faltenhose und eine weisse Bluse mit Spitzenkragen. Im Flur hingen eingerahmte Bilder, die Emanuel Goldman und seine Frau auf einer Bergspitze – er war sich nicht sicher, ob es die Rigi war – und auf einer Safari in einem Jeep zeigten.

Das Wohnzimmer verfügte über einen Eichenparkettboden und eine grosse Fensterfront, durch die das Sonnenlicht die Wohnung flutete. Es war heiss, viel zu heiss für seinen Geschmack. Die Luft roch abgestanden und nach Zigarettenrauch.

Frau Goldman war nicht allein. Ein Mann sass am Tisch im Wohnzimmer und umklammerte eine Colaflasche mit seiner rechten Hand, als ob er damit auf jemanden losgehen wollte. Er hatte graue, fettige Haare und ein Doppelkinn, das nicht zu übersehen war. Ohne sich zu erheben und ohne seinen Namen zu nennen, stellte er sich als Nachbar vor. Sein Gesicht und seine Statur erinnerten Monti an den Beisser im James-Bond-Film «Der Spion, der mich liebte», sein Gebiss war hingegen in einer deutlich besseren Verfassung als das des Bösewichtes.

Monti bereute, dass er Urech nicht zur Befragung mitgenommen hatte, nun war er diesem Koloss allein ausgesetzt. Frau Goldman fuhr sich mit der Hand durch die braunen Haare. Sie sah niedergeschlagen aus, ihre Augen waren gerötet, das Gesicht war blass, was der stark aufgetragene dunkelrote Lippenstift zusätzlich verstärkte.

Eine Karaffe mit Wasser, eine Vase mit einer violetten Orchidee und ein siebenarmiger Leuchter mit brennenden weissen Kerzen standen auf dem Tisch. Frau Goldman stellte ihm ein Glas hin und schenkte Wasser ein. Erst jetzt bemerkte er die silbergraue Perlenkette, die unter ihrer Bluse um den Hals hing. Er schätzte Frau Goldman auf Mitte fünfzig. Immer noch hatte sie kein Wort gesagt, weder zu ihm noch zum Nachbarn.

Sie setzte sich Monti gegenüber, nahm ein Taschentuch aus der Box, die vor ihr auf dem Tisch stand, und wischte sich eine Träne von der Wange. Nur das Ticken der Wanduhr und das Schnaufen des Nachbarn zu seiner Rechten kämpften gegen das erdrückende Schweigen am Tisch.

Monti hasste diese Momente, in denen er den trauernden Personen so unmittelbar nach dem Tod eines geliebten Mitmenschen Fragen zu dessen Privatleben stellen musste und so ihre Trauerverarbeitung unterbrach und nicht selten mehr Salz in die offenen Wunden streute. Es war nun mal sein Job, aber ein Teil, auf den er gern verzichtet hätte. Obwohl er mittlerweile einen reichen Erfahrungsschatz mit sich trug, wurde die Aufgabe auch mit den Jahren nicht einfacher. Er räusperte sich und begann mit der Befragung, nachdem er Frau Goldman sein Beileid ausgedrückt hatte.

«Wir gehen von einem Gewaltverbrechen aus. Ihr Mann wurde erschossen.»

Frau Goldman schüttelte den Kopf.

Sie holte Luft, ihr Brustkorb bewegte sich, und sie schaute zum Nachbarn rüber, der immer noch die Colaflasche umklammerte. «Wer hat so etwas Schreckliches getan?»

«Das herauszufinden ist unsere Aufgabe.» Monti suchte den Blickkontakt zu ihr, sie wich ihm aus. «Hatte Ihr Mann Feinde?»

«Nein.»

«Hatte er Streit oder Schwierigkeiten mit jemandem?»

«Emanuel war der liebste Mensch, den Sie sich vorstellen können ...» Sie wollte noch etwas beifügen, aber ihre Stimme versagte, ihr blieb die Luft weg.

Der Nachbar drückte die Colaflasche zusammen und intervenierte. «Emanuel hatte keine Feinde. Notieren Sie sich das in Ihr Heft!»

Monti drehte den Kopf. Der Mann wich seinem Blick nicht aus. Er spielte sich auf, als ob er der Anwalt und Beschützer der Witwe wäre.

«Er war ein guter Mensch, und gute Menschen haben keine Feinde.» Der Mann, der einen goldenen Eckzahn besass, schaute Monti vorwurfsvoll an, der sich eine Notiz in sein Moleskinebuch machte.

Menschen, die keine Probleme haben, sind selten, aber die Hinterbliebenen unterdrücken die schlechten Erfahrungen oft intuitiv, um nicht despektierlich über die Toten zu reden, dachte Monti.

«Hat sich Ihr Mann in letzter Zeit sonderbar verhalten?» Er richtete den Blick erneut auf die Witwe.

Frau Goldman klammerte sich mit beiden Händen an ihr

leeres Glas, als ob dieses ihr den nötigen Halt geben könnte. Wieder schüttelte sie den Kopf. Der Nachbar klopfte mit der PET-Flasche auf den Tisch.

Monti schwächte seine Frage ab, in der Hoffnung, der Frau doch noch mehr als einen Satz zu entlocken. «Gab es Sachen, die ihn bedrückt haben?»

Sie holte tief Luft, schaute zum Nachbarn, als ob sie seine Zustimmung verlangte, und sagte mit brüchiger Stimme: «Emanuel hatte in letzter Zeit Stress bei der Arbeit.»

Sie brach in einen Weinkrampf aus und senkte ihren Kopf auf den Tisch. Der Nachbar stand auf, schritt zu ihr und legte ihr seine Hand auf die Schulter, während er Monti mit einem verachtenden Blick bedachte.

Monti nahm die Karaffe und füllte das Glas von Frau Goldman. Sie setzte sich wieder aufrecht hin, ihre Hände zitterten, und sie rieb sich die Tränen aus den Augen.

«Welche Art von Stress hatte er?», fragte Monti.

Sie nahm einen Schluck Wasser und nickte dem Nachbarn zu, und dieser setzte sich wieder auf seinen Stuhl. «Er verspürte mehr Druck, es gab Konflikte bei der Arbeit.»

«Mit den Arbeitskollegen?»

«Sticheleien, Kritik, immer mehr Arbeit.»

Sie erzählte, dass ihr Mann unzählige Überstunden leisten und oft auch an Wochenenden arbeiten musste. Das Arbeitsklima habe sich in den letzten Monaten verschlechtert, die Stimmung am Arbeitsplatz sei angespannt gewesen.

«Was war seine Funktion?»

«Emanuel arbeitete in der Finanzabteilung. Er war ein Zahlenmensch.»

«Als Buchhalter?»

«Das nennt man heute Financial Controller.»

«Wie lange arbeitete er schon für die Helvetiacom?»

«Fünf Jahre.»

«Wie war seine Beziehung zu seinem Chef?»

«Sein Chef war anspruchsvoll, verlangte ständig mehr Leistung, war undankbar und stand neuen Ideen kritisch gegenüber, was Emanuel am meisten aufregte.»

Sie schien langsam aus ihrem Schneckenloch rauszukommen. Sie war gut informiert über die Situation am Arbeitsplatz ihres Mannes. Das war ein gutes Zeichen für die Ehebeziehung, in der man sich über Probleme austauschte, anstatt diese nur stillschweigend zu unterdrücken.

«Gab es deshalb Konflikte?»

«Sie hatten natürlich die eine oder andere Meinungsverschiedenheit, aber von einem Streit hat mir mein Mann nie etwas erzählt.»

Monti kam in den Sinn, dass er den Nachbarn gar nicht nach dem Grund für dessen Anwesenheit gefragt hatte. Vielleicht schaute der deshalb so grimmig drein.

«Arbeiten Sie auch im Finanzbereich?», fragte er und bereute seinen Mut umgehend, als der Nachbar ihn noch grimmiger anschaute.

«Nein, ich bin selbstständig. Ich bin Metzger.» Er hielt die Colaflasche immer noch mit festem Griff, wie er wohl auch das Metzgermesser hielt, wenn er einem Schwein den Bauch aufschnitt.

Monti rieb sich kurz an der Nase und wechselte das Thema. «Spielte Ihr Mann Schach?»

Er hatte als Vorbereitung auf das Gespräch im Tram die Website des Schweizerischen Schachbundes konsultiert und nachgeschaut, ob Goldman registriertes Mitglied eines Schachclubs war, was nicht der Fall war.

«Schach? Warum sollte er Schach gespielt haben?», fragte Frau Goldman.

Monti erklärte ihr, dass sie eine Schachfigur neben dem Leichnam gefunden hatten, was er umgehend bereute, da dies bei ihr den nächsten Weinkrampf auslöste. Der Nachbar reichte ihr die Box mit den Taschentüchern.

«Nein, er hatte mit Schach nichts am Hut», sagte sie mit zittriger Stimme und glasigen Augen.

Monti fasste sich an die Stirn und setzte die Befragung in eine andere Richtung fort. «War Ihr Mann gläubig?»

«Nein, nicht besonders.» Sie atmete tief ein und aus, strich sich durch ihre Fransen und senkte ihren Blick auf den Tisch. «Wir waren nicht orthodox, wenn Sie das meinen.»

«Gab es», er suchte nach den richtigen Worten, «Anfeindungen religiöser Natur?»

«Nein, nicht am Arbeitsplatz. Das hätte er mir gesagt. Er hat mit dem Judentum auch nicht geprahlt.» Ihre Stimme war monoton wie die Lautsprecherdurchsagen an den Bahnhöfen.

«Ausserhalb der Arbeit?»

«Als wir noch in der Birmensdorferstrasse lebten, wurde unsere Haustür einmal mit einem Hakenkreuz besprayt.»

«Wann war das?»

Sie legte eine Pause ein, dachte nach. «Das muss mehr als zehn Jahre her sein.»

«Seither wurden Sie nicht mehr belästigt?»

«Nein, wir sind sicher hier und fühlen uns wohl in Zürich.»

Monti sah im Gesicht der Frau, dass ihr viele Gedanken durch ihr Hirn strömten. In solchen Situationen stellten sich die Hinterbliebenen ein Bündel von Fragen.

Gab es etwas, das wir nicht von ihm wussten?

Hätten wir es verhindern können?

Was ist geschehen?

Wer nahm ihm das Leben?

Und warum?

Das Warum war die grausamste aller Fragen. Sie frass sich in unser Gehirn, sie liess einen nicht los, und sie verschwand auch nicht. Das wusste Monti aus eigener Erfahrung bestens.

Monti blickte in sein Notizbuch. «Was hat Ihr Mann am Samstag gemacht?»

«Er musste ins Büro, um das monatliche Reporting vorzubereiten, und danach wollte er in die Zentralbibliothek gehen, wie er das fast jeden Samstag getan hatte.»

«Was tat er in der ZB?»

«Bücher ausleihen.»

«Bestimmte Bücher?»

Sie atmete tief. «Er interessierte sich für die Aufarbeitung der nachrichtenlosen Vermögen in der Schweiz von Holocaust-Opfern.»

«Aber die ist doch längst abgeschlossen.» Monti schaute sie an.

«Ich weiss.» Eine Träne lief über ihre Wange. «Hätte ich ihn doch am Samstagmorgen nur –»

Der Nachbar intervenierte. «Das war nicht dein Fehler, Anna.»

Sie richtete den Blick auf Monti. «Vielleicht war der Job zu viel für ihn. Hätte ich ihm doch nur zu einem Arbeitsplatzwechsel geraten.»

Die Frau stand am Rande eines Nervenzusammenbruchs, sie war fix und fertig, physisch und vor allem psychisch. Um sie etwas abzulenken von ihrem Schmerz, liess sich Monti von ihr die verschiedenen Zimmer des Hauses zeigen. Im Büro fand er eine Bibliothek. Er überflog die Büchersammlung, die Werke in hebräischer, englischer, französischer und deutscher Sprache umfasste. Die meisten davon schienen mit der Geschichte und Entwicklung der jüdischen Religion zu tun zu haben. Auf dem Pult lag der Bergier-Bericht aufgeklappt, als ob kürzlich jemand darin gelesen hätte. Daneben lag ein Papier, in dessen Mitte ein handgezeichneter Davidstern herausstach.

«Eine eindrückliche Büchersammlung haben Sie», sagte er mit aufrichtiger Bewunderung.

«Emanuel war vernarrt in die Bücher und in die Geschichte des Judentums. Rein intellektuell.» Als sie den Satz ausgesprochen hatte, begann sie zu schluchzen.

«Frau Goldman, gibt es ein Testament?»

Sie schüttelte den Kopf.

Sie verliessen das Büro und gingen ins Badezimmer, das modern mit einer Regendusche aus Edelstahl, einer Badewanne und anthraziten Keramikplatten eingerichtet war. Nachdem er einen kurzen Blick ins Schlafzimmer geworfen hatte, gingen sie zurück ins Wohnzimmer, wo der Metzger sich eine neue Colaflasche aus dem Kühlschrank genehmigte.

Monti wollte eine weitere Frage stellen, als sich der Nachbar zwischen sie quetschte. Die Wangen des Mannes glühten förmlich, und das rührte nicht von der hohen Raumtemperatur. Die Coca-Cola vermochte den Alkoholduft bei seinem Gegenüber nicht ganz zu überdecken.

«Es ist Zeit für Sie zu gehen, Herr Kommissar», sagte er, woraufhin Monti den Raum in dessen Begleitung verliess. An der Türschwelle starrten sie sich kurz an, bevor der Beisser seine letzten Worte an ihn richtete: «Jetzt müssen *Sie* liefern, Herr Monti. Finden Sie den Mörder!»

9

Das Gespräch mit Frau Goldman hatte länger gedauert, als Monti erwartet hatte, weshalb er direkt zum Central fuhr, wo er sich mit Urech zum Mittagessen verabredet hatte. Eine Touristengruppe kam ihm auf dem Kopfsteinpflaster des Niederdorfs entgegen, die dann aber in die Rheinfelder Bierhalle einkehrte. Monti bog ein Gebäude früher ab, wo die Tafel an der Mauer «Essen wie bei Mama» prophezeite. Mit zehnminütiger Verspätung trat er im «La Pasta» ein, wo ihn Urech bereits am hintersten Tisch erwartete.

Monti informierte ihn über den Inhalt des Gesprächs mit der Witwe, bevor sie sich dem Mittagessen widmeten. Urech bestellte Spaghetti Carbonara, die mit Pancetta und Ei, aber ohne Rahm zubereitet wurden. Monti nahm die Orecchiette al ragù di salsiccia e melanzane. Die Speisen, die sie mit einem Glas Rotwein ergänzten, schmeckten ihnen bestens. Er mochte die hausgemachten Teigwaren des Hauses. Zeit für ein Dessert blieb keine. Monti genehmigte sich noch einen Espresso, während Urech einen Brunello Banfi – mit fünfundvierzig Volumenprozent der stärkste Grappa des Hauses – zu seinem Kaffee Crème trank.

Nachdem sie ihren Hunger gestillt hatten, liefen sie über die Bahnhofbrücke zum Bahnhofquai. Es war noch angenehm warm, die Sonne blickte jetzt durch eine Wolkenwand. Sie drängten in das Cobra-Tram der Linie 11 und mussten sich bis zu ihrer Destination mit Stehplätzen begnügen. Bei der Haltestelle Signaustrasse stiegen sie aus und liefen fünfzig Meter auf der Forchstrasse in Richtung Kreuzplatz zurück, bis sie in die Olivengasse einbogen.

Monti kamen Gedanken an seine ersten Begegnungen mit dem Schachspiel. Es war in Piazza al Serchio in der Garfagnana gewesen, wo die älteren Herren, unter denen sich auch sein Nonno befand, draussen vor einem Restaurant Karten spielten, bis zu dem Zeitpunkt, als einer der Männer ein Schachbrett mitgebracht hatte, und von diesem Tag an wurde nicht mehr Briscola oder Scopa, sondern Scacchi gespielt. Am nächsten Tag stand auch ein Schachbrett auf dem Tisch im Wohnzimmer bei seinem Nonno, bei dem er jeweils die Sommerferien verbrachte, und sie spielten fortan stundenlang zusammen. Als er dann nach Zürich zurückgekehrt war, hatte er seinen Vater überzeugt, dass sie sich ebenfalls ein Brett anschaffen sollten, und seine Schachkarriere nahm ihren Lauf.

Kurze Zeit darauf ging er zum ersten Mal zur Schachgesellschaft Zürich. Zum «Schnuppern». Damals residierte der Club im «Schützengarten». Nach dessen Renovation vermochte der Club die gestiegene Miete nicht mehr zu stemmen und wechselte das Lokal. Sein Vater hatte ihn begleitet, und ein Schachlehrer, der dann leider viel zu früh verstorben war, brachte ihm das Schach von der Pike auf bei. Von da an verlor er keine Partie mehr gegen seinen Nonno.

Monti musste ein Lachen unterdrücken, wenn er an den Umzug der Schachgesellschaft in eine Parterrewohnung an der Mainaustrasse 54 dachte, wo das Rauchen verboten wurde, da die Nichtraucher die Mehrheit und das Sagen im Club übernehmen konnten. Seit nun schon über zwanzig Jahren residierte der Club an der Olivengasse 8.

Am besten hatte ihm die «Buurestube» im ehemaligen Hotel Bellerive an der Kreuzstrasse 2 gefallen, wo der Verein einen Raum für sich hatte, wo die Schachverrückten vierundzwanzig Stunden an sieben Tagen die Woche ihrer Leidenschaft frönen konnten.

Michael Hafner und Charles Tanguy erwarteten sie bereits vor dem Eingang des Mehrfamilienhauses. Während sie die Treppen hinunterschritten zum Raum im Souterrain, herrschte Stille, wo sonst an den Abenden bereits reger Betrieb war.

Die Luft war stickig und etwas abgestanden, als Tanguy ihnen die Tür öffnete und sie den kleinen Saal betraten. Heute Nachmittag gab es keine Klickgeräusche von Schachuhren, die gedrückt wurden, um die Zeit des Gegners zum Laufen zu bringen, und keine Gespräche von Gruppen, die im vorderen Teil des Lokals Partien und Stellungen bis ins letzte Detail analysierten. Der Geruch war Monti immer noch viel angenehmer als derjenige, den er vom Beginn seiner Schachkarriere in den siebziger Jahren in Erinnerung hatte. Dazumal hatten die Älteren während des Spiels noch ausgiebig und genüsslich Zigaretten und Zigarren geraucht, was die aufgehängten Fotos und Bilder bezeugten. Sie waren stets adrett gekleidet, meist mit Anzug und Krawatte, heute setzten sich einige der Schachspieler – zum Entsetzen von Monti – oft ungepflegt und mit Jogginghose ans Brett, als ob sie gerade vom Fussballtraining kämen.

Gleich nach dem Eingang war rechts die Toilette. Monti ging zur Küchennische um die Ecke, nahm sich ein Mineralwasser aus dem Kühlschrank und warf einen Zweifränkler in die rote Kasse.

Hafner machte sich an die Arbeit, öffnete seinen Spurensicherungskoffer und inspizierte die Eingangstür. Tanguy ging zum runden Tisch, der neben der Küchennische stand, und griff nach dem dicken blauen Buch, das jedes Mitglied beim Eintritt persönlich vom Präsidenten überreicht bekam.

Das nächste Opfer war Urech. Tanguy drückte ihm das Buch in die Hand. Monti ahnte, was auf seinen Polizeikollegen zukam. Mitgliederwerbung à la Tanguy.

«Das ist unsere Bibel – die Blaue Bibel. Da steht alles über die Schachgesellschaft drin.»

Das Buch gab einen Rückblick auf die Geschichte der letzten zweihundert Jahre der Schachgesellschaft Zürich, die 1809 gegründet worden und somit der mit Abstand älteste Schachverein der Welt war, wie nicht ohne Stolz auf der vereinseigenen Website erwähnt wurde.

Tanguy zeigte Urech ein Zitat von Richard Katz, der auch Mitglied der Gesellschaft gewesen war.

Ich habe langjährige Schachpartner gehabt, ohne zu wissen, was sie waren. Ich wusste nur, wie sie spielten. Was einen am Schachpartner interessiert, ist nicht sein Beruf, sondern sein Spiel. Golf ist für die Reichen, Fussball für die Menge, Bridge für gesellschaftlich Gleichgestellte: Schach aber ist für alle. Schach ist die wahre Demokratie. Hier gilt nur der mehr, der mehr kann.

Urech wippte mit dem Kopf und sagte: «Ich dachte, dass Schach eher etwas Elitäres war. So täuscht man sich.»

Tanguy zeigte auf die drei Bilder in der Ecke, die Männer in Massanzügen am Schachbrett zeigten, und schwärmte von den schönen alten Zeiten. Damals hatten die grossen Schweizer Unternehmen das Schach noch mit grosszügigen Spenden beglückt. Heute müsse man für jeden Franken betteln gehen, sagte Tanguy.

Urech gab sich als dankbarer und – für einmal – guter Zuhörer. «Die Stühle erinnern mich an unser Schützenhaus.

Aber bei uns hat jeder Stuhl den Namen von seinem Spender eingraviert.»

«Die Stühle habe ich an einer Liquidation in Kloten ersteigert – zu einem äusserst günstigen Preis», erklärte Tanguy.

Urech fasste einen Stuhl an. «Eichenholz – das ist gut, stabile Sache. Das hält für die nächsten Jahre.»

«Spielen Sie Schach, Herr Urech?»

«Um Himmels willen. Nein, ich habe noch nie eine Figur berührt.»

«Das sollten wir ändern. Schach macht enorm Spass und hält jung.»

«Meinen Sie? Ich bin schon im Schützen- und Jagdverein, das reicht mir völlig. Und die Arbeit bei der Kripo hält mich genug auf Trab, speziell mein Chef.»

«Fabio hat mir erzählt, dass Sie ein guter Schütze seien», sagte Tanguy und drehte den Kopf zu Monti. «Dabei muss man – wie im Schach – stark im Kopf sein und gute Nerven haben.»

Urech lächelte verlegen und winkte ab. «Das war ich mal. Früher. Mit dem Alter wird die Hand nicht ruhiger. Aber dieses Problem haben Sie beim Schach nicht.»

«Nein, aber die Spielstärke nimmt bei den meisten von uns zusammen mit der Konzentrationsfähigkeit im fortgeschrittenen Alter ab.»

«Das liebe Alter ... Es holt uns alle ein.»

«Kommen Sie, Herr Urech, ich muss Ihnen etwas zeigen.» Monti schmunzelte.

Tanguy versuchte wie immer, ein neues Mitglied für den Club zu gewinnen, und machte auch vor einem Polizisten im Dienst nicht halt. Er zeigte Urech eine goldene Schale an der Wand, die am Rande kleine Ovale mit Elefanten, Löwen und Pferden abbildete. «Handgemacht. Alles aus Porzellan. Ein Meisterwerk. Das wird heute gar nicht mehr hergestellt. Und wir könnten es uns auch gar nicht mehr leisten.»

Urech nickte anerkennend. «Selbst der Teppich trägt das

Schachbrettmuster», sagte er, was Monti in all den Jahren gar noch nie aufgefallen war. Aber wenn man genau hinschaute, konnte man grau und braun karierte Felder ausmachen. Auf den Holztischen waren dreizehn Schachbretter, die aus Kunststoff mit Pappe verstärkt und faltbar waren, auf denen je zweiunddreissig Figuren aus Buchsbaum standen, und daneben waren die digitalen Schachuhren positioniert. Die Stühle waren aus gelbbraunem hellem Holz, darauf lagen rote Kissen, damit der Allerwerteste beim langen Sitzen nicht wehtat. An der Wand hing ein Demonstrationsbrett, auf dem weisse und rote Kunststofffiguren klebten. Es stand den Schachlehrern zur Verfügung, um den Lernwilligen taktische Kniffe aufzuzeigen. Einzig der grosse LED-Flachbildschirm und der PC-Turm, die etwas notdürftig in der gegenüberliegenden Ecke platziert worden waren, und die Nespresso-Kaffeemaschine versprühten etwas Moderne im Spiellokal.

Urech, Tanguy und Monti gingen an den Tischen mit den Schachbrettern und Uhren vorbei zur Bibliothek, die sich an der hinteren linken Seite des Raumes befand und die von den Erfolgen der Schachgesellschaft Zürich zeugte. Urechs Blick richtete sich auf die oberste Ablage. Dort befanden sich fünfundzwanzig silberne Zinnpokale, jeder stand für einen Schweizermeistertitel des Clubs.

«Herr Urech, Sie befinden sich in einem Club mit langer und erfolgreicher Tradition, der seinesgleichen sucht. Wir sind Rekordschweizermeister. An diesen Brettern haben schon Weltmeister gespielt.»

«Sind Ihre Spieler Profis?», fragte Urech.

«Die meisten Mitglieder unseres Vereins sind Amateure, nur die Spieler der ersten Mannschaft sind Profis. Sie geben Schachkurse, um Geld zu verdienen, von den Antrittsgagen bei unseren Wettkämpfen können die wenigstens leben. Die Preisgelder bei Turnieren räumen meist die starken indischen, russischen oder ukrainischen Grossmeister ab.»

«Gibt es gute Schweizer Spieler?»

«Wir haben ein paar Nachwuchshoffnungen, die das Potenzial für die Weltspitze haben, aber unsere finanziellen Mittel sind zu limitiert, um ihnen auch ein Training mit Spitzentrainern zu ermöglichen.» Tanguy verzog seine Miene und fügte hinzu: «Leider finden auch fast keine Spitzenturniere mehr in der Schweiz statt.»

«Wieso nicht?»

«Früher hatten wir Banken, Versicherungen und Telekomkonzerne, welche die Turniere grosszügig mit Sponsoringgeldern unterstützt haben. Heute müssen wir Bettelbriefe an unsere Mitglieder schicken, damit wir wenigstens alle vier Jahre ein halbwegs anständiges Turnier auf die Beine stellen können.»

Urechs Blick wanderte zur Fotoaufnahme eines Vereinsmitgliedes. Tanguy zögerte nicht, ihm die Geschichte vom legendären Spieler zu erzählen. «Das ist Viktor Kortschnoi. Der Grossmeister war zweifacher Vizeweltmeister, unterlag zweimal gegen Anatoli Karpow im Weltmeisterschaftsfinale, er gewann viermal die Landesmeisterschaft der Sowjetunion, bevor er aus der Sowjetunion ohne seine Familie floh und in die Schweiz emigrierte, wo er bis zu seinem Tod mit fünfundachtzig Jahren für unsere Schachgesellschaft spielte – mit überragendem Erfolg.»

Urech nickte anerkennend. «Dumme Frage. Spielen Frauen und Männer zusammen? Oder gibt es separate Ligen?»

«Sowohl als auch. Die meisten Turniere in der Schweiz sind offen, dort spielen Frauen und Männer gemeinsam um die Preisgelder. Wir könnten noch etwas mehr Frauen gut vertragen.»

«Das ist bei uns im Schützenverein ähnlich.»

Monti starrte auf ein Foto aus dem Jahr 1959, als die Schachgesellschaft ihr hundertfünfzigjähriges Bestehen feierte. Das Bild zeigte zwei Schachspieler, die sich gegenübersassen, die US-amerikanische und die Schweizer Flagge. Den Schweizer Spieler erkannte er nicht, beim Amerikaner handelte es sich um den damals sechzehnjährigen Bobby Fischer. Am Anschlagbrett neben den Bücherregalen hingen die Ergebnisse der internen Clubturniere, schön säuberlich von Hand mit dünnem schwarzen Filzstift eingetragen, und die Todesanzeige «seines» Schachlehrers.

Die Büchersammlung, die nach Themen kategorisiert und nach Jahrgängen sortiert war, umfasste Abschriften von früheren Turnierpartien, Werke von Gross- und Weltmeistern sowie Sammlungen der Schweizer Schachzeitung und des «Informators», eines serbischen Schachmagazins, das eine Fülle von Partien für die Nachwelt festhielt.

Monti räusperte sich. «Genug Schachnostalgie, Charles. Kannst du uns zeigen, wo das Buch eingeordnet war?»

«Bien sûr.» Tanguy bückte sich, schaute bei der Rubrik Meister und zeigte mit dem Zeigefinger auf die Stelle, wo eine Lücke war. «Hier war das Fischer-Buch. Es stand zwischen dem ‹Karpov gegen den Rest der Welt›-Buch und dem ‹Fischer-Spassky›-Buch. Ich habe zuerst gedacht, dass es jemand falsch zurückgestellt hat. Vielleicht in die Rubrik Historisches. Das kommt ab und zu vor. Die Leute sind heute nicht mehr so ordentlich wie früher.» Er schaute auf, und Urech nickte ihm zu. Tanguy sprach manchmal wie ein Siebzigjähriger, obwohl er erst Mitte vierzig war. «Das Buch war von der ersten Auflage. Die kann man heute gar nicht mehr kaufen.»

«Wer könnte das Buch gestohlen haben?», fragte Urech.

«Ich habe keine Ahnung. Wer stiehlt schon ein Schachbuch?», fragte Tanguy zurück.

Monti unterbrach die beiden. «Kollege Hafner sichert deshalb jetzt allfällige Einbruchsspuren.»

«Aber ihr seid ja nicht wegen einem fehlenden Buch hier, oder?» Tanguy strich sich durch seine schwarzen Haare. «Damit die Polizei ausrückt, braucht es heute schon etwas mehr.»

Urech drehte seinen Kopf zu Monti.

«Das Buch ist möglicherweise in ein Tötungsdelikt involviert», sagte Monti.

«*Mon Dieu!* Das Buch ist in was?»

«Wir haben eine Seite aus dem Buch bei einem ermordeten Mann gefunden.»

«Ce n'est pas possible!» Tanguy starrte auf den Boden.

«Wir müssen davon ausgehen, dass der Dieb des Buches auch etwas mit dem Mord zu tun hat.»

Tanguy atmete tief aus. «Wer ist das Opfer?»

Monti überlegte kurz, ob er den Namen nennen sollte, sah dann aber ein, dass es nichts zur Sache tat, wer der Tote war. «Ein Geschäftsmann.»

«Mein Beileid für die Angehörigen. Aber dann habt ihr wenigstens den Dieb des Buches gefunden.»

«Leider ist es nicht so einfach. Wir kennen den Täter nicht ...» Monti pausierte und fügte dann an: «Noch nicht.»

Hafner kam auf sie zu und unterbrach das Gespräch. «An der Eingangstür gibt es keine Einbruchsspuren. Die Innenseite der Tür hat ein paar Kratzer, aber die rühren sicherlich von der Installation des Schlosses durch den Schreiner her.»

«Vielleicht ist der Dieb durchs Fenster eingestiegen?», fragte Monti. Die Fenster waren klein, aber gross genug für einen Erwachsenen, um durchzukriechen. Auf der hinteren Seite des Lokals Richtung Osten sah man durch die Fenster grünes Moos, dort wäre ein Einstieg für einen Einbrecher in der Dunkelheit möglich, ohne von einem Nachbarn ertappt zu werden.

Hafner schüttelte den Kopf. «Die Fenster und die Rahmen weisen keine Einbruchsspuren auf. Ich habe die Fenster auch von aussen überprüft, bevor ihr aufgetaucht seid. Bis auf die normale Abnützung gibt es keine Anzeichen, dass hier jemand eingedrungen ist.»

Monti stutzte.

«Waren die Fenster gekippt?», fragte Urech.

«Nein, die kann man nicht kippen. Die sind zu alt», sagte Tanguy.

«Wer hat alles einen Schlüssel zum Lokal?», fragte Hafner.

Monti schaute Tanguy an. «Hast du die Liste der Schlüsselbesitzer dabei?»

Er händigte sie ihm wortlos aus. Auf der Liste standen sieben Nummern, aber nur sechs Namen. Bei der Nummer sieben standen nur drei Fragezeichen. Bis auf Britschgi und die Putzfrau waren die anderen Schlüsselbesitzer alle Vorstandsmitglieder der Schachgesellschaft. Monti kannte sie, mit Ausnahme der Putzfrau, alle persönlich. Er konnte sich nicht vorstellen, dass eine dieser Personen ein Buch stehlen, geschweige denn einen Mord begehen würde. Am ehesten traute er Britschgi zu, etwas mitlaufen zu lassen, um es dann gegen etwas Geld zu verkaufen, aber ein Mord war eine andere, viel zu grosse Schuhnummer für Britschgi.

«Wir brauchen die Fingerabdrücke aller Schlüsselbesitzer», sagte Monti mit entschuldigendem Blick.

«*Mais non.* Muss das sein?», fragte Tanguy.

«Leider geht es nicht anders», antwortete Monti und fügte nach einer kurzen Pause an: «Dann können wir sie schnell als Täter ausschliessen.»

Tanguy blickte ihn mit grossen Augen an. «Als Täter ausschliessen? Du glaubst doch nicht, dass ein Mitglied der Schachgesellschaft einen Mord begangen hat.»

«Ich kann es mir nicht vorstellen, aber mein Job besteht darin, Fakten zu sammeln, und nicht, auf Bauchgefühle zu hören.»

«Soll ich die ganze Bibliothek auf Fingerabdrücke untersuchen?», fragte Hafner und sah nun zu Monti.

«Es bleibt uns nichts anderes übrig.»

«Aber die Bibliothek wird doch Hunderte von Fingerabdrücken aufweisen. Das bringt doch nichts», warf Tanguy ein.

Hafner schaute Monti fragend an, der ihm zunickte.

Bei der Spurensicherung verfolgte Monti immer dasselbe Prinzip: Je mehr, desto besser. Viel Arbeit war häufig für die Katz, aber wenn sie nachlässig waren, hätten sie potenzielle

Spuren nicht gesichtet, die sie zum Täter führen könnten. Die Forensik lieferte ihm oft die handfesten Beweise für seine Hypothesen, und ohne diese verurteilte kein Richter einen Verdächtigen zu einer Haftstrafe.

Wer die Forensik nicht kannte, war vielleicht versucht, darin eine monotone Beschäftigung für Menschen in Schutzanzügen und introvertierte Wissenschaftler zu sehen. Personen, die eine Vorliebe für exakte Arbeitsweisen und mikroskopische Spurenauswertungen hatten. Das stimmte nur zum Teil, denn die Arbeit erforderte neben Präzision auch eine Menge Tatorterfahrung und die Fähigkeit, technische Resultate richtig zu deuten.

Hafner öffnete den Spurensicherungskoffer und breitete eine Plastikfolie auf dem Teppich aus, um diesen nicht mit Russpulver zu verschmutzen, das er für die Erkennung der Fingerabdrücke verwendete. Nicht dass beim Teppich noch viel zu retten war, aber das war Usus bei den Forensikern.

Tanguy, Urech und Monti begaben sich in den vorderen Teil des Raums, wo sie sich einen Kaffee genehmigten. Monti spürte, dass Tanguy niedergeschlagen war. Dessen Unbekümmertheit war verflogen, seine Sätze waren nun kürzer und die Stirnfalten ausgeprägter als sonst.

«Was für eine Schande für unseren Club!», sagte Tanguy.

Monti meinte, eine Träne in Tanguys Augen ausgemacht zu haben. «Diebe gibt es überall.»

Tanguy kniff die Augen zusammen. «Diebstahl? Wir haben es mit Mord zu tun.»

Als sie das Clublokal verliessen, hatte Hafner ein grosses Arsenal an Fingerabdrücken sichergestellt. Nachdem Tanguy sich von ihnen verabschiedet hatte und in seinen Mercedes EQC einstieg und davonfuhr, bemerkte Monti, dass Urech neben der Blauen Bibel, die ihm Tanguy geschenkt hatte, auch ein Formular in der Hand hielt.

«Willst du uns beitreten? Wir suchen immer nach Nachwuchstalenten.»

«Euer Präsident hat mir das in die Hände gedrückt.»

«Man ist nie zu alt für neue Hobbys.»

«Nein, ich bleibe beim Jagen und Schiessen. Ich hab schon genug Denksport mit dir bei der Arbeit. Das reicht mir, sonst brummt mein Schädel noch mehr.»

Sie liefen zu dritt zur Tramhaltestelle, wo sie sich eine Zigarette anzündeten, als sie bemerkten, dass sie das Tram gerade verpasst hatten.

«Was fasziniert dich eigentlich am Schach?», fragte Urech.

«Das Spiel ist jedes Mal anders, man muss sich immer wieder mit neuen Stellungen beschäftigen. Und am wichtigsten: Man hat keinen Sündenbock – man kann nur sich selbst die Schuld zuschreiben.»

«Beim Schiessen kann ich der Waffe noch die Schuld geben.»

Monti wechselte das Thema. «Der Dieb kommt von innen.»

«Ein Mitglied oder die Putzfrau?», mischte Hafner sich ins Gespräch ein.

«Was will die Putzfrau mit einem alten Schachbuch?», fragte Monti. «Ein Dieb würde die goldene Schale an der hinteren Wand, das Bild mit dem Satan oder den Flachbildschirm mitnehmen.»

Hafner stimmte ihm zu.

«Euer Vereinspräsident scheint mit Leib und Seele dabei zu sein. Ihm geht das Ganze gewaltig an die Nieren», sagte Urech.

«Das ist so. Er macht alles für den Verein, als ob dieser sein eigenes Kind wäre. Kein Aufwand ist ihm zu viel.»

«Ich bewundere diese Leute, die sich für das Wohl der anderen, für den Verein, für die Gemeinschaft einsetzen», sagte Hafner.

«Ein Auslaufmodell in der heutigen Gesellschaft. Die Vereine finden kaum noch Vorstandsmitglieder», sagte Monti, der selbst eine Position im Vorstand vor ein paar Jahren vehement abgelehnt hatte. Er war kein Funktionär. Sie wollten ihn als Spielleiter einsetzen, aber seine mangelnden IT-Kenntnisse verhinderten auf natürliche Art und Weise – wie er fand –, dass er für diesen Posten geschaffen war.

«Eigentlich schade. Aber ihr habt mit eurem Präsidenten auf jeden Fall einen Glückstreffer gelandet.» Hafner schmunzelte.

Monti nickte. Tanguy war wie ein Sechser im Lotto für die Schachgesellschaft Zürich. Zum Glück gab es noch solche Menschen, die sich mit so viel Leidenschaft für das Gemeinwohl einsetzten, ohne dafür einen Rappen zu erhalten. Nicht einmal eine Spesenentschädigung kannte die Schachgesellschaft. Alles ehrenamtlich.

Urech hob den Daumen und sagte: «Der Mann hat Schach im Blut.»

10

Der Duft von Kaffee lag in der Luft. Obwohl es im Sitzungszimmer der Staatsanwaltschaft I an der Molkenstrasse 15 keine Kaffeemaschine gab und, Gott bewahre, der Hausherr seinen Gästen seit jeher auch keinen anbot, was diese zwang, ihren eigenen Pappbecher vorgängig bei einem der Take-away-Stände zu erwerben.

Monti hasste diese Sitzungen so früh am Morgen gleich aus zwei Gründen. Einerseits wehrte sich seine innere Uhr gegen so frühe Treffen, andererseits fehlte ihm das Koffein, um seinen Körper und sein Gehirn in Gang zu setzen. Da das La Stanza seine Türen um diese Zeit noch nicht geöffnet hatte, musste er ohne Kaffee auskommen, denn er trank diesen ausschliesslich aus Porzellantassen.

«Kann mir jemand helfen?» Der dünne, kleine Mann im schwarzen Anzug hantierte mit der Fernbedienung, schwenkte sie und drückte zum wiederholten Mal eine Tastenkombination auf seinem Laptop, alles vergeblich, der grosse Flachbildschirm an der Wand blieb dunkel an diesem Dienstagmorgen. Das kam davon, wenn man die Sitzungen um sieben Uhr morgens einberief, wie der Herr Dr. Staatsanwalt es sich zur Gewohnheit gemacht hatte.

Die Sachbearbeitersitzungen an sich waren eine gute Sache. Innerhalb weniger Stunden waren alle Ermittler auf dem gleichen Stand, und Unklarheiten konnten im Gespräch ausgeräumt werden.

Lüscher stand auf, nahm Müller die Fernbedienung aus der Hand und startete seinen Computer neu.

«Ein Reboot tut immer gut.»

Zwei Minuten später blickten ihnen der Löwe und das Zürcher Wappen, das Logo der Zürcher Staatsanwaltschaft, vom LED-Bildschirm entgegen.

Müller richtete seine Krawatte. «Starten wir mit den persönlichen Daten.»

Urech schaute auf seinen Notizblock, während Müller ein Bild der Leiche an die Wand projizierte, und sagte: «Goldman, Emanuel Jakob, geboren am 15. Mai 1959, Schweizer Bürger, wohnhaft gewesen in Zürich, arbeitete seit fünf Jahren für die Helvetiacom in der Finanzabteilung, Wirtschaftsstudium an der Universität Zürich, Ausbildung zum eidgenössisch diplomierten Wirtschaftsprüfer.»

«Religionszugehörigkeit?», unterbrach ihn Müller.

«Er zahlte keine Kirchensteuer. Er war jüdisch, wie seine Frau bestätigte», antwortete Urech.

«Strafregisterauszug?», fragte Müller weiter.

«Der Mann hatte eine weisse Weste: keine Vorstrafen, keine Gerichtsfälle, nicht einmal eine Verkehrsbusse hatte er sich zuschulden kommen lassen.»

«Solche Leute gibt es, Herr Urech, das können Sie sich nicht vorstellen», sagte Müller mit sarkastischem Unterton.

Urech ignorierte die Bemerkung und ergänzte: «Sein Betreibungsregisterauszug ist auch makellos.»

Das überraschte Monti nicht. Die Helvetiacom als börsenkotiertes Unternehmen, das unter strenger Beobachtung der Öffentlichkeit, der Behörden und der Aktionäre war, würde keinen Vorbestraften in der Finanzabteilung arbeiten lassen.

«Frau Lüscher, was haben Sie in den sozialen Medien über das Opfer herausgefunden?», fragte Müller.

«Goldman war nicht aktiv. Er hatte ein Facebook-Konto, aber der letzte Eintrag liegt schon zwei Jahre zurück. Bei LinkedIn hat er ein Profil, bei Instagram, Twitter oder TikTok nicht. Er benutzte jedoch Telegram.»

«Was ist Telegram?», fragte Monti, und alle schauten ihn verwundert an, als ob er das Resultat einer einfachen Rechenaufgabe nicht kennen würde.

«WhatsApp für Schurken», sagte Urech.

«Aber etwas hat mich nachdenklich gemacht.» Lüscher fuhr sich durch ihre blonden Haare, die sie heute offen trug, für einen Zopf hatte die Zeit wohl nicht gereicht.

«Das wäre?», fragte Müller.

«Bei den gängigen Suchmaschinen wie Google, Bing et cetera gibt es keinen einzigen Eintrag über ihn.»

«Das kann ich mir in der heutigen Zeit nicht vorstellen», erwiderte Müller.

«Der unsichtbare Mann. Das ist schon fast verdächtig in der heutigen Zeit», ergänzte Urech.

«Haben wir die Telefonauszüge?» Müller tippte mit seinen Fingern auf den Tisch.

Lüscher nickte und nahm einen Stapel Blätter aus dem Rucksack.

«Keine Auffälligkeiten. Am häufigsten hat er mit seiner Frau telefoniert. Am Samstag hat er keine Anrufe getätigt, er hat fünf Anrufe von seiner Frau zwischen elf und fünf Uhr erhalten, hat aber keinen angenommen. Sein Smartphone trug er auf sich, als ihn die Spurensicherung inspiziert hatte.»

«Und an den Tagen zuvor? Er muss doch telefoniert haben», fragte Müller.

«Am Freitag ein Gespräch um fünfzehn Uhr drei mit seinem Chef, dem CFO. Dauer: zwei Minuten, dreizehn Sekunden. Drei kurze Gespräche mit seiner Frau zwischen vier und sechs Uhr am Nachmittag.»

«Weshalb war Goldman überhaupt im Büro am Samstag?», fragte Müller.

«Nicht jeder ist Mitglied bei der Gewerkschaft und geht an die 1.-Mai-Demonstration», scherzte Urech, bevor er erwähnte, dass Goldman in dessen Agenda keine Termine für Samstag, 1. Mai fixiert hatte.

Monti erzählte von den Ausführungen von Frau Goldman.

«Haben wir die Bilder der Überwachungskameras gesichert?», fragte Müller.

«Es gibt keine», antwortete Lüscher und korrigierte sich: «Keine aktiven.»

«Das kann ich nicht glauben. Das grösste Gebäude der Stadt hat keine Kameras?», sagte Müller, dessen Stimme nun deutlich lauter war.

«Die Kameras sind zwar installiert, aber es werden keine Bilder aufgezeichnet. Die Securitas meinte, das liege wohl daran, dass zwei grosse Anwaltskanzleien ihre Büros im Prime Tower haben, und diese hätten bei den Mietverhandlungen gegenüber der Eigentümerin Bedenken wegen der Überwachungskameras und der Einschränkung der persönlichen Freiheit ihrer Mandanten und Arbeitnehmer oder sonst etwas in diese Richtung geäussert.»

Alle schauten Müller an, als ob dieser als einziger Anwalt im Raum dafür mitverantwortlich wäre. Er blieb für einen Moment sprachlos.

«Und ausserhalb des Prime Towers?», fragte Müller. «Wie konnte der Mörder unbemerkt in den Keller gelangen?»

Urech kramte ein Papier hervor. «Fehlanzeige. Wir wissen lediglich, dass Goldman das Gebäude um neun Uhr dreiundzwanzig betreten hat.»

«War er allein?», fragte Monti.

«Das wissen wir nicht. Vielleicht kam er mit einem Gast und schleuste seinen Mörder selbst ein. Der Securitas-Mann mag sich nicht mehr erinnern, ob Goldman in Begleitung kam.»

«Aber der Gast musste sich doch bei der Securitas registrieren?», fragte Müller.

«Nein, das praktiziert die Securitas nicht so im Prime Tower», antwortete Urech.

«Schlamperei», sagte Müller, der sich von seinem Stuhl erhob. «Was machen diese Sicherheitsleute dann den ganzen Tag? Im Internet surfen? Kaffee trinken?»

Urech schaute auf die vor ihm liegende Liste und fuhr fort: «Der nächste Eintrag ist von neun Uhr siebenundvierzig.»

Über hundert Personen waren am Samstag im Prime Tower gewesen, zwanzig von der Helvetiacom, der Rest teilte sich auf die beiden Anwaltskanzleien auf.

Rechtsmediziner Bruno Zeiter war als Nächster an der Reihe. Der Hüne sprach mit leiser, bedachter Stimme: «Wir fanden am Körper bis auf die Schusswunde und Schürfspuren an den Handgelenken, die von den Seilen herrühren, keine Spuren von Gewalteinwirkungen. Wir haben weder Alkohol noch Drogen oder Gifte im Körper feststellen können.»

«Das Opfer und der Mörder haben sich gekannt, und sie sind zusammen in den Keller gegangen.» Urech nickte sich selbst zu.

«Warum gehen zwei Männer zusammen in den Keller des Prime Towers?», fragte Lüscher.

«Vielleicht eine Liebesbeziehung?»

«Ich glaube, wir sollten zum jetzigen Zeitpunkt nicht spekulieren, Herr Urech, sondern uns an die wenigen Fakten halten, die uns vorliegen», sagte Müller, der kein Freund von offenen Diskussionen war, wo jeder einfach seine Gedanken äusserte. Brainstorming war für ihn ein Fremdwort. «Auf welchen Zeitraum schätzen Sie den Todeszeitpunkt?»

Zeiter schaute kurz zu Müller, bevor er das nächste Foto zeigte, auf dem die Leiche nackt auf dem Seziertisch lag. Die

Haut des Opfers war an den Beinen rötlich violett, am Rücken einen Stich bläulicher. Das kam von der Blutfülle, die durch die Schwerkraft verursacht worden war, wie Monti wusste. «Die Hypostase war bereits weit ausgeprägt, als wir an den Tatort kamen. Die Kapillaren der Haut am Oberkörper waren bereits rötlich, an den Beinen, die Kontakt mit dem Boden hatten, waren sie schon fast violett.»

«Den Todeszeitpunkt bitte ...», hakte Müller nach. Die fehlende Geduld war bei ihm keine Phase, sondern ein Dauerzustand.

«Aufgrund der Raumtemperatur, der Rektaltemperatur und des Körpergewichts der Leiche schätzen wir, dass der Tod am Samstag, 1. Mai, zwischen sieben und zwölf Uhr eingetreten ist.» Zeiter zeigte das Henssge-Nomogramm, auf dem die Schätzung basierte.

Wahrscheinlich konnte man den Todeszeitpunkt einschränken auf neun Uhr dreiundzwanzig bis zwölf Uhr, dachte Monti.

Michael Hafner übernahm das Wort, der ihnen eine Unzahl von Fotos vom Tatort aus allen möglichen Winkeln und mit unterschiedlichen Fokussen präsentierte. Er ergänzte den Bericht des Gerichtsmediziners. «Der Schuss wurde aus nächster Nähe abgegeben. Von Angesicht zu Angesicht.» Er drückte auf die Taste am Laserpointer. Die nächste Folie zeigte eine Kugel. «Das Projektil wurde am Tatort in der Wand hinter dem Kopf der Leiche gefunden. Die Patrone war eine .40 von Smith & Wesson.»

«Hervorragende Arbeit, Herr Hafner», sagte Müller.

Hafner fuhr fort. «Die Tatwaffe haben wir nicht gefunden. Bei der Waffe könnte es sich um eine Walther PPQ handeln, wahrscheinlich wurde ein Schalldämpfer bei der Schussabgabe benutzt, da kein Schusslärm von den Securitas-Leuten bemerkt wurde.»

«Die haben sicherlich ein Schläfchen abgehalten», kommentierte Urech.

«Wir haben Schuppenspuren gesichert. Die Schachfigur wies keine Fingerabdrücke auf, sie wurde aber mit einer grossen Menge Ethanol gesäubert.»

«Woher stammte die Schachfigur?», fragte Müller.

«Das haben wir nicht abgeklärt.»

Monti nahm den Ball auf. «Solche hochwertigen Holzfiguren werden zu einem grossen Teil in Spanien produziert, und viele Schweizer und deutsche Schachshops vertreiben diese Art von Figuren.»

«Auf der Buchseite haben wir keine Spuren von Ethanol nachweisen können, aber es gab Fingerabdrücke», sagte Hafner.

«Sind diejenigen des Opfers darunter?», fragte Müller.

«Nein, die konnten wir ausschliessen.»

«Habt ihr die Fingerabdrücke und die Schuppenspuren mit der DNA-Datenbank abgeglichen?», fragte Müller.

«Natürlich. Negativ. Es gab kein Match.»

«Waren die Schuppenspuren verwertbar?», fragte Monti.

«Ja, wir konnten einige Profile erstellen, aber wann sich diese Personen im Keller des Prime Towers aufgehalten hatten, wissen wir nicht», sagte Hafner.

Das geschah häufig bei den Mordermittlungen und entmutigte Monti nicht im Geringsten. Zwar konnte kein Täter einen Tatort verlassen, ohne eine DNA-Spur zu hinterlassen, die die Forensiker auch sicherstellen konnten. Da die meisten Tatorte aber von vielen Personen frequentiert wurden, gab es dann eine hohe Anzahl an Profilen. Wenigstens verfügten sie heute über eine schweizweite Datenbank mit DNA-Profilen, über die sich die Ermittlungsbehörden aller Kantone austauschten. Hier gab es keinen Kantönligeist.

«Was ist mit der Seite, woher kommt die?»

Monti zuckte zusammen. Hafner blickte zu ihm, als ob er sein Einverständnis suchte, weshalb er sich entschloss, in die Offensive zu gehen.

«Aus einem Buch. Und es könnte sein, dass das Buch aus

dem Lokal der Schachgesellschaft Zürich entwendet worden ist.»

«Was?», fragte Müller. «Weshalb vermuten Sie das, Herr Monti? Ist das nicht Ihr Verein?»

Monti nickte und blieb stumm, als wäre seine Zunge plötzlich mit Klebstoff festgeklebt. Es war ihm unangenehm, über seinen Club zu berichten, der seit so vielen Jahren ein fester Bestandteil in seinem Leben war. Am liebsten wäre er von der Sitzung weggelaufen. Sein Schachclub war in einen Mordfall verwickelt, bei dem er die Ermittlungen der Polizei leitete. Es war ein Alptraum, in dem er die Hauptrolle spielte. Und einer, der länger dauerte als eine Nacht, dessen war er sich bewusst.

Hafner sprang ein. «So ein Buch von Fischer wurde bei der Schachgesellschaft kürzlich gestohlen.»

«Das Exemplar der Schachgesellschaft ist von der ersten Auflage, die heute auf dem Markt nicht mehr erhältlich ist. Das Blatt, das wir bei Goldman gefunden haben, stammt auch aus dieser Auflage», sagte Monti, der sich wieder gefasst hatte. «Und dass so viele Fingerabdrücke auf dem Papier waren, legt nahe, dass es sich um unser Buch ...», er räusperte sich und korrigierte sich, «... um das Buch der Schachgesellschaft handelt.»

Müller rümpfte die Nase.

Entgegen den internen Reglementen verzichtete Monti darauf, Müller auf seinen Interessenkonflikt hinzuweisen. Erstens musste Müller diesen spätestens jetzt erkannt haben, zweitens war Montis Schachwissen im Ermittlungsteam gefragt, redete er sich ein. Müller war ein Pragmatiker, der über Interessenkonflikte hinwegsah, wenn es für die Ermittlungen nützlich war. Das war das Einzige, was Monti an ihm schätzte.

Hafner erwähnte, dass sie keine Einbruchsspuren im Schachlokal gefunden hatten.

«Der Dieb kommt also von innerhalb des Clubs.» Müller kratzte sich am Hinterkopf. «Wer hat alles Zugang zum Schachlokal?»

«Sechs Mitglieder und die Putzfrau besitzen einen Schlüssel. Abends finden täglich Schachkurse und Trainings statt, und an den Wochenenden werden Wettkampfpartien im Lokal gespielt», erklärte Monti.

«Wir müssen von den Schlüsselbesitzern Fingerabdrücke abnehmen und sie mit denen auf der Buchseite abgleichen», sagte Müller, der noch einmal ausholte. «Eigentlich brauchen wir die Fingerabdrücke aller Mitglieder der Schachgesellschaft.»

«Ist das nicht etwas übertrieben?», fragte Monti, die weiteren Worte blieben in seinem Hals stecken. Der Club führte hundertfünfzehn Mitglieder in seiner Kartei, zwei Drittel davon waren aktive Spieler, die regelmässig im Clublokal trainierten und dort Wettkämpfe bestritten und sicherlich den ein oder anderen Fingerabdruck hinterliessen. Tanguy würde einen weiteren Schock aushalten müssen, aber es könnte hilfreich sein für die Ermittlungsarbeit, sollte die Buchseite tatsächlich aus dem gestohlenen Exemplar der Schachgesellschaft stammen.

Monti überlegte, ob er sich nicht besser aus den Ermittlungen zurückziehen sollte. Dass er seinen Clubkollegen in den nächsten Tagen die Fingerabdrücke abnehmen musste, und das im Rahmen einer Ermittlung in einem Mordfall, das konnte nicht gut kommen.

Müller riss ihn aus seinen Gedanken. «Fangen wir mit den Schlüsselbesitzern an.»

Monti nickte. Ein Teilerfolg. Das hatte er bereits antizipiert und initiiert.

«Was war speziell an Bobby Fischer?», fragte Müller.

«Sein Spielstil war aggressiv und kompromisslos. Er war ein ausgeklügelter Taktiker. Viele sehen in ihm den besten Schachspieler aller Zeiten.»

«Du auch?», fragte ihn Urech.

Monti stutzte. «Nein, ich bevorzuge Capablanca.»

«Einen Spanier?», fragte Urech.

«Nein, Kubaner.»

«Einen Kommunisten. Das passt gut zu dir.»

Müller stand auf. «Fokus, meine Herren, bitte. Was hat der Mord mit Bobby Fischer respektive das Buch mit dem Mord zu tun?»

Monti schaute ihn herausfordernd an. «Das ist die Gretchenfrage.»

«Ich habe etwas Recherche im Internet betrieben. Fischer machte neben seinen unbestrittenen Fähigkeiten am Schachbrett mit antisemitischen und antiamerikanischen Aussagen von sich reden.» Lüscher gab ein paar Bemerkungen wieder, die Fischer gesagt haben soll. «Er hatte sich zudem abschätzig über Frauen geäussert. Alle Frauen seien schwach und dumm im Vergleich zu Männern. Frauen sollten kein Schach spielen. Sie verlören jedes Spiel gegen einen Mann.»

«Also Fischer ist gegen alles – sein eigenes Vaterland, gegen die Juden und die Frauen», sagte Urech und fügte an: «Der hat nicht mehr alle Tassen im Schrank.»

«Hatte», sagte Monti. «Er ist 2008 in Reykjavík gestorben.»

«Helfen Sie mir, Herr Monti, ich sehe den Zusammenhang zu unserem Mordfall nicht», sagte Müller.

«Das Opfer ist jüdisch», sagte Monti.

Urech preschte mit lauter Stimme vor. «Vielleicht ist der Mörder ein Nazi, ein Judenhasser.»

«Wir sind hier, um das Beweismaterial zu besprechen, und nicht, um irgendwelche hirnrissigen und voreiligen Hypothesen aufzustellen», rief Müller. «Was hat es mit dem Inhalt der Buchseite auf sich?»

«Die Überschrift ‹Too many cooks› hat vielleicht eine Bedeutung für unseren Fall», warf Urech in die Runde, um einen strafenden Blick von Müller zu ernten.

«Zu viele Köche verderben den Brei», erklärte Monti. «Der Mörder hat einen der Köche aus dem Weg geräumt. Aber um welches Essen handelt es sich, das dem Täter nicht schmeckt?»

«Das ist alles Spekulation», sagte Müller wirsch. «Was bedeutet der Untertitel ‹Sicilian Defense›?»

«Das ist der Name der meistgespielten Schacheröffnung. Fischer hat sie geliebt. Er muss sie mehr als hundert Mal gespielt haben.»

«Vielleicht müssen wir das Schachspiel und die Eröffnung verstehen, wenn wir den Mörder schnappen wollen», sagte Lüscher.

«Jetzt werden Sie nicht albern, Frau Lüscher», sagte Müller. «Es reicht, wenn Herr Monti sich mit dem Brettspiel auskennt, falls das im Fall überhaupt eine Relevanz haben sollte.»

Müller ging zum nächsten Punkt auf der Traktandenliste: das Motiv.

Zur Kerze hatte niemand etwas gesagt, weil auf ihr weder Fingerabdrücke noch sonst Spuren gefunden wurden. Monti liess es dabei bewenden.

Urech ergriff wie meist als Erster das Wort. «Der Täter hat am 1. Mai zugeschlagen, im Prime Tower, einem Wirtschaftsschuppen. Das kann als ein Angriff auf den Kapitalismus gelesen werden.»

«Das ist absurd. Sie meinen, ein Linksextremer begeht diese Tat, um sich an den Kapitalisten zu rächen.» Müller schaute Urech kritisch an.

«Wem gehört der Turm überhaupt?», fragte Urech.

«Der Swiss Prime Site», sagte Lüscher. «Grosser Immobilienkonzern mit einem Börsenwert von sieben Milliarden Schweizer Franken.»

«Warum im Prime Tower?» Diese Frage hatte sich in Montis Hirn eingebrannt. Ein Mord am 1. Mai im Prime Tower. Vier Jahre lang war er sogar das grösste Hochhaus der Schweiz gewesen, bis ihn das weltweit umsatzstärkste Basler Pharmaunternehmen Roche mit dem gleichnamigen Turm, der stolze hundertachtundsiebzig Meter mass, wieder zur Nummer zwei degradiert hatte.

Lüscher hob den rechten Zeigefinger. «Der Prime Tower war nicht unumstritten.»

«Das sind grosse Gebäude in der Stadt selten», intervenierte Urech.

«Ich habe etwas Recherche betrieben», sagte Lüscher, und Urech verdrehte umgehend die Augen. «Als der Stadtrat den Bau des Turms bewilligte, gab es drei Rekurse.»

Urech unterbrach sie. «Nur drei. Das ist für Zürich nichts.»

«Jetzt lass mich ausreden. Einer der Rekurrenten war ein Herr Gulko, der später Karriere beim Schweizerischen Gewerkschaftsbund machte. Er prangerte an, dass das Gebäude das Grundwasser verschmutzen würde. Der Bau des Turms und der Parkplätze schränke die Nutzbarkeit der Grundwasserressourcen ein, und Nitrat sowie Rückstände künstlicher Substanzen würden die Grundwasserqualität gefährden.»

«Der Rekurs wurde offensichtlich abgelehnt», sagte Urech.

«Er wurde abgelehnt, aber das Interessante kommt erst jetzt, meine Herren.»

Lüscher nahm genüsslich einen Schluck aus ihrer Red-Bull-Dose, während sie ihre Kollegen anstarrten und auf die Pointe warteten.

«Der Leiter des Hochbaudepartements, der die Baubewilligung erteilte und von Gulko massiv in den Medien zerpflückt wurde, hiess Goldman. Benjamin Goldman.»

11

Monti und sein Team hatten den ersten Zug auf dem Brett gespielt, aber er hatte das Gefühl, dass der Mörder ihnen um etliche Züge voraus war oder sogar auf einem anderen Brett spielte, das sie nicht sahen.

Lüscher berichtete, dass Benjamin Goldman der Vater des Mordopfers war. Er hatte das Hochbaudepartement in Zürich über zwanzig Jahre geleitet, bevor er bei einem Flugzeugabsturz in Brasilien ums Leben kam.

Urech und Monti nahmen im Anschluss an die Sachbearbeitersitzung bei der Staatsanwaltschaft das 8er-Tram Richtung Hardturm. Sie wollten Goldmans Vorgesetzten und dessen Arbeitskollegen bei der Helvetiacom befragen, um sich ein besseres Bild vom Opfer zu machen.

«Der Mörder ist ein Schachspieler», sagte Urech, als sie bei der Hardbrücke aus dem Tram stiegen.

«Wahrscheinlich verdächtigst du mich.»

«Hast du ein Alibi?»

Monti nickte.

«Da bin ich aber froh.» Urech hob seinen rechten Zeigefinger an wie ein Lehrer, der seine Schüler zur Aufmerksamkeit mahnte. «Der Mörder ist ein Spieler auf deinem Niveau, mit deinem Wissen und deiner Klasse. Das Fischer-Buch ist doch kein Anfängerbuch. Das erscheint nicht als Erstes bei Google, wenn man nach einem Schachbuch sucht.»

Monti schüttelte den Kopf, obwohl er sich eingestand, dass die Gedankengänge von Urech nicht so abwegig waren. Warum hatte der Mörder eine Schachfigur am Tatort hinterlassen und eine Seite aus dem Schachklassiker herausgerissen? Wenn es ein Antikapitalist gewesen wäre, hätte dieser doch eine Grundstückskarte mit edler Adresse oder Banknoten vom Monopoly am Tatort hinterlassen. Ihm war bekannt, dass sogar eine Zürcher Version des Gesellschaftsspiels existierte, bei der es sicherlich auch ein Feld für den Prime Tower gab.

Plötzlich erinnerte er sich, dass er noch eine unangenehme Pendenz zu erledigen hatte. Er nahm sein Smartphone hervor und rief eine Nummer an, die unter seinen Favoriten gespeichert war. «Frau Weber, auf meinem Pult liegt eine Adressliste. Bestellen Sie diese Personen auf den Polizeiposten. Die ganze Aktion müssten Sie bitte mit Michael Hafner von der Spurensicherung koordinieren.»

«Welchen Grund soll ich den Aufgebotenen nennen, wenn sie mich fragen?»

«Es geht um den Diebstahl eines Buches aus der Bibliothek

der Schachgesellschaft Zürich, und wir wollen die Schlüsselbesitzer des Clublokals als mögliche Diebe ausschliessen. Erzählen Sie ihnen nichts vom Mordfall.» Er wollte seine Clubkollegen nicht aufschrecken.

«Natürlich nicht. Das werde ich umgehend veranlassen.»

Monti telefonierte anschliessend mit Tanguy, informierte ihn vorab über die Fingerabdruckaktion und bat ihn darum, den Schlüsselbesitzern nichts von dem Zusammenhang mit dem Mord zu sagen, falls diese ihn kontaktieren würden.

Als sie vor dem Parkplatz des Prime Towers standen, der ausschliesslich für die Klientel einer Anwaltskanzlei reserviert war, war bedeutend mehr los als am Samstagabend, als sie die Leiche gefunden hatten. Es wimmelte nur so von Leuten, die durch die Karusselltüren liefen. Die Herren mit feinen Anzügen und Kaffeebechern in der Hand und die Damen, die nicht minder elegant gekleidet und mit Designerhandtaschen ausgestattet waren.

Monti richtete seinen Hemdkragen und zog seinen Blazer zurecht, er fiel nicht auf unter den Geschäftsmännern. Urech hingegen sah hier mit seinen verwaschenen, viel zu grossen Jeans wie ein Fremdkörper aus.

Sie fuhren – zu Montis Entsetzen – mangels Alternativen, die Treppen waren dem Notfall vorbehalten, mit dem Lift in den zwanzigsten Stock, wo die Finanzabteilung der Helvetiacom ihre Büros hatte. Er hasste das Liftfahren wie andere Personen den Besuch beim Zahnarzt. Er spürte den Druck in den Ohren, und sein Magen fühlte sich komisch an, als die Lifttüren sich öffneten und die Frau von der Securitas, die sie begleitete, ihnen den Weg zur Rezeption der Helvetiacom zeigte.

Die Aussicht war unglaublich. Man sah direkt auf die Innenstadt, der Hauptbahnhof war zum Greifen nahe, aber seine Augen schweiften über den lang gezogenen schmalen Zürichsee hin zu den schneebedeckten Alpen. Sie lebten in einem wunderschönen Land, was er angesichts der anstehenden Aufgaben aber schnell wieder vergass.

«So lässt es sich arbeiten», sagte Urech.

Monti nickte. «Ich hätte auf meinen Vater hören sollen, der aus mir einen Anwalt machen wollte.»

Die Gespräche mit Goldmans Mitarbeiterkollegen aus der Finanzabteilung bestätigten, dass er ein kompetenter, tüchtiger Finanzfachmann gewesen war, seinen Job gewissenhaft und mit der notwendigen Sorgfalt erledigt hatte. Von Unstimmigkeiten oder Grabenkämpfen wollte hier niemand etwas gehört haben, ebenso wenig von ungewöhnlichen Hobbys. Keiner sagte etwas Negatives über ihn, so wie es sich gehörte, wenn man über eine Person sprach, die vor drei Tagen auf tragische Art und Weise gestorben war.

Als Letztes war der Finanzchef der Helvetiacom-Gruppe, der Vorgesetzte von Emanuel Goldman, an der Reihe.

«Niklaus Egloff, ich bin der CFO der Helvetiacom», stellte er sich vor.

Er schob zwei Visitenkarten über den Tisch, auf denen die Bezeichnung «Chief Financial Officer» in fetter schwarzer Farbe hervorstach.

Monti erkannte ihn sofort.

Egloff hatte die Schweizermeisterschaft im Schach vor einigen Jahren gewonnen, war es 2008 oder 2009 gewesen? Egal, aber seither hatte er den Mann nicht mehr in der Schachszene angetroffen. Der Job liess ein Hobby vielleicht nicht mehr zu, oder er hatte den Spass am königlichen Spiel einfach verloren.

Der Mann musste um die sechzig Jahre alt sein, hatte nur noch wenige dünne rote Haare, eine hohe Stirn, einen grauen Dreitagebart, trug einen grauen Zweireiher-Anzug mit schwarzer Krawatte und ein graues Einstecktuch, angemessen für die Trauer um einen verstorbenen Mitarbeiter. Er setzte sich an den Besprechungstisch, der mit einer Spinne für Konferenzschaltungen, B&O-Lautsprechern und einem Flachbildschirm, der die ganze hintere Wand bedeckte, ausgestattet war, standesgemäss, wie es sich für einen Konzern gehörte.

Urech und Monti hatten im Voraus vereinbart, dass sie nichts von den gefundenen Schachutensilien erwähnen wollten, um keine fahndungstechnischen Informationen an die Öffentlichkeit zu geben. Das passierte in der Regel noch früh genug, fanden die Medien doch immer wieder die Lecks bei den Ermittlungsbehörden, die wie Löcher im Emmentaler Käse existierten.

«Wie war Ihr Verhältnis zu Herrn Goldman?», begann Monti die Befragung, nachdem sie ihre Dienstausweise gezeigt hatten.

Egloff erkannte Monti nicht als Schachspieler, das lag einerseits daran, dass Monti jünger war, und andererseits daran, dass sein Spielniveau um dreihundert Elopunkte tiefer lag als dasjenige von Egloff zu dessen besten Zeiten. Die Elozahl war für die Schachspieler, was für die Golfer das Handicap war, eine Zahl, die die Stärke des Spielers ausdrückte. Der Weltmeister hatte über 2800 Elo, der beste Schweizer Spieler um die 2600. Monti hatte 2177 Elo.

«Wir hatten ein gutes, professionelles Verhältnis», antwortete Egloff, der mit ruhiger, fast schon bedächtiger Stimme sprach.

«Gab es irgendwelche Veränderungen in seinem Verhalten über die Zeit?»

«Nein, das wäre mir zumindest nicht aufgefallen.»

«War er etwas nervös oder angespannt in letzter Zeit?»

«Nein, war er nicht.»

«Wie war die Stimmung am Arbeitsplatz, im Team?»

«Gut, normal.»

«Keine Misstöne? Oder Grabenkämpfe?»

Jetzt streckte Egloff den Kopf nach vorne, blickte über seine Brille, die sich auf der Nasenspitze befand, und sagte: «Mir nicht bekannt. Arbeit halt. Es ist kein Picknick, für einen börsenkotierten Konzern zu arbeiten.»

«Wie meinen Sie das?»

«Die Aktionäre wollen Leistung sehen. Mehr Kunden,

mehr Umsatz, mehr Gewinn und vor allem mehr Dividenden.»

Monti nickte. So tickte die Wirtschaft, wenigstens redete der CFO nicht um den heissen Brei herum, wie es die meisten anderen Wirtschaftskapitäne in der heutigen Zeit taten, die von sozialer Verantwortung und Wohlfühloasen sprachen.

«Herr Goldman war jüdischen Glaubens. Hat es jemals –»

Egloff unterbrach ihn, bevor er die Frage fertig formuliert hatte. «Sie meinen, ob es antisemitische Anfeindungen gab?»

Monti bejahte.

«Nein, das hatte er nie erwähnt.»

Egloff sagte, dass die Mitarbeiter über zwanzig verschiedenen Nationalitäten und allen grossen Glaubensrichtungen angehörten. Rassismus gebe es in seiner Abteilung nicht, so etwas würde er auch keinen Moment dulden.

«Waren Ihnen die Hobbys von Herrn Goldman bekannt?»

«Nein, das Privatleben unserer Mitarbeiter geht mich nichts an.»

Der Mann war kalt wie ein Eisblock, zeigte keine Regung, der Tod seines Mitarbeiters hatte ihn anscheinend nicht erschüttert. Er stellte auch keine Fragen zum Tathergang oder dazu, ob die Polizei bereits Verdächtige im Visier hatte. Er wollte das Gespräch so schnell wie möglich hinter sich bringen.

«Waren Sie zufrieden mit seiner Arbeitsleistung?»

«Im Grossen und Ganzen schon.»

«Aber?»

«Wir müssen uns alle stetig verbessern und steigern. *Up or out.*»

«Um was ging es im Telefongespräch am letzten Freitag zwischen Ihnen und Goldman?»

Egloff überlegte kurz. «Ich bat ihn, übers Wochenende die Aprilzahlen aufzubereiten.»

Urech schaute ihn an, und Monti nickte.

Diesen Teil der Befragung sollte Urech führen, wie sie vorgängig abgemacht hatten, damit sich Monti auf das Verhalten und die Gestik des Managers konzentrieren konnte.

«Uns ist zu Ohren gekommen, dass eine Mitarbeiterin eine Beschwerde gegen Sie eingereicht hat.» Urech bezog sich auf eine SMS, die Lüscher ihnen kurz vor dem Gespräch gesandt hatte, in der sie sie über eine unternehmensinterne Untersuchung informierte, bei der Egloff Machtmissbrauch und Verfehlungen vorgeworfen wurden. Lüscher hatte sicherlich bereits die internen IT- und Telefonsysteme der Helvetiacom angezapft, da machte sich Monti nichts vor, aber er fragte sie nicht mehr nach ihren Informationsquellen, da sie ihm entweder auswich oder lapidar von Chats und Foren sprach, was nicht der Wahrheit entsprechen dürfte.

«Dummes Geschwätz von einer Dame, die nicht befördert wurde.» Egloff machte eine abweisende Handbewegung. Er wirkte ruhig und unbeeindruckt.

«Was wird Ihnen konkret vorgeworfen?»

Egloff stand auf und lief zum Fenster.

«Vergewaltigung.»

12

Monti fühlte sich besser, als er aus dem Lift ausstieg und wieder festen Boden unter den Füssen hatte. Das Gespräch mit Egloff hatte abrupt geendet, nachdem dieser den Vorwurf der Vergewaltigung auf den Tisch gebracht hatte und sich danach weigerte, weitere Erklärungen darüber abzugeben, wobei er betonte, dass er unschuldig sei und dass die sexuellen Handlungen einvernehmlich erfolgt seien.

«Was hältst du vom CFO? Sind die Vorwürfe nur ein Erpressungsversuch?», fragte Urech im Gehen.

Monti seufzte. «Ich weiss nicht, aber wo Rauch ist, gibt es gewöhnlich auch Feuer.»

«Alibi für den Mord hat er auch keines. Er war überrascht, als du ihn danach gefragt hast.»

«Überrascht? Ich würde sagen, er war vielmehr verärgert darüber.»

Monti fragte sich, ob seine Frage nach einem Alibi zum Abschluss des Gespräches etwas pietätlos war. Nachdem Egloff die Anschuldigung der Vergewaltigung offenbart hatte, hatte ihn seine Intuition dazu gezwungen. Der CFO erwiderte missmutig, dass er an diesem Samstagmorgen allein zu Hause gewesen sei.

Monti weihte Urech ein, dass Egloff früher ein starker Schachspieler war, der dann von einem auf den anderen Tag von der Schachbildfläche verschwunden war. Nicht einmal der sonst so gut informierte Tanguy kannte den Grund für dessen Rücktritt vom Spitzenschach.

Urech meinte, er würde ein paar Nachforschungen zu Egloff anstellen.

Sie liefen das Gelände um den Prime Tower ab, um nach Fluchtwegen, Notausgängen oder sonstigen Routen für den Mörder und vor allem nach Inspiration für sich selbst zu suchen. Alles vergeblich.

Der Prime Tower hatte drei Eingänge: den Haupteingang, einen zum Parkhaus und einen zum Restaurant Clouds.

Was sie hingegen fanden, war der Eingang zum Hotel Rivington & Sons, das kein Hotel, sondern ein kleines Café war, das über eine schöne Bar und einen mit Mosaik bestückten Plattenboden verfügte. Monti fühlte sich sofort wohl, erst recht, als er das Logo auf dem Zuckerbeutel betrachtete. Das Café schien die gleichen Eigentümer zu haben wie das La Stanza. Und der Espresso schmeckte Monti vorzüglich, vielleicht war er sogar eine Spur stärker als am Bleicherweg, und mit vier Franken war das flüssige Gold, wie er es nannte, für Zürcher Verhältnisse günstig.

«Wie ist das möglich?», fragte Monti gedankenversunken.

«Wovon sprichst du?»

«Der CFO und die Arbeitskollegen wissen nichts über die Person Goldman, ausser dass er fleissig wie eine Biene war. Sie wissen nichts von seinem Privatleben. Das kann doch nicht sein.»

«So abnormal ist das jetzt auch nicht.»

«Man erzählt seinen Bürokollegen doch ab und zu, was man am Wochenende gemacht hat oder was für Hobbys man hat.»

«Einige Leute sind verschlossen wie ein Tresor. Es sind nicht alle Leute so offen wie du, Fabio. Einige wollen alles Private geheim halten, als ob es ein Staatsgeheimnis zu beschützen gälte.»

«Zum Glück sind wir beide nicht so. Wir Menschen sind doch keine Roboter. Wir müssen unsere Emotionen miteinander teilen.»

«Hat dich unsere Kommandantin schon je etwas Privates gefragt?»

«Nicht dass ich mich erinnern kann. Aber sie verfolgt unsere Hobbys, etwa deinen Erfolg beim Kantonalen Schützenfest im letzten Jahr.»

«Willst du mich verarschen?»

«Anscheinend interessiert sie sich wirklich für uns. Meine Schachresultate ruft sie auch ab, geht sie doch jeden Montagmorgen auf die Homepage des Schweizerischen Schachbundes.»

Urech schaute ihn ganz entgeistert an. «Wie kommst du denn darauf?»

«Nicht ich», sagte Monti, und Urech verdrehte seine Augen in weiser Vorahnung, was jetzt kommen musste, «sondern Lüscher hat das herausgefunden. Sie sprach von irgendeiner Lock- oder Log-Datei oder so etwas, die das belege.»

«Die spinnt! Die Lüscher ist mit allen Wassern gewaschen. Jetzt überwacht sie schon den Internetverkehr der Kommandantin.»

«Google macht das Gleiche mit uns allen, und Nordkorea

finanziert sein Atomprogramm mit Cyberangriffen auf die Kryptobörsen. Da dürfen wir doch nicht hintenanstehen», sagte Monti, um der Illegalität der Überwachungsaktion ihrer Kollegin etwas den Fahrtwind zu nehmen.

«Vielleicht sollte ich ihre Dienste einmal beanspruchen. Sie könnten hilfreich sein – äusserst hilfreich sogar. Warum bin ich nicht früher darauf gekommen?»

«Wofür möchtest du sie einspannen?»

«Es würde meinem Anwalt sicherlich nicht abträglich sein, wenn er die Argumente des Staatsanwaltes vor Beginn der Gerichtsverhandlung in seinen Händen hielte.»

«Lass die Finger davon. Das hast du nicht nötig. Es war Notwehr, sonst hätte es ein Blutbad gegeben. Der Fall ist glasklar, eine reine Formalität.»

Urech kickte mit dem Fuss gegen eine Mülltonne und fluchte laut. «Du kannst gut reden. Ich muss vor Gericht antraben und nicht du.»

«Mach dir keine Sorgen. Kein Richter der Welt wird dich verurteilen.»

13

Eine Stunde später war für Monti Kontrastprogramm in der Altstadt angesagt. Es ging für einmal nicht um Tote, sondern um neues Leben.

«Wir sind fertig. Sie können sich wieder anziehen.»

Nicole setzte sich auf und wartete einige Sekunden – wahrscheinlich war ihr schwindlig –, bevor sie von der Untersuchungsliege runterstieg. Sie zog ihren Slip und ihre Ripped Jeans an, überprüfte den Sitz ihres Haarknotens.

Die Gynäkologin zog ihre Handschuhe aus, warf sie in den Abfalleimer und schaute auf den Bildschirm, wo sie eine Kombination auf der Tastatur drückte, was den Ventilator des Druckers in Gang setzte. Sie zog ein Foto aus der Ablage und legte es vor ihnen auf den Besprechungstisch.

«Wahnsinn», schrie Nicole und stupste Monti gegen den Oberarm. Er nahm seine Lesebrille aus seiner Jacke hervor und inspizierte das Bild, als ob er nach Fingerabdrücken Ausschau halten müsste. Er brauchte mehrere Sekunden, um die kleine Kreatur auf dem schwarz-weissen Foto zu erkennen.

«Jetzt sehe ich es auch. Ist es ein Mädchen?»

«Das wollen wir gar nicht wissen», intervenierte Nicole. «Das soll doch eine Überraschung werden.»

«Oh ja, klar.»

Er zog einen kritischen Blick von Nicole auf sich. Sie hatten vereinbart, dass sie das Geschlecht des Kindes bis zur Geburt nicht wissen wollten, obwohl er das etwas unpraktisch fand. Wie sollte das Kinderzimmer eingerichtet werden? Wie sollten die Wände gestrichen werden? Pink oder blau? Dann halt gut schweizerisch neutral in Weiss. Das passte sowieso besser zu den gegenwärtig geführten Genderdiskussionen, hatte Nicole schelmisch gemeint.

Die Gynäkologin schaute Nicole an.

«Es ist alles in bester Ordnung. Dem Kind geht es gut. Ihre Eisenwerte sind etwas tief, aber das ist normal in der Schwangerschaft. Ich verschreibe Ihnen ein Präparat, das dagegen hilft. Haben Sie noch Fragen?»

Sie tippte auf die Tastatur und druckte das Rezept aus, das sie Nicole aushändigte.

«Wie steht es mit Fliegen?», fragte Nicole. «Wir fahren in drei Wochen in die Ferien nach Sizilien.»

«Das ist kein Problem bei Ihnen», antwortete die Gynäkologin, während Montis Puls anstieg. Er hatte die gebuchten Ferien in Sizilien im Gegensatz zu Nicole ganz vergessen. Zum Glück hatte er eine Reiseversicherung abgeschlossen, falls etwas dazwischenkommen würde.

«Dürfen wir das Foto mitnehmen?», fragte Monti.

«Selbstverständlich.»

Monti nahm das Foto an sich.

Sie gingen ins Café Odeon, das gleich um die Ecke lag. Ein angenehm frischer Wind zog durch die Gassen des Oberdorfs, die Wolken hatten sich verzogen. Monti fühlte sich erleichtert, als er die Untersuchung hinter sich gebracht hatte. Alles war in Ordnung mit dem Kind und Nicole.

«Darfst du überhaupt noch Kaffee trinken?», fragte Monti, als der Kellner die zwei Espresso auf ihrem Tisch platzierte. «Ist das nicht schlecht für das Baby?»

«Das ist ein ganz neues Gesundheitsbewusstsein, Commissario. Da du der Vater des Kindes bist, ist es auch mit deinen Koffein-Genen ausgestattet. Wahrscheinlich hätte es Entzugserscheinungen, wenn ich keinen Kaffee trinken würde.»

Er lächelte. Sein Beschützerinstinkt war bereits erwacht, bevor das Kind auf der Welt war. Die Ärztin hatte lediglich vom Alkoholkonsum und Rauchen für die Mutter abgeraten, aber Kaffee hatte sie nicht erwähnt. Regelmässiger Kaffeekonsum verringerte gemäss neusten medizinischen Studien sogar das Risiko, an Alzheimer oder Parkinson zu erkranken, hatte ihm sein Hausarzt Dr. Blum gesagt.

Nicole nippte an ihrem Espresso, ihre dunkelbraunen Augen strahlten. «Ich kann es immer noch nicht glauben. Es fühlt sich so gut an. Jetzt ist der richtige Zeitpunkt dafür.»

«Das freut mich für dich.»

Nicole war im Februar vierzig Jahre alt geworden, und obwohl Monti keine Falten in ihrem Gesicht eruieren konnte, so tickte auch für sie die biologische Uhr, wie sie ihm öfter entgegenhielt. So gesehen war die Schwangerschaft ein verspätetes Geburtstagsgeschenk.

«Es ist auch gut für dich. Es lenkt dich ab und hilft dir, den Autounfall ganz zu vergessen und endgültig damit abzuschliessen.»

Monti legte das Bild des winzigen Embryos auf den Tisch, und sie schauten es an, ohne Worte darüber zu verlieren. Die Entwicklung der Familie nahm ihren Lauf, so wie sie es bei der

Verlobung letztes Jahr geplant hatten. Er fühlte sich komisch, einerseits spürte er eine Vorfreude auf den neuen Lebensabschnitt, andererseits war er sich nicht sicher, ob es das Leben war, das ihm gefallen würde.

«Ich muss gestehen, dass ich immer noch etwas Respekt vor der Vaterschaft habe, aber wenn ich das kleine Geschöpf so sehe ...»

Gedankenversunken nahm er das Foto und steckte es in sein Portemonnaie.

«Wie läuft es im Mordfall?», fragte Nicole.

«Es ist seltsam. Ich habe ein schlechtes Gefühl.»

«Woher rührt das?»

Er erzählte ihr, dass ihn die Schachgegenstände beschäftigten, insbesondere das gestohlene Fischer-Buch aus der Bibliothek der Schachgesellschaft irritierte ihn.

«Und was hat es mit Fischer auf sich?»

«Fischer hatte sich antisemitisch geäussert.»

Nicole sah in verdutzt an. «Ein Mörder mit religiösem Hintergrund. Bei uns hier in der Schweiz?»

«Ganz langsam, meine Liebe. Gewöhnlich geht diese Art von Täter mit einer Botschaft an die Öffentlichkeit, was wir in diesem Fall nicht haben.»

«Vielleicht habt ihr die Botschaft nur noch nicht entdeckt.»

«Das ist natürlich auch möglich.»

«Wenigstens habt ihr eine erste Spur.»

Monti seufzte. «Die erste ist meist nicht die richtige.»

14

«Halt! Commissario, schau dir das an. Das könnte für euch interessant sein.»

Monti hatte den Türgriff bereits in der Hand, als ihn Nicole mit ihrem Schrei an diesem Mittwochmorgen zurückbeorderte. Sie hielt ihm das iPad vor die Nase, auf dem die Onlineausgabe des «Zürcher Volksblattes» aufgerufen war.

Naserümpfend nahm er ihr das Tablet ab, setzte seine Lesebrille auf und begann zu lesen. Ein Gerichtsreporter berichtete über einen Rechtsextremen, der wegen einer Attacke auf einen Juden im Kreis 3 vom Zürcher Obergericht zu einer zwölfmonatigen Freiheitsstrafe verurteilt worden war. Der Beschuldigte besass ein Vorstrafenregister, das im Kasten auf der rechten Seite aufgeführt wurde und nur unwesentlich kürzer war als der Hauptartikel. Er hatte mit einer Gruppe angetrunkener Männer einen älteren Herrn, der sich auf dem Heimweg in Wiedikon befunden und eine Kippa getragen hatte, bespuckt und ihn mit antisemitischen Hassparolen eingedeckt. Lediglich eine mutige Frau hatte sich zwischen den Mob und den Mann stellen und so verhindern können, dass die Betrunkenen auf ihn einschlugen. Der Angeklagte hatte Rekurs gegen das Urteil eingelegt, womit es nicht rechtskräftig war und der Fall beim Bundesgericht in Lausanne zur finalen Beurteilung landete. Der Mann blieb vorerst auf freiem Fuss.

Es war zum Heulen.

Monti hatte das Gefühl, dass die Menschheit nicht lernfähig war, immer wieder beging sie die gleichen Fehler, die gleichen abscheulichen und feigen Taten. Es fehlte gewissen Leuten schlicht und einfach an Respekt und Toleranz vor den Mitmenschen.

«Was ist nur los mit unserer heutigen Gesellschaft?»

«Der Alkohol verwandelt sie in Tiere, die nach Beute Ausschau halten, und dann nehmen sie sich den Erstbesten vor.»

«Ich glaube, der Alkohol ist nur der Katalysator. Diese Typen sind von Hass erfüllt. Sie brauchen immer einen Sündenbock, nie sind sie selbst schuld. Immer die anderen: der Chef, der Staat, die Behörden, die Wirtschaft oder die Juden.»

«Aber was ist die Ursache für diesen Hass? Arbeitslosigkeit? Eheprobleme? Finanzielle Schwierigkeiten?»

«Nicht jeder, der keinen Job oder ein Beziehungsproblem hat, geht auf andere Leute los wie ein wildes Tier», sagte Monti, während er sein Smartphone aus der Tasche nahm und die Nummer von Müller wählte. Er hörte die Pieptöne und wollte schon auflegen, als Müller sich meldete.

«Haben Sie die Zeitung gelesen?», fragte Monti.

«Nein, ich bin gerade auf dem Weg ins Büro. Was gibt es Schönes?» Er tönte erstaunlich gut gelaunt.

Monti gab ihm einen Abriss über den Zeitungsartikel zum Entscheid des Obergerichts. «Können Sie herausfinden, wie der Verurteilte heisst? Vielleicht hat er etwas mit unserem Fall zu tun.»

«Ich rufe die Kollegen bei der Staatsanwaltschaft Zürich-Sihl an, aber versprechen Sie sich nicht zu viel. Ich glaube, Sie sind nervös, Monti. Ich sehe keine Gemeinsamkeiten bis auf die Tatsache, dass beide Opfer jüdischen Glaubens waren. Wir haben es mit einem Einzeltäter zu tun. Der Mörder hatte seine Tat von langer Hand geplant, sein Opfer aus einem bestimmten Grund ausgewählt, während der verurteilte Rechtsextreme und sein Mob im Affekt auf ihr Opfer, das zur falschen Zeit am falschen Ort gewesen war, aufgrund dessen religiöser Gesinnung losgegangen sind.»

Er startete seinen zweiten Versuch, sich auf den Weg zur Arbeit zu machen, als ihn Nicole von hinten am Arm stupste. «Ich habe dir ein paar Links zu den Babybetten geschickt.»

«Babybetten?»

«Wir gehen am Samstag ein paar Babyshops abklappern. Hast du das schon wieder vergessen?»

«Nein, habe ich nicht», log Monti und gab ihr einen Abschiedskuss auf die Stirn.

Als er allein im Treppenhaus stand und auf die Tritte runterblickte, wurde ihm bewusst, dass in Kürze eine neue Zeitrechnung in seinem Leben anbrechen würde. Er musste Verantwortung für ein Geschöpf übernehmen, seine eigenen Interessen zurückstellen und seine Zeit für andere Dinge verwenden. Beim ersten Versuch hatte es nicht funktioniert. Ein zweites Mal wollte er so etwas nicht erleben. Das würde er nicht durchhalten, da machte er sich nichts vor.

15

Monti wandelte, in Gedanken vertieft, zum Sprüngli-Laden beim Stadelhofen-Park. Das Leben verlief nicht gradlinig, dachte er, vor allem wenn man über das eigene Leben sinnierte: Ständig verliessen einen Menschen, die man ins Herz geschlossen hatte, und andere nahmen die frei gewordenen oder neue Plätze ein. Die einzige Konstante war die Veränderung.

Mit einer Schachtel Pralinés in der Aktentasche bestieg er das Tram, als sein Smartphone klingelte. Zu seiner Verwunderung leuchtete Müllers Name auf dem Display auf. Der war aber heute schnell mit seinen Abklärungen, dachte Monti und nahm den Anruf entgegen.

«Herr Monti, wir haben eine neue Leiche.»

Monti erhöhte die Lautstärke an seinem Smartphone. «Wo?»

«In Meilen.»

Der Wohnort von Müller. «Ein Heimspiel für Sie», sagte Monti und bereute es umgehend, als er den Satz ausgesprochen hatte.

«Keine dummen Scherze. Etwas Pietät bitte. Wir treffen uns am Tatort.»

Gewöhnlich hatte es Monti mit drei bis vier Tötungsdelikten pro Jahr zu tun. Jetzt hatte er zwei Morde innerhalb einer Woche.

Müller gab ihm die Adresse.

Er konnte am Bellevue gerade noch aus dem Tram aussteigen und zum Bahnhof Stadelhofen gehen, wo er in die S7

Richtung Rapperswil einstieg. Als er sich ins 1.-Klasse-Abteil gesetzt hatte, rief er Urech an, der es vorzog, mit seinem Subaru Impreza an die Goldküste zu fahren. Urech mochte das Gedränge in der Stosszeit nicht, weshalb er den öffentlichen Verkehr mied wie der Teufel das Weihwasser.

Als Monti das Ziel erreichte, staunte er nicht schlecht. Das Logo an der Frontseite des Gebäudes zeigte einen Fisch, eine Forelle. Es war eine Verkaufsfiliale eines Fischers an der Seestrasse.

Der blaue Impreza und der schwarze BMW X5 waren bereits auf den Besucherplätzen parkiert. Urech musste mit Blaulicht und viel zu schnell gefahren sein, ansonsten hätte er nicht vor ihm eintreffen können. Eine schwarze Katze rauschte beim Eingang an ihm vorbei und verschwand im Gestrüpp hinter dem Haus.

Monti betrat das Gebäude durch den Haupteingang, wo die Dorfpolizisten die rot-weissen Absperrbänder gespannt hatten. Er zeigte einem der beiden seinen Dienstausweis, und der liess ihn eintreten.

Urech wartete schon auf ihn. Auf der rechten Seite öffnete sich eine der Türen, und Müller trat auf den Gang. Er war kreideweiss im Gesicht. Bevor er sie begrüsste, schüttelte er ungläubig den Kopf. Er nahm sie beide zur Seite und flüsterte: «Wir haben es mit einem Zweifachmörder zu tun.» Den Begriff Serienmörder, der bei den Strafverfolgungsbehörden und dem FBI offiziell erst bei drei Morden verwendet wurde, vermied er.

Ein Mord an seinem Wohnort, das war auch für den alten Hasen bei der Staatsanwaltschaft I nicht alltäglich. Er kam gerade vom Gespräch mit dem Fischverkäufer, der das Opfer gefunden hatte.

Einer der beiden Polizisten führte sie die Treppe hinunter in das Untergeschoss. Es war kalt und roch nach Fisch. Das Gebäude war in hellen Farbtönen gestrichen und modern eingerichtet. Das Geländer war aus Edelstahl, und hellgraue

Steinplatten säumten den Treppengang. Der Polizist öffnete die Tür, die zu einem Kühlraum gehörte, wo die frischen Fische zwischengelagert wurden, und betätigte den Lichtschalter. Es gab keine Fenster, die Tageslicht hereinliessen, nur das grelle Licht der Halogenlampe stach ihnen ins Auge.

Die Leiche lag an der hinteren Wand, umgeben von Netzen, Angelruten und Rohren.

«*Dio mio!*» Monti schaute auf den Mann, der im Anzug reglos am Boden lag.

«Das kann doch nicht sein», sagte Urech.

Monti musste niesen. «Wieder das gleiche Desinfektionsmittel – Ethanol. Ich scheine darauf allergisch zu sein.»

Sie starrten den toten Mann an. Es war Gabriel Aronowitz.

Sie erkannten ihn sofort, war er doch der erst kürzlich vom Regierungsrat gewählte neue Chef des Personalamtes des Kantons Zürich. Gemäss kantonaler Website wurde Aronowitz am 19. Dezember 1960 in Zürich geboren und war Schweizer Staatsbürger, wie Monti auf seinem Smartphone nachschaute.

«Schon wieder ein Jude», sagte Urech und blickte zu Monti rüber, der keinen Ton von sich gab.

«Das stimmt. Ich habe ihn letzten Monat an einem Apéro von Regierungsrat Häfliger kennengelernt. Er wollte sich für die Gleichbehandlung aller Religionen und für eine höhere Frauenquote in den Spitzenpositionen beim Kanton einsetzen», sagte Müller mit leiser Stimme, als ob er abwesend wäre und an etwas anderes dachte.

«Der Schachmörder hat wieder zugeschlagen», sagte Urech.

Monti beugte sich zum Toten hin, der an den Händen gefesselt auf dem Boden lag. Der Täter schien das gleiche Seil wie bei Goldman verwendet zu haben. Das gekräuselte dunkelblonde Haar des Opfers war mit Blut verschmiert. Dieses Mal hatte der Schütze die Mitte der Stirn verfehlt, das Einschussloch war tiefer und weiter links als bei Goldman.

«Weshalb versteckt er die Leichen nicht?», fragte Monti.

«Vielleicht ist er nicht stark genug, um die Männer an einen anderen Ort zu bringen.» Urech erhob sich und deutete auf den Boden.

«Beschweren wir uns nicht, das erleichtert die Arbeit der Forensiker», sagte Müller.

Zwischen den Beinen lag wiederum eine Kerze, und neben dem toten Mann stand eine Schachfigur. Es war ein schwarzer Springer.

Monti zog die Plastikhandschuhe straff und nahm die Figur in die Hand.

«Sind diese Figuren teuer?», fragte Urech.

«Ein solches Set inklusive Holzbrett kostet schnell mal dreihundert Franken.»

«Geizig ist der Mörder also nicht.»

Monti setzte den Springer wieder zurück und richtete ihn gleich aus, wie er ihn vorgefunden hatte: mit dem Kopf zur Leiche hingedreht. Er lief ein paar Schritte weg und drehte sich dann zu Müller. «Es handelt sich um einen Connaisseur. Er kennt und schätzt diese Art von handgefertigten Holzfiguren. Die kriegt man nicht im erstbesten Supermarkt.»

«Es muss ein Schachspieler sein», sagte Urech und betonte das Wort «Schachspieler», das in Montis Ohren nachhallte. Urech hob das Papier auf, das auf dem Toten lag, und übergab es ihm.

Monti führte es an seine Nase. Es roch säuerlich und muffig, aber nicht nach Desinfektionsmittel. «Es ist wieder eine Partie aus dem gleichen Buch, wieder eine Partie von Bobby Fischer», sagte Monti ohne den geringsten Zweifel in seiner Stimme.

Er ging einen Schritt auf Müller zu, Urech folgte ihm. Sie starrten alle auf die Seite, die aus dem Fischer-Buch von Hand herausgerissen worden sein musste, wies sie doch an der linken Seite Rissspuren auf.

22 Szabo [Hungary] – Fischer
Leipzig Olympic 1960
King's Indian Defense
Bad judgment

«*Bad judgment.* Schlechtes Urteilsvermögen. Was zum Teufel hat das zu bedeuten?», fragte Urech.

«Der Mörder wirft dem Opfer vielleicht vor, eine schlechte Entscheidung getroffen zu haben», antwortete Monti.

«‹King's Indian Defense› ist der Name der Eröffnung der Partie?», fragte Müller.

«Ja, die königsindische Verteidigung ist eine der aggressivsten Eröffnungen, die Schwarz wählen kann.»

«Warum wird der Gegner auf den Seiten immer zuerst genannt? Ist das eine Höflichkeitsform?», fragte Urech.

«Nein, das hat nichts mit Höflichkeit zu tun. Der Erstgenannte spielt mit den weissen Figuren, der Zweitgenannte mit den schwarzen. So wollen es die Regeln.»

«Der Mörder hat bei beiden Morden Partien ausgewählt, wo Fischer mit den schwarzen Figuren spielt. Was hat das zu bedeuten?», fragte Müller.

Monti legte das Blatt wieder auf den Bauch der Leiche. «Schwarz ist im Schach ein Nachteil.»

«Nicht nur im Schach», bemerkte Urech.

«Im Schach macht immer der Spieler mit den weissen Steinen den ersten Zug. Der Weisse hat den Anzugsvorteil, hat immer einen Zug Vorsprung. Er kann als Erster die Richtung des Spiels bestimmen.»

Dass Schach in dieser Hinsicht ein Abbild des Lebens war, das hatte er sich so noch nie überlegt. Schwarz war ein Nachteil im Schach, aber auch im Leben: Rassismus, ungleiche Chancen von Geburt an nur wegen der Hautfarbe, des Geschlechts, der Religionszugehörigkeit oder der Herkunft.

«Der Mörder muss ein Fischer-Fan sein», sagte Urech nachdrücklich.

«Das hilft uns weiter. Davon gibt es Millionen», sagte Monti mit sarkastischem Unterton.

«Wir dürfen annehmen, dass wir es bei beiden Taten mit demselben Mörder zu tun haben –», sagte Müller.

Urech unterbrach ihn. «Der ein Schachspieler sein muss.»

«Das ist zwar naheliegend, aber letztlich nicht zwingend, Herr Urech.»

«Ein Aussenstehender käme doch nie auf diese verrückten Ideen mit Schachfiguren und Schachpartien von Bobby Fischer. Das muss einer aus der Szene sein. Wacht endlich auf! Seht ihr das nicht? Habt ihr Tomaten auf den Augen?»

«Jetzt hören Sie auf, immer gleich für alles eine Antwort bereitzuhalten. Ihre wilden Spekulationen bringen uns keinen Schritt weiter», sagte Müller, der sichtlich nervös und dünnhäutig agierte.

Urech gab nicht nach. Einsichtig war er selten. «Ein verdammter Psychopath, ein Antisemit, der seinen Minderwertigkeitskomplex auslebt.» Der Zorn hatte ihm eine Röte ins Gesicht getrieben, die er sonst nur aufwies, wenn er einen über den Durst getrunken hatte.

«Aber was hat es mit den Schachfiguren auf sich? Schach hat doch nichts mit Antisemitismus zu tun», fragte Müller.

«Schach ist ein Kriegsspiel. Er will einen Krieg gegen die Juden lostreten. Die Opfer sind für ihn nur Spielfiguren, die man auf dem Brett herumschiebt», sagte Urech.

«Wäre dann der Mörder nicht an einer öffentlichen Botschaft interessiert, um Angst und Schrecken bei den Juden zu verbreiten?», konterte Müller.

Nun stellte sich Monti zwischen die beiden. «Vielleicht hofft er, dass wir das für ihn tun.»

Monti dachte an die Kommunikationsabteilung, die in ihrem Übereifer sicherlich schon bald wieder eine der von ihm so gefürchteten Medienmitteilungen veröffentlichen musste. Bis jetzt war nichts an die Medien über die Art der Tötung durchgesickert, aber lange würde es sicherlich nicht mehr gehen, bis jemand die Presse über die gefundenen Schachutensilien informierte.

Das Gespräch mit dem Verkäufer brachte nichts Neues zutage, was ihnen Müller nicht schon erzählt hatte. Der Verkäufer hatte die Leiche gefunden, als er die angelieferten Fische frühmorgens im Kühlraum zwischenlagern wollte. Er war allein und alarmierte sofort die Polizei. Monti wollte von ihm wissen, ob der Strom ausgefallen sei, was der Verkäufer verneinte.

Nachdem die Spurensicherung und die Rechtsmediziner eingetroffen waren, verliessen Urech und Monti den Tatort, um die Ehefrau des Opfers aufzusuchen.

Als sie am Wohnort von Aronowitz in Uster eintrafen, standen sie vor verschlossenen Türen. Monti beschaffte sich die Telefonnummer der Ehefrau über das Personalbüro.

Sandra Aronowitz wirkte am Telefon niedergeschlagen, aber einigermassen gefasst. Sie war im Ausland auf einer Geschäftsreise für eine Beratungsgesellschaft. Sie beantwortete alle Fragen in kurzen Sätzen mit brüchiger Stimme.

Das Opfer war tatsächlich Jude, nicht orthodox, eine Synagoge hatte er seit Jahrzehnten nicht mehr von innen gesehen. Schach spielte er nicht, aber einmal im Monat traf er sich mit alten Studienkollegen zu einem Pokerabend. Ihr Mann hatte am Vorabend eine Veranstaltung zur Gleichstellung von Männern und Frauen in Meilen besucht, wo er ein Referat gehalten hatte, sagte Sandra Aronowitz, bevor sie zu weinen begann.

Monti beendete das Gespräch.

Als sie sich in den Subaru gesetzt hatten, haute Urech mit beiden Händen auf das Lenkrad und atmete tief und laut. «Das hat mir gerade noch gefehlt. Als ob ich nicht schon genug Probleme am Hals hätte.»

«Jetzt beruhig dich.»

«Beruhigen? Wir haben einen verdammten Killer, der schon zwei umgebracht hat, und du willst, dass ich mich beruhige?»

Würde ein Serienmörder daraus, wäre es ein Alptraum für jeden Polizeibeamten.

16

Monti verstaute die Sprüngli-Pralinés-Schachtel in der Schublade seines Schreibtisches, bevor er sich erschöpft in seinen Bürostuhl fallen liess. Er hatte das Mittagessen, das für ihn sonst heilig war, ausgelassen. Hungergefühle kamen zu seiner Überraschung bei ihm nicht auf. Das hatte er noch nie erlebt, zwei Tötungsdelikte in seinem Revier innert so kurzer Zeit, die einen klaren, wenn auch ihm nicht bekannten Zusammenhang hatten.

Sein Tisch quoll über von Dokumenten, Post-it-Notizen und Fachzeitschriften, aber das störte ihn nicht. Er vertrat die Meinung, dass das Chaos den Geist stimulierte.

Monti machte, was er immer tat bei Mordfallermittlungen. Er ging zur Pinnwand, wo er eine Art Collage entwarf. Er hängte die Bilder der Opfer, die Ausschnitte der Buchseiten, die Bilder der Schachfiguren und der Kerzen sowie ein Porträt von Bobby Fischer auf. In der Mitte liess er Platz frei für das Motiv. Aber das Wichtigste kam zum Schluss: die Bilder der «Akteure», der beteiligten Personen. Es war wie bei Tetris, man musste die Steine an die richtige Stelle legen, um eine Stufe weiterzukommen.

Frau Weber hatte ihm Fotoausschnitte der Schlüsselbesitzer des Clublokals der Schachgesellschaft besorgt, die er an die Pinnwand heftete. Alle Bilder wiesen dieselbe Grösse auf, darauf achtete Frau Weber.

Das Klingeln seines Telefons riss ihn aus seinen Gedanken.

«Der vom Obergericht verurteilte Mann heisst Stephan Nuspliger. Ich habe mit dem zuständigen Staatsanwalt gesprochen. Er meinte, der Fall sei klar. Es gibt Zeugen, die aussagen, dass er und seine Kollegen den alten Mann mit Naziparolen beschimpft haben», sagte Müller.

Monti legte das Telefon auf den Tisch und starrte zum Fenster hinaus. Gewöhnlich hatte die Polizei nicht die Ressourcen, Leute wie Nuspliger systematisch zu überwachen, aber trotzdem wollte er sein Glück einen Stock tiefer versuchen.

Lüscher sass tief versunken hinter ihren Bildschirmen, umgeben von einer Sammlung von Kaffeepappbechern und Aludosen. Dementsprechend roch es auch im Raum, als Monti eintrat.

«Kannst du nach einem Stephan Nuspliger im Netz suchen?»

Er legte ihr den Artikel des «Zürcher Volksblattes» auf den Tisch.

«Null Problemo», antwortete sie.

Als er zurück an seinem Computer war, leuchtete eine E-Mail von Müller auf. Nuspliger hatte bereits einmal zuvor einen jüdischen Bürger belästigt respektive dessen Fenster mit Hassparolen besprayt.

Es klopfte, und Lüscher öffnete die Tür.

Monti schaute vom Bildschirm auf, und sie trat ein.

«Nuspliger führt über diverse Profile eine rechtsextreme Gruppierung an. Er ruft immer wieder zu Märschen oder kleineren Gewaltaktionen auf, meist sind die Aktionen gegen Schwarze und Ausländer gerichtet», sagte Lüscher.

«Und Juden?»

«Weniger als gegen die Schwarzen, aber auch gegen Juden hat er mindestens fünf Beiträge platziert. Er hält zudem Kontakt zu ähnlichen Gruppierungen im Ausland.»

Monti stand auf, bedankte sich bei ihr und wollte das Gespräch beenden.

«Halt! Jetzt wird es erst richtig interessant», sagte Lüscher und rieb sich die Hände. «Er ist Elektriker von Beruf.»

«Was ist daran so interessant?»

«Im Keller im Prime Tower war der Strom ausgeschaltet.»

«Dafür musst du nicht Elektriker sein.»

«Nuspliger arbeitete für die Helvetiacom und wurde vor ein paar Monaten fristlos entlassen. Er wüsste sicherlich, wo der Sicherungskasten ist und wie man die Zutrittssysteme überlisten kann.»

Monti stutzte kurz, bevor er sich entschied. «Den nehmen wir uns zur Brust. Der soll morgen Vormittag hier auf der Matte stehen.»

17

Um sechs Uhr am Abend steckte Monti die Schachtel Pralinés in seine Ledermappe. Es war an der Zeit, dass er sich mit Urech unterhielt, der sich seit einigen Wochen in einer Krise befand. Diese war für einmal nicht selbst verschuldet, sondern von einem anderen Beamtenkollegen unnötigerweise ausgelöst worden. Das machte das Ganze noch schlimmer.

Zusammengesunken wie ein Häufchen Elend sass Urech an seinem Arbeitsplatz und starrte auf seinen Bildschirm, als Monti das Zimmer betrat. Kaffeegeruch kam ihm entgegen, aber kein Red-Bull-Duft. Daniela Lüscher war ausser Haus, da sie als Cyberspezialistin in einem Fall vor dem Zürcher Obergericht aussagen musste.

«Peter, du siehst nicht gut aus.»

«Herrgott! Was erwartest du? Wir jagen einen Psychopathen, und morgen muss ich vor dem Bezirksgericht antraben.» Urechs tiefe Stimme war brüchig und rau.

Der bevorstehende Gang vors Zürcher Bezirksgericht hatte Spuren bei Urech hinterlassen. Er sah matt und müde aus, als ob er aus einem langen Krieg zurückgekehrt wäre. Die braunen Augen hatten etwas Melancholisches, die Augenringe waren unübersehbar. Monti hoffte, dass das Gericht rasch ein Urteil fällen würde. In so einem Zustand, in dem sich Urech zurzeit befand, konnte niemand auf Dauer gute Leistungen am Arbeitsplatz bringen.

Monti roch den Alkohol, wahrscheinlich hatte sich Urech den ein oder anderen Schluck seines geliebten selbst gebrannten Kirschs aus dem Flachmann gegönnt, der seine Nerven beruhigte, wie er ihm einmal in voller Überzeugung mitgeteilt hatte, als Monti Urech mit dem Alkoholkonsum konfrontiert hatte. Jetzt war nicht die Zeit, um ihn erneut dafür zu tadeln.

«Dein Fall ist doch reine Formsache, da musst du dir keine Sorgen machen. Der Richter wird dich freisprechen. Das Ganze hätte gar nicht vor Gericht enden dürfen, wenn du mich fragst.»

Urech schnaufte, umklammerte seinen Kaffeebecher und setzte ein gequältes Lächeln auf. «Mein Anwalt sagt das auch, aber man weiss nie. Ein Aargauer Polizist muss sich nun sogar vor dem Bundesgericht verteidigen in einem ähnlichen Fall.»

«Du hast nichts falsch gemacht. Im Gegenteil, du hast Leben gerettet.»

«Der ganze Laden hier kann mir langsam gestohlen bleiben. Ich reisse mir den Arsch auf, riskiere mein Leben, und am Ende kommt so ein Jüngling, so ein verdammter Bürohocker von Staatsanwalt, der noch keine zwei Jahre in seinem weichen Ledersessel an der Molkenstrasse sitzt, und zieht mich vor den Richter.»

«Der Rechtsstaat ist am Ausufern», sagte Monti einen Satz, den er in den letzten Jahren häufiger verwendet hatte, als ihm lieb war.

«Früher gab es mehr Tötungsdelikte als heute, wenige technische Hilfsmittel standen uns zur Verfügung, kein Profiling, keine DNA-Analyse und kein Handytracking, die den Täter überführten, und trotzdem fühlte ich mich damals besser.»

Monti sah das anders, aber er wollte seinem Kollegen nicht widersprechen. «Du musst morgen ganz ruhig und gelassen auftreten.»

«Himmeldonnerwetter! Ruhig und gelassen. Am liebsten würde ich dem Trottel an die Gurgel springen.»

Das konnte sich Monti gut vorstellen.

Urech stand auf und schmiss den Becher mit voller Wucht in den Papierkorb. «Wenn das so weitergeht beim Verein hier, werde ich kündigen und zurück in die Heimat ziehen.»

Das war nicht das erste Mal, dass Urech mit einer Frühpensionierung liebäugelte und drohte, die Monti ein Dorn im Auge wäre. Urech vermisste die guten alten Zeiten, wo er auch häufig in den Gaststuben anzutreffen gewesen war. «Nahe bei den Leuten», nannte er es. Zwischendurch packte er auch mal eine Person an den Schultern, falls diese die Grenzen des Respektes überschritten hatte, etwas, das heute gleich ein Verfahren nach sich zog. Monti konnte sich gar nicht vorstellen, wie die Arbeit ohne seinen urchigen Innerschweizer Kollegen aussehen würde, sicherlich eine Spur langweiliger.

«Du musst dich zusammenreissen. Das Letzte, was du machen darfst, ist, dich provozieren zu lassen. Erzähle dem Richter einfach ruhig deine Version der Geschichte.»

Urech nickte, Monti wusste aus Erfahrung, wie schwer es Urech fiel, nicht auf Provokationen zu reagieren.

Monti zog die Pralinés-Schachtel aus seiner Ledermappe und überreichte sie ihm.

«Viel Glück! Wir brauchen dich. Und das mit der Frühpensionierung schlägst du dir gefälligst aus dem Kopf, sonst gehe ich dir an den Kragen.»

Urech nahm die Schachtel in die Hand, bedankte sich und klopfte ihm auf den Rücken, wie immer etwas zu stark für Montis Geschmack, aber so schien es Usus zu sein im Luzerner Hinterland – eben nichts für schwache Männer.

«In den Knast wandere ich nicht. Das verspreche ich dir.»

Monti fiel auf, dass auf dem Tisch eine andere, grössere

Schokoladenschachtel mit dem Läderach-Logo lag. «Da war jemand schneller.»

«Der Drache kam höchstpersönlich vorbei. Nette Geste.»

Mit «Drache» meinte Urech die Polizeikommandantin.

Zurück in seinem Büro liess ihn der Gerichtsfall von Urech nicht los. Nicht, weil er kompliziert und eine intellektuelle Herausforderung für ihn war, sondern weil er ein grundsätzliches, ein strukturelles Problem bei den Ermittlungsbehörden ortete: fehlende Loyalität.

Wie konnte ein Staatsanwalt, der ein paar Monate zuvor noch gemeinsam mit Urech einen Mann, der mehrere Frauen vergewaltigt hatte, hinter Schloss und Riegel gebracht hatte, plötzlich seinen eigenen Kollegen in einem Fall so penetrant vor Gericht ziehen?

Monti nahm das rote Büchlein aus dem Regal, das neben seinem Bürotisch stand. War es kein Zufall, dass das Zürcher Polizeigesetz in knallroter Farbe daherkam? Rot als Warnfarbe, wie eine Glut, die man nicht anfassen sollte. Er schlug den Paragrafen 17 auf.

Polizisten durften von der Schusswaffe Gebrauch machen, wenn andere verfügbare Mittel nicht ausreichten, um eine Eskalation zu vermeiden, wie zum Beispiel bei der Verhinderung eines unmittelbar drohenden schweren Verbrechens oder bei der Befreiung von Geiseln. Der Polizist musste jedoch einen deutlichen Warnruf vorausschicken, sofern der Zweck und die Umstände es zuliessen.

Der Paragraf war leider so weich und offen geschrieben, dass er Tür und Tor für Interpretationen öffnete. Ein Schmaus für jeden streitwilligen Anwalt, und von diesen schien es auch in der Schweiz immer mehr zu geben.

Ein im Büro sitzender Staatsanwalt konnte sich tagelang Gedanken machen, Berichte lesen und Mutmassungen – die Anwälte nannten es «Auslegungen» – formulieren zu einer Situation, bei der er gar nicht vor Ort gewesen war, während der Polizist, der eine unmittelbare Bedrohung vorgefunden hatte, innerhalb von Sekundenbruchteilen eine Entscheidung treffen musste. Wie sollte man da noch einen Warnruf oder einen Warnschuss abgeben? Ein Kriminalpolizist war nicht Superman, sondern ein Mensch, der der Gesellschaft einen Dienst erweisen wollte, indem er Unschuldige beschützte und Kriminelle aus dem Verkehr zog.

Die Staatsanwaltschaft musste eine Untersuchung einleiten, wenn es zu einer Schussabgabe kam, daran gab es nichts zu rütteln, auch nicht für Urech. Der Gesetzgeber wollte Wildwestszenen vermeiden, bei denen die Polizisten bei erstbester Gelegenheit einfach um sich schossen.

Für Monti war es wie beim Abseitsentscheid im Fussball. Bei gleicher Höhe sollte das Tor zählen und nicht aberkannt werden. Er hatte mit Müller und der Polizeikommandantin im Vorfeld versucht, Einfluss auf das Verfahren zu nehmen respektive auf dessen Einstellung hinzuwirken.

Vergeblich.

Müller wollte sich nicht in ein Verfahren eines Berufskollegen einmischen, und die Kommandantin hatte es wenigstens mit einem Telefonat beim betreffenden Staatsanwalt probiert, blitzte jedoch ab. Der junge Mann hatte ihr sogar mit einem Administrativverfahren gedroht, wenn sie sich weiter in die staatsanwaltschaftliche Verfahrensleitung einmischen würde.

Diese Art von Verfahren zogen sich über Jahre und belasteten die betroffenen Polizisten und ihre Kollegen. Monti googelte und fand einen Artikel zu dem Fall, den Urech erwähnt hatte, bei dem ein Aargauer Polizist mehr als fünf Jahre von der ersten Instanz bis zum Bundesgerichtsentscheid auf ein rechtskräftiges Urteil hatte warten müssen. Wie konnte der arme Kerl noch Polizeidienst leisten, wenn ihm selbst eine Gefängnisstrafe drohte? An der Front ging das sicherlich nicht, wahrscheinlich hatten sie ihn in den Innendienst versetzt oder ganz beurlaubt.

Sollte man in Zukunft als Polizist überhaupt noch die

Schusswaffe zücken und sich selbst in die Bredouille bringen, wenn Gefahr für andere drohte?

Monti schüttelte den Kopf.

Der gesunde Menschenverstand hatte wieder einmal Pause gemacht bei einem Staatsanwalt.

Monti musste jetzt handeln, deshalb entschied er sich, Regierungsrat Häfliger anzurufen, um bei ihm um Hilfe nachzusuchen.

Häfliger war der oberste politische Vorgesetzte der Staatsanwaltschaft, vielleicht konnte er den Jungspund in der Abteilung I noch bremsen. Einen Versuch war es wert, dachte er sich und wählte Häfligers Mobilnummer. Monti gelangte lediglich zur Combox, bat um einen Rückruf und erwähnte dabei, dass es um den Zweifachmörder ging, was indirekt ja auch stimmte. Monti hatte einen Köder ausgeworfen.

Kurz bevor er nach Hause aufbrechen wollte, läutete sein Smartphone, und Häfligers Name leuchtete auf dem Display auf. Der Fisch hatte angebissen.

«Monti, haben Sie den Täter gefasst?», fragte Häfliger.

«Nein, aber wir haben ein Problem.»

«Wenn es nur eines ist, dann dürfen Sie sich glücklich schätzen.»

Monti erläuterte ihm kurz das Verfahren gegen Urech, das Häfliger in seinen Grundzügen kannte. Der Fall war in allen Zeitungen gewesen, und sogar die Tagesschau hatte einen längeren Bericht gesendet. Urech hatte einen Amokläufer, der sich in einem Kindergarten verschanzt hatte, aus Notwehr von hinten erschossen und so über zwanzig Kindern und der Lehrerin das Leben gerettet.

Allmählich kam Monti auf den Punkt. Er liess es sich nicht nehmen, wiederholt zu erwähnen, wie wichtig Urech für die gegenwärtigen Ermittlungsarbeiten sei. Für die Einarbeitung eines neuen Ermittlers gebe es bessere Zeitpunkte, und die Mordfälle seien äusserst komplex, was den vollen und uneingeschränkten Fokus der Ermittler erfordere, im Wissen darum, dass Häfliger in einer solchen Ausnahmesituation fast jeden Wunsch des Chefermittlers erfüllen würde.

«Herr Monti, ich schätze Sie sehr, aber ich greife nicht ins operative Tagesgeschäft der Staatsanwaltschaft ein.»

Der Satz war einstudiert, und Häfliger musste ihn schon hundert Mal benutzt haben. Monti war nicht der Erste, der ihn um einen Gefallen bat.

«Sie waren doch selbst ein erfolgreicher Staatsanwalt. Der Fall ist völlig chancenlos, der junge, unerfahrene, überambitiöse Staatsanwalt sollte ihn zu den Akten legen und sich anderen, wichtigeren Geschäften widmen», sagte Monti und legte eine kurze Pause ein, bevor er zum Schlussakkord ansetzte. «Ich bin mir sicher, dass Sie ihn zur Einsicht bewegen können.»

Es gab eine Gesprächspause.

Jetzt nachdoppeln, dachte Monti. Den Druck aufrechterhalten. «Wir brauchen die besten Leute, um den Mörder zu fassen, und zwar hier und nicht am Bezirksgericht.»

Wieder gab es eine Pause.

Das Gesagte sich setzen lassen.

«Und der Sachverhalt ist wirklich so, wie Sie ihn mir beschrieben haben?», fragte Häfliger.

«*Sicuro.* Hundert Prozent. Holen Sie sich die Akten, wenn Sie mir nicht glauben.»

Monti hörte, wie Häfliger tief ausatmete. Entweder würde er ihn nun zusammenstauchen, oder er würde eine Rolle rückwärts vollführen.

«Sie sind ein Schlauberger, Monti», sagte Häfliger. «Geben Sie mir die Telefonnummer des Staatsanwalts.»

Rolle rückwärts – gehockt.

Monti ballte die Faust.

«Herr Monti, ich will, dass niemand von unserem Telefongespräch erfährt. Kann ich mich auf Sie verlassen?»

«Ich bin verschwiegen wie ein versiegeltes Buch. Besten Dank, Herr Häfliger. Sie werden es nicht bereuen.»

Eines musste er Häfliger zugutehalten, er war ein Pragmatiker, einer, wie er im Buche stand, und ein äusserst erfolgreicher notabene, der stets mit guten Wahlresultaten aufwarten konnte. Häfliger konnte sich wie ein Chamäleon der Umgebung anpassen.

«Fassen Sie nun den Mörder. Jetzt will ich keine Ausreden mehr hören.»

18

«Ihr seid alle Faschisten! Mafiosi! Alles Mafiosi!»

Dem Mann schien es ernst zu sein. Er schrie sich die Kehle aus dem Leib, als ginge es um sein Leben. Aber weder Faschisten noch Mafiosi bedrängten den Mann im Tram. Einige Leute stiegen bei der nächsten Haltestelle aus, während Monti sitzen blieb und die Nachrichten auf seinem Smartphone las. Der Mann war harmlos, einfach nur sturzbetrunken, und das um halb acht Uhr an diesem Donnerstag in der Zürcher Innenstadt.

Der Morgen hatte bereits zuvor schlecht für Monti begonnen. Er war zwei Stunden früher als gewöhnlich aufgewacht, ohne dass ihn sein Wecker aus seinem sonst so tiefen Schlaf hatte reissen müssen. Als er aus der Haustür getreten und zur Tramstation Höschgasse geschritten war, hatte ein Schild im Schaufenster der lokalen Metzgerei seine Aufmerksamkeit erregt. Der Laden würde Ende Mai seine Tore schliessen. Nein, es war nicht vorübergehend für eine Renovation oder für eine Geschäftsübergabe, es war endgültig. Er mochte den kleinen Quartierladen, das Personal war freundlich, das Fleisch kam aus der Region, war zwar etwas teurer als bei Migros und Coop, aber stets von ausgezeichneter Qualität. Wieder verschwand ein Kleinbetrieb, ein Familienunternehmen, ein Stück Nostalgie. War es ein Zeichen der Zeit? Der

Fleischkonsum hatte auch schon einen besseren Ruf gehabt, die Vegetarier und Veganer waren stark im Kommen, aber hatte der Verzehr wirklich so stark abgenommen, dass kleine Metzgereien nicht mehr überleben konnten? Vielleicht hatte die Familie auch einfach genug vom Unternehmertum und wollte zu neuen Ufern aufbrechen. Würde die Metzgerei durch eine Modekette ersetzt? Nein, diese hatten im Seefeld noch nicht Einzug gehalten, die bevorzugten die Bahnhofstrasse, um ihre teuren Handtaschen und andere Accessoires an die Frau und den Mann zu bringen.

Aber es kam noch schlimmer.

Monti verschlang gedankenversunken ein Cornetto im La Stanza, als ein Mann mit braunen, fettigen Haaren, die zu einem Seitenscheitel gekämmt waren, ihn ansprach. Er stellte sich als Reporter des Boulevardblattes vor und setzte sich auf den Stuhl neben ihm. Der Kerl überragte ihn um einen Kopf, er musste richtiggehend zu ihm hochblicken.

Monti seufzte und fragte: «Was wollen Sie?»

«Wie laufen die Ermittlungen zum Zweifachmörder, oder soll ich Serienmörder sagen?»

«Fragen Sie die Leute von unserer Kommunikationsabteilung.» Monti nahm den letzten Schluck aus der Espressotasse. «Die geben Auskunft, sprechen gerne mit Journalisten wie Ihnen.»

Die Kollegen von der Kommunikationsabteilung der Kantonspolizei hatten wieder ganze Arbeit geleistet. «Je schneller, desto besser» war das Motto der Public Relations, wie die Polizeikommandantin die Abteilung nannte. Gestern am frühen Nachmittag verfasste sie eine Twitter-Meldung, in der sie die Bevölkerung über den zweiten Mord in Meilen informierte. Die Polizei nannte in ihren Mitteilungen zwar nie die Namen der Opfer, im letzten Absatz konnte es der Verfasser aber nicht unterlassen zu erwähnen, dass ein Zusammenhang mit dem ersten Mord im Prime Tower nicht ausgeschlossen werden könne. Was brachte diese Art von Kommunikation?

Mussten immer alle Personen auf dem gleichen Stand der Informationen sein? War das der Ausdruck der Demokratie oder bloss der Ungeduld? Gleichberechtigung unter den Informationsjunkies?

In seiner Funktion als Ermittler hasste er es, es erschwerte seinen Job unnötigerweise, wie er fand. Medienanfragen häuften sich, der Täter bekam Informationen über den Stand der Ermittlungen.

«Wir vom Boulevardblatt wollen die Informationen direkt von der Front und keine gefilterte Kommunikation», sagte der Reporter, der sein Smartphone auf den Bartresen legte und den Aufnahmeknopf drückte.

Monti schwenkte seinen rechten Zeigefinger hin und her, und der Reporter packte das Telefon wieder in die Brusttasche seiner schwarzen Jacke, die etwas abgewetzt aussah.

«Von der Front? Wenn Sie an die Front wollen, bewerben Sie sich doch bei der Kantonspolizei. Wir suchen immer gute Leute.»

Der Mann schüttelte den Kopf. «Ich erwarte etwas Kooperationsbereitschaft von der Kriminalpolizei, schliesslich zahle ich Steuern im Kanton Zürich und finanziere so Ihren Lohn mit.»

Monti spürte, wie sein Adrenalinpegel anstieg, er musste sich zusammenreissen. Er entschied sich, nicht zu antworten.

Der Reporter merkte nach dem eingetretenen Schweigen von Monti, dass er den Bogen überspannt hatte, und änderte seine Strategie. «Darf ich Ihnen einen zweiten Kaffee offerieren?»

«Ich nehme einen Espresso», sagte Monti, der merkte, dass sein Puls sich wieder halbwegs normalisiert hatte. Der Reporter machte nur seinen Job, wie Nicole ihm immer wieder erfolglos eintrichtern wollte.

«Wo stehen Ihre Ermittlungen, Herr Kommissar?»

«Am Anfang, die zweite Leiche haben wir erst vor vierundzwanzig Stunden gefunden.»

«Haben Sie schon einen Verdächtigen?»

Der Kellner stellte einen Cappuccino und den Espresso auf dem Tresen ab.

«Das kann ich Ihnen aus ermittlungstaktischen Gründen nicht verraten.» Diesen Satz hatte er verinnerlicht und in seiner Karriere häufiger als jeden anderen Leitsatz ausgesprochen.

«Das heisst, Sie haben noch keinen Verdächtigen.»

«Sie müssen wieder einmal zum Arzt gehen und Ihre Ohren durchspülen lassen.»

Der Mann lachte. «Aber Sie haben hoffentlich Anhaltspunkte, aus welchem Milieu der Täter kommt?»

«Wir ermitteln in alle Richtungen.» Monti bemerkte, dass er sich anhörte wie die Leute von der Kommunikationsabteilung, die ständig die gleichen Satzfragmente verwendeten.

«Was haben die Schachfiguren am Tatort zu bedeuten?»

Monti zuckte zusammen. Das konnte doch nicht sein. Er hätte am liebsten mit dem Fuss gegen den Bartresen – oder noch lieber gegen den Journalisten – getreten. Der Mann war gut informiert, zu gut für seinen Geschmack. Die Kommunikationsabteilung hatte in der gestrigen Medienmitteilung die Schachfiguren nicht erwähnt. Von wem hatte der Reporter diese Information erhalten? Schon früher hatte er sich gefragt, wer der Maulwurf bei den Strafverfolgungsbehörden war. Ein Staatsanwalt oder ein Regierungsrat, der sich bei den Medien beliebt machen wollte? Oder ein Polizeikollege, der nicht auf seinem Mund sitzen konnte? Vielleicht hatte Regierungsrat Häfliger geplaudert, der sich die Informationen bei Müller beschafft hatte?

«Das ist Gegenstand der Ermittlungen.» Wieder so eine Phrase. In Zukunft nahm er sich vor, lieber zu schweigen, anstatt so dumme, leere Sätze auszusprechen. Aber es war so eine Sache mit den Vorsätzen.

«Glauben Sie, wir haben es mit einem Nachahmungstäter des russischen ‹Schachbrettmörders› zu tun?»

Monti leerte in einem Zug das Wasserglas, das neben der Espressotasse stand. Er kannte den Fall vom Schachbrettmörder, der für jedes der vierundsechzig Felder auf dem Schachbrett einen Menschen umbringen wollte und das Ziel nur knapp verfehlt hatte. «Glauben tut man in der Kirche. Ich bin Ermittler und nicht Pfarrer.»

«Denken Sie, dass es sich um eine gezielte Attacke auf unsere Demokratie handelt?»

«Wie kommen Sie darauf?» Er kehrte den Spiess um. Damit er keine Fragen beantworten musste, stellte er selbst welche.

«Der Killer startete seine Taten am 1. Mai. Es ist vielleicht ein Angriff auf unser Wertesystem. Oder gibt es einen anderen Grund, den die Polizei uns vorenthält?»

«Das ist eine von vielen Möglichkeiten. Sie können spekulieren, so viel Sie wollen. Ich kenne Ihr Jobprofil nicht, aber in meinem steht, dass wir die Täter hinter Schloss und Riegel bringen müssen, und dazu brauche ich handfeste Beweise, die wir durch mühsame Arbeiten an den Tag bringen. Eine Mordaufklärung geschieht nicht in neunzig Minuten wie in einem Krimi im Fernsehen.»

Der Reporter legte eine kurze Pause ein, trank einen Schluck vom Cappuccino. «Das verstehe ich alles, aber Sie könnten mir doch mitteilen, in welche Richtungen Sie Ihre Ermittlungen lenken. Haben Sie Spuren am Tatort gefunden? Gibt es Verdächtige im Umfeld?»

«Jeder Täter hinterlässt Spuren am Tatort. Es liegt an uns, diese auszuwerten.»

«Welche Art von Spuren haben Sie gefunden?»

«DNA.»

«Das ist doch schon einmal ein Teilerfolg. Damit hätten Sie auch schon früher herausrücken können. Dann wird es nicht mehr lange gehen, bis Sie den Täter verhaften können. Darf ich Sie so zitieren?»

«Auf keinen Fall. Ich will meinen Namen nicht in Ihrem

Blatt erwähnt haben. Sonst kriegen Sie Ärger. Haben wir uns verstanden?»

«Wie soll ich Sie denn nennen? Mr. Undercover? Sherlock Holmes?»

Monti schüttelte den Kopf.

Der Journalist blätterte eine Seite in seinem Notizheft um. «Stimmt es, dass es sich bei der Tatwaffe um eine Walther PPK handelte?»

Monti überlegte und schwieg. Es handelte sich um eine Walther PPQ, aber er korrigierte den Reporter nicht.

«Aus Ihrem Schweigen entnehme ich Zustimmung. Es handelt sich also um die gleiche Waffe, die James Bond benützt», sagte der Reporter und kritzelte etwas ins Heft.

«Das Gespräch ist hiermit beendet.»

Montis Nacken tat ihm weh, das rührte vom Hinaufschauen zum Reporter. Als sie sich draussen vor dem Bleicherweg verabschiedeten, stellte ihm der Journalist eine letzte Frage. «Wer wird das nächste Opfer sein?»

19

Die letzte Frage des Reporters summte immer noch in seinem Kopf wie eine Fliege, die man nicht aus dem Zimmer kriegte. Anstatt wie üblich vom Bleicherweg links in die Talstrasse abzubiegen, lief Monti blind für alles auf der Strasse geradeaus am Paradeplatz und dem Hotel Savoy vorbei und stoppte beim Fraumünster. Er öffnete die Pforte und wollte in die Kirche eintreten, als ihn eine Frau zurückrief. Sie machte ihn darauf aufmerksam, dass der Eintritt fünf Franken kostete. Widerwillig kratzte er einen Fünfliber aus seinem Portemonnaie und überreichte ihn der Dame. Unverrichteter Dinge würde er das Gotteshaus nicht verlassen.

Monti bekreuzigte sich, als er die Tür zur Hauptkirche

bedächtig öffnete und den Tisch mit den Kerzen suchte. Er hatte seit Jahren keine Kirche mehr von innen gesehen.

Seine Mutter führte bei bedeutenden Ereignissen wie nach Erhalt von Todesanzeigen, vor Prüfungen oder vor Flugzeugreisen ein Ritual durch. Sie zündete in der Kirche eine Kerze an. Das Licht sollte die bedachte Person beschützen. Es hatte zeitlebens ohne Ausnahme funktioniert. Jetzt wollte er den Brauch für Urech anwenden, der in einer halben Stunde vor dem Bezirksgericht antraben musste.

Zähneknirschend musste er feststellen, dass sich dieser Brauch nicht bis zu den Protestanten herumgesprochen hatte. Es gab keinen Tisch mit Kerzen, hingegen gab es einen Souvenirshop gleich neben dem Ausgang.

Als Monti an der Kasernenstrasse die Bürotür aufstiess, stand Frau Weber vor ihm, die ihn auf den nächsten Termin aufmerksam machte. Die Vernehmung von Stephan Nuspliger stand um zehn Uhr auf dem Programm.

Monti überflog dessen Akte am Computer, zu mehr reichte die Zeit nicht. Hätte er das ganze Dossier lesen wollen, hätte er zwei Wochen gebraucht. Die Strafverfolgungsbehörden hatten ganze Arbeit geleistet, jedes noch so kleine Detail stand in den Akten.

Nuspliger war ein Dauergast bei der Polizei, einer von der Sorte, die man lieber nicht sehen wollte, aber sie konnten ihre Gäste im Gegensatz zu einer Privatperson nicht auswählen, ganz im Gegenteil, die Unliebsamen mussten sie sogar bei sich behalten. Es gab kein einziges Jahr im letzten Jahrzehnt ohne einen Eintrag im Strafregister von Nuspliger. Die nächste Anzeige würde so sicher wie die nächste Steuererklärung kommen. Zum Glück hatten die Behörden ihre Dossiers mittlerweile elektronisch erfasst, sonst hätte die Akte den ganzen Schreibtisch bedeckt.

Lüscher hatte ihm eine Zusammenfassung der Aktivitäten von Nuspliger in den sozialen Medien geschrieben. Hauptsächlich verwendete er die Telegram-App, um seine Mitteilungen zu verbreiten. Lüscher hatte ihm gegenüber erwähnt, dass es für sie schwieriger sei, diese Applikation zu knacken als WhatsApp. Aber für sie war nichts unmöglich, das wusste er.

Monti schaute auf seine Uhr. Fünf nach zehn. Fünf Minuten später ertappte er sich dabei, wie er wieder auf die Uhr schaute. Er stand auf und ging ins angrenzende Büro von Frau Weber, die ihm bestätigte, dass Nuspliger immer noch nicht aufgetaucht war. Monti riss der Geduldsfaden. «Frau Weber, lassen Sie ihn von den Kollegen herbringen, und zwar sofort.»

Kurz vor Feierabend platzte die Polizeikommandantin Angela Bitterli in sein Büro. Ihre blauen Augen waren weit aufgerissen und frassen ihn förmlich auf. Ihre Perlenkette wippte noch, als sie so nahe bei ihm stand, als ob sie ihn küssen oder ihm einen Kopfstoss geben wollte. Er hatte viele Polizeikommandanten in seiner Zeit bei der Polizei erlebt, einige waren laut, andere mehr introvertiert, wieder andere waren mehr Verwalter als Polizisten, aber die Bitterli war eine Persönlichkeit, die der Polizei Farbe verlieh, nicht zuletzt dank ihrer extravaganten Kleider und Schmuckstücke, die sie gern zur Schau stellte. Sie liess keine Cocktailparty oder sonstigen Gesellschaftsanlass aus, so gesehen vertrat sie die Polizei aktiv in der Gesellschaft. So ausgelassen und offen sie sich gegen aussen gab, so stur konnte sie intern sein. Ihr Schädel war aus Beton.

Die meisten im Polizeikorps fürchteten sich vor ihr, da sie – wenn sie in Rage war – wie ein Drache Feuer speien konnte. Daher rührte ihr Spitzname.

Er hatte ihre Unnachgiebigkeit zu spüren bekommen, als sie ihn – gegen seinen Willen – für ein Spezialprojekt ins Wallis geschickt hatte, wo ein mysteriöser ungeklärter Todesfall eines Weinbauern das Unterwallis in Aufruhr versetzt hatte. Der «Stage» hatte sich dann aber zu seiner Überraschung als eines der schönsten Jahre seiner Karriere bei der Polizei entpuppt.

«Der Regierungsrat sitzt mir im Nacken. Er will endlich Resultate sehen», begann sie.

«Da ist er nicht allein. Das möchten wir alle.»

«Wo stehen wir? Haben wir immer noch keinen Verdächtigen?»

Monti schüttelte den Kopf. «Wir vernehmen einen Vorbestraften, der es auf Juden abgesehen hat, aber ob er etwas –»

Bitterli unterbrach ihn. «Gibt es eine Spur? Einen Hinweis, einen Verdacht, eine Richtung, in die Sie ermitteln? Irgendetwas? Ich muss dem Regierungsrat etwas mitteilen. Ich kann nicht einfach ‹nichts› sagen.»

«Frau Kommandantin, man findet den Mörder nicht einfach so en passant. Mordermittlungen sind wie ein Puzzle. Es braucht Zeit, bis man alle Teile an die richtige Stelle gesetzt hat.»

«Es scheint mir vielmehr, dass Ihnen noch ganz viele Teile fehlen.»

«Der Mörder ist schlau und macht keine Fehler.»

Monti schaute in ihr Gesicht, das zwar braun gebrannt war, aber ein paar Runzeln mehr erhalten hatte, seit er sie das letzte Mal von Angesicht zu Angesicht gesehen hatte.

«Unsinn. Jeder Mörder macht Fehler und hinterlässt Spuren. Der Täter ist Ihnen ein paar Züge voraus.»

Monti schwieg.

Bitterli insistierte. «Ein für alle Mal. Was können wir kommunizieren? Die Medien müssen gefüttert werden.»

«Ich bin kein Freund von voreiligen Medienmitteilungen.»

«Das ist mir bekannt, aber Sie sitzen auch nicht auf meinem Stuhl.»

Sie lief ein paar Schritte weg von ihm, bevor sie sich umdrehte. «Wir werden eine Hotline einrichten, um Hinweise aus der Bevölkerung zu erhalten. Es muss Zeugen geben. Jemand muss etwas gesehen oder gehört haben.»

Er nickte.

«Monti, Sie sind doch ein cleveres Bürschchen. Strengen Sie sich an, bevor der Mörder uns schachmatt setzt.»

Der Drache war erwacht, nervös, aber noch kam kein Feuer aus seinem Mund.

20

Don't speak
I know just what you're sayin'
So please stop explainin'
Don't tell me 'cause it hurts
Don't speak
I know what you're thinkin'
I don't need your reasons
Don't tell me 'cause it hurts

«Don't Speak» von No Doubt dröhnte aus dem Marshall-Uxbridge-Würfel, als Monti aus der Dusche kam, lediglich mit einem Frottiertuch bedeckt. Den Lautsprecher hatte er Nicole zum letzten Geburtstag geschenkt, was an und für sich eine gute Sache war. Der klare Klang, der starke Bass und der warme Sound liessen nichts zu wünschen übrig, aber er hatte erst später bemerkt, dass für die Koppelung des Gerätes nicht einfach nur eine Bluetooth-Verbindung nötig war, sondern eine App von Google, und da er kein Google-Konto besass und nicht beabsichtigte, eines einzurichten, konnte nur sie die Boxen steuern und Musik abspielen. Schliesslich war es aber auch Nicoles Geschenk.

Erst jetzt bemerkte Nicole ihn, die sich ein Glas Wasser eingoss. Sie kam auf ihn zu und gab ihm einen Kuss auf den Mund. «Nimmst du noch einen Espresso mit der Mutter deines Kindes?»

Eigentlich wollte er heute etwas früher ins Büro gehen als gewohnt, sogar das Frühstück im La Stanza plante er auszulassen, um das wöchentliche Schachtraining am Freitagabend nicht zu verpassen, aber die gute Stimmung von Nicole färbte auf ihn ab.

«Ich ziehe mich an, und dann bin ich bei dir. Schalt schon mal die Kaffeemaschine ein.»

Er zog sie zu sich, umarmte sie mit beiden Armen, was zur Folge hatte, dass sein Frottiertuch zu Boden fiel und er nackt vor ihr stand, und gab ihr einen innigen Kuss, bevor er das Tuch aufhob und sich ins Schlafzimmer verzog.

Seit sie wusste, dass sie schwanger war, war Nicole noch positiver gestimmt als sonst.

Als er zurück in die Küche kam, füllte er den Tank der Kaffeemaschine mit frischem Leitungswasser auf, bevor er den Kolben vom Siebträger nahm und ihn mit frisch gemahlenem Kaffeepulver stopfte, dessen Geruch ihn immer wieder aufs Neue begeisterte. Er presste das Pulver mit dem Tamper flach, setzte den Kolben in die Haltevorrichtung, stellte zwei Espressotassen darunter und drückte auf den Knopf.

Sie sassen am Küchentisch, beide hielten ihre Tassen in der Hand und warteten, bis das flüssige Gold eine trinkbare Temperatur annahm.

«Hast du den Artikel im Boulevardblatt gelesen?», fragte Nicole.

Es dämmerte Schlimmes in seinem Kopf. Was hatte der Reporter geschrieben? Sicherlich hatte dieser die Geschichte wieder so verbogen, dass sie ihm und dem Verlag in den Kram passte und sich am besten verkaufen liess.

«Nein», sagte er und fügte mit ironischem Ton hinzu: «Wahrscheinlich schreibt er, dass wir James Bond als Tatverdächtigen festgenommen haben.»

Nicole schaute ihn verdutzt an. «Was weisst du, was ich nicht weiss?»

«Der Typ hat mir gestern im La Stanza aufgelauert und mir den Vormittag ruiniert.»

«Das ist sein Job, seine Pflicht. Er ist Journalist und nicht PR-Berater der Kantonspolizei.»

Er stellte die Espressotasse auf den Tisch und zog die Zuckerdose zu sich rüber. «Er schreibt, dass der Täter die gleiche Waffe wie James Bond verwendet habe?»

«Nein, die Schlagzeile lautet anders. Er hat einen Vergleich mit dem russischen Schachbrettmörder gezogen und dessen Taten aufgelistet.»

«Der Typ versetzt die Bevölkerung in Angst und Schrecken. Das ist doch hirnrissig», sagte Monti und bemerkte, dass sein Puls anstieg.

«Ist es das?»

«Kannst du mir die Konfitüre reichen?» Er wollte ihr nicht antworten, da er selbst nicht wusste, was er von der Analogie halten sollte.

«Er erwähnt nichts von einem möglichen antisemitischen Motiv. Hast du ihm nicht –»

Monti unterbrach sie. «Es ist nur eine Vermutung. Beide Opfer waren jüdischer Herkunft, aber das kann Zufall sein.» Er hätte sich ohrfeigen können, dass er wieder einmal nicht auf seinem Maul sitzen konnte und so eine unnötige Diskussion ins Rollen gebracht hatte.

«Warum weiss niemand davon? Das müsst ihr der Öffentlichkeit doch kommunizieren», sagte Nicole, deren Stimme nun einen Ton Gehässigkeit aufwies.

«Wir wollen keine Panik verbreiten.»

«Keine Panik verbreiten? Die Bevölkerung muss geschützt werden, speziell die jüdischen Bewohner. Und ihr verfolgt die Igel-Strategie: ducken, bis alles vorbei ist. Das kann doch nicht euer Ernst sein.»

«Was sollen wir machen? Die Synagogen schliessen und alle jüdischen Bürger evakuieren? Ganz Wiedikon hermetisch abriegeln?»

Die gute Stimmung war verflogen, und sie tranken schweigend ihre Espressos. Zwei Minuten später ging Monti aus dem Haus, der Kaffee hatte ihm bitterer geschmeckt als auch schon.

Das nächste Mal würde er auf No Doubt hören.

Don't speak.

21

Monti bemerkte ein Unbehagen in seinem Magen, das ohne Zweifel der heutige Tag und dessen Programm bei ihm auslösten, standen doch die Einvernahmen mit seinen Clubkollegen Britschgi und Tanguy an.

Die Ermittler verhörten alle Schlüsselbesitzer des Clublokals vorerst als mögliche Zeugen, sogar die Putzfrau musste auf dem Polizeiposten antraben, um ihre Aussage zu Protokoll zu geben. Zum Glück hatte die Presse noch nicht vom Buchdiebstahl an der Olivengasse erfahren. Besorgt malte er sich die Schlagzeilen in den Zeitungen aus. «Die renommierte Schachgesellschaft Zürich – das Real Madrid des Schachs – mittendrin im Mordfall.»

Seine schlechte Laune verstärkte die Tatsache, dass Nuspliger auch an diesem Freitag dem Aufgebot fernblieb. Die Polizei konnte ihn nicht ausfindig machen.

Monti besprach sich mit Urech und Lüscher, denen er die Gesprächsführung überliess. Vor Gericht hätten die Anwälte der Gegenseite ihnen Verfahrensfehler vorwerfen können, falls Monti das Gespräch geführt hätte. Sicherlich hatte er einen Interessenkonflikt, das wusste er selbst. Deswegen zog er es vor, die Befragungen aus dem Zimmer nebenan auf dem Bildschirm zu beobachten, während Urech und Lüscher seine Clubkollegen in die Mangel nahmen.

Normalerweise lösten Mordfälle bei ihm einen Adrenalinschub aus, der in einer Erregung gipfelte, die er als angenehm empfand. Es war wie vor der Lösung eines schwierigen Rätsels. Aber die beiden «Schachmorde», wie sie nicht nur Urech nannte, berührten ihn auf eine andere Art und liessen ihn anders fühlen. Es war nicht die übliche Angespanntheit, die durch seinen Körper zog, wenn sie Ermittlungen durchführten, sondern eher eine stechende Nervosität, eine Vorahnung, als stünde ihm etwas Böses bevor.

Als Erster kam Hanspeter Britschgi an die Reihe. Monti schaute auf den vor ihm liegenden Ausdruck. Britschgi war dreiundsechzig Jahre alt und hundertfünfundsiebzig Zentimeter gross gemäss Identitätskarte, die bereits seit zwei Jahren abgelaufen war.

Monti blickte auf den Monitor. Er hatte Britschgi lange nicht mehr gesehen und hatte ihn anders in Erinnerung – jünger und mit mehr Haaren. Britschgi war schlank, sein Gesicht fast etwas eingefallen, unrasiert. Den Rest seines länglichen braunen Haares hatte er nach links zu einem Seitenscheitel gekämmt, es deckte jedoch nur einen Teil seiner Kopfhaut ab. Er trug eine schwarze Lederjacke, die er auszog und auf den Stuhl neben sich warf. Jetzt kam ein verwaschenes dunkelblaues Jeanshemd zum Vorschein. Er griff sich in die Brusttasche und nahm eine Zigarettenpackung hervor, die er auf den Tisch schmiss, bevor Urech ihm sagte, dass im Vernehmungszimmer Rauchverbot herrschte. Also wanderte die Packung wieder zurück in die Brusttasche.

Urech startete das Gespräch, wies vorschriftsgemäss auf die Strafprozessordnung hin und informierte Britschgi darüber, dass die Befragung im Rahmen der Strafuntersuchung der beiden Morde stattfand.

Britschgi hörte zu, ohne auch nur die geringste Rührung zu zeigen. Das Einzige, wonach er fragte, war ein Kaffee Crème mit viel Milch und zwei Stück Zucker.

Nachdem er den Kaffee serviert bekommen hatte, begann Urech die Einvernahme.

«Haben Sie Goldman und Aronowitz gekannt?»

Britschgi schüttelte den Kopf, und als ihm Urech noch die Passfotos der beiden vorlegte, sagte er: «Noch nie gesehen. Sind das die beiden, die erschossen wurden?»

Urech nickte ihm zu und machte ein Kreuz auf seinen Notizblock.

«Wo waren Sie am Samstag, 1. Mai zwischen sieben Uhr und zwölf Uhr?»

«Das weiss ich nicht auswendig.»

«Strengen Sie sich an. Sie wissen doch, wo Sie vor sechs Tagen waren.»

Britschgi rümpfte die Nase. «Ich war bei einem Freund, der mir seine Wohnung überlassen hatte, während er in die Ferien ging.»

«Haben Sie Zeugen dafür?»

«Nein, ich war die ganze Zeit allein in der Wohnung.»

«Schreiben Sie mir den Namen, Adresse und Telefonnummer Ihres Freundes auf.» Urech schob ein leeres Blatt über den Tisch.

Britschgi holte sein Mobiltelefon hervor und schrieb etwas auf das Papier.

Urech kontrollierte es und nahm das Dokument an sich. «Wie sind Sie in den Besitz des Schlüssels zum Clublokal gekommen?»

«Das rührt daher, dass ich bis vor ein paar Jahren als Materialverwalter im Vorstand der Schachgesellschaft war, bis die Idioten mich rausgeschmissen haben.»

«Mussten Sie den Schlüssel nicht abgeben, als Sie aus dem Vorstand austraten?»

Britschgi hob die Schultern. «Bis heute hat mich niemand danach gefragt.»

Urech zog die Augenbrauen hoch. «Warum haben Sie im Clublokal der Schachgesellschaft übernachtet?»

Monti hatte Urech über Britschgis Eskapaden vorgängig informiert.

«Ich hatte keine Wohnung und brauchte eine Übernachtungsmöglichkeit. Aber die Bänke dort sind zu hart.»

«Wo arbeiten Sie?»

«Ich bin, wie soll ich es sagen … Ich bin frühpensioniert, ausgesteuert, erhalte etwas Sozialhilfe, aber viel ist das nicht. Die Behörden werden immer knickriger.»

«Was haben Sie früher gemacht?»

«Vieles. Das wollen Sie gar nicht alles wissen.»

«Legen Sie los.»

Britschgi erzählte und erzählte. Er war ein Schwätzer, der mit Details aufzuwarten wusste, die Urech anscheinend langweilten. «… und am Schluss habe ich bei der Securitas gearbeitet. Überall in Zürich. Hallenstadion, Messe, Prime Tower.»

Urech zuckte. Jetzt schien er hellwach zu sein. «Wann haben Sie im Prime Tower gearbeitet?», fragte er.

Britschgi überlegte. «Das muss vor drei oder vier Jahren gewesen sein. Vielleicht schon länger.»

«Welche Funktion haben Sie dort ausgeübt?»

«Gebäudeüberwachung, und wenn Not am Mann war, setzten sie mich auch an die Zutrittskontrolle. Die haben mich sogar in einen Anzug gesteckt – Armani, glaube ich –, mit Krawatte und Manschettenknöpfen. Das war echt edel, hat mir gefallen, aber leider wurde ich dann gefeuert.»

«Aus welchem Grund?»

Britschgi sah auf den Boden und blieb stumm.

Urech beugte sich über den Tisch. «Herr Britschgi, weshalb wurden Sie entlassen?»

«Ich soll die Kasse im Personalrestaurant geplündert haben.»

«Und?»

«Verdammt noch mal! Das war ich nicht. Ich schwöre es beim heiligen Leib meiner Mutter.»

Urech versuchte noch mehr Informationen zum Vorfall zu erhalten, aber plötzlich litt Britschgi scheinbar an Gedächtnisschwund.

Zehn Minuten später verliess Britschgi den Polizeiposten niedergeschlagenen Hauptes.

22

Die Befragung von Tanguy stand als Nächstes auf der Traktandenliste. Je näher der Termin rückte, desto nervöser wurde Monti. Sein Fuss zappelte unter dem Tisch.

Tanguy kam mit aufrechtem Gang und mit einem Lachen in den Raum. Er schüttelte Urech ausgiebig die Hand. Die beiden mochten sich, das war Monti schon in der Olivengasse aufgefallen. Tanguy war ein Menschenfänger. Normalerweise gab es keinen Small Talk vor einer Befragung, selbst Urech handhabte dies gewöhnlich so, aber keine Regel ohne Ausnahme. Auch heute war der Clubpräsident freundlich und gesprächig – manchmal selbst für Monti etwas zu viel des Guten – und wie immer adrett gekleidet und frisiert. Das Aussehen war ihm wichtig, er wollte bei den Frauen punkten, was nicht selten gelang, hatte er doch häufig neue Begleiterinnen an seiner Seite. Heute trug er ein marineblaues Hemd, eine rote Fliege und rote Hosenträger. Seine schwarzen Haare waren aufgestellt und hatten einen grauen Schimmer, genauso wie der Vollbart, der im Gegensatz zu Urechs Version sicherlich täglich gestutzt und gepflegt wurde.

Tanguy legte seine Baskenmütze auf den Tisch. «Herr Urech, wussten Sie, dass Schach viel weiter fortgeschritten und liberaler ist als unsere heutige westliche Gesellschaft?»

«Weshalb?» Urech war ihm auf den Leim gegangen und neugierig geworden.

«Nehmen Sie die Liebe zum Beispiel. Beim Schach darf man die Damen jederzeit tauschen, und das Spiel läuft einfach weiter, und niemand beschwert sich.»

Urech lachte laut, und Tanguy verzog sein Gesicht zu einer Grimasse.

Wäre Tanguy ein Medikament, würde auf der Packungsbeilage stehen: wirkt anregend und stimulierend.

Monti beobachtete Tanguy. Er mochte vielleicht etwas arrogant und vorlaut sein, verängstigt war er auf keinen Fall.

Schliesslich besann sich Urech und erläuterte ihm die Formalitäten und den Zweck der Befragung.

«Wo waren Sie am Samstag, 1. Mai, am Vormittag?»

«*Alors.* Ich war zu Hause – allein.»

«Keine Zeugen? Besuch?»

«Leider nein. Die einzigen Damen, die bei mir waren, sind aus Holz und stehen auf dem Schachbrett. Ich habe mich erst kürzlich von meiner Freundin getrennt und bin zurzeit Single.» Er blickte zu Lüscher, die dem Augenkontakt nicht auswich.

«Was haben Sie die ganze Zeit zu Hause gemacht?»

«Ich habe an einem Projekt gearbeitet, bis um zwölf Uhr, danach bin ich ...», Tanguy überlegte kurz, «... ins ‹Amalfi› eine Pizza essen gegangen, bevor ich um halb zwei ins Clublokal gefahren bin, wo wir einen wichtigen Schachwettkampf hatten, was Fabio sicherlich bezeugen wird.»

Tanguy war die Ruhe in Person. Er sprach klar, zwischendurch mit einem französischen Akzent, und schaute seinem Gesprächspartner stets in die Augen.

Urech legte Passfotos von Goldman und Aronowitz vor ihn auf den Tisch. «Haben Sie die Herren gekannt?»

Tanguy betrachtete die Fotos kurz.

«*Bien sûr.* Ich kenne beide.»

Urech schaute Lüscher verdutzt an. Monti merkte, dass sein Puls höherschlug. Er zog den Monitor näher zu sich.

«Woher kannten Sie die beiden?»

«Wir haben in einem Projekt bei der Helvetiacom zusammengearbeitet.»

«Sie arbeiten für die Helvetiacom?» Urech war sichtlich erstaunt.

«Nicht mehr. Früher ging ich im Prime Tower ein und aus.»

«Und Aronowitz arbeitete auch für die Helvetiacom?»

«Mais oui.»

Urech stutzte, machte sich eine Notiz und führte die Befragung fort. «Ist Ihnen etwas aufgefallen bei der Helvetiacom?»

Tanguy lachte. «An jedem Tag spürte man die schlechte Atmosphäre, die dort herrschte. Die Leute gingen nicht gerne zur Arbeit. Sie müssen wissen, dass das Unternehmen miserabel geführt wird. *C'est une catastrophe.*»

«Inwiefern?»

«Das Management ist zerstritten, der Verwaltungsrat verfolgt keine Strategie, und die IT-Infrastruktur ist veraltet, und das ist noch milde ausgedrückt. Die Gesellschaft geht den Bach hinunter, wenn Sie mich fragen. Ich bin überrascht, dass die Börse das nicht sieht. Ich habe jedenfalls alle meine Aktien verkauft.» Er machte eine Wegwerfbewegung mit seinen Händen.

«Wie verlief die Zusammenarbeit mit Aronowitz und Goldman?»

Tanguy lehnte sich zurück und seufzte. «Wenn ich ehrlich bin, ganz unterschiedlich. Aronowitz war ein feiner Kerl, einer, der die Sache in den Mittelpunkt stellte und einen anständigen Umgang mit den Menschen pflegte. Mit ihm arbeitete ich eng, intensiv und gut zusammen. Er war der Hauptverantwortliche für mein Teilprojekt. Mit Goldman hingegen …»

Er pausierte, schaute kurz zur Decke, bevor er seinen Blick auf Urech richtete.

«Ich will nichts Schlechtes über Tote sagen, aber Goldman war nicht der Einfachste.»

«War er schwierig im Umgang?»

«Oh, *mon Dieu*! Er war ein Financier, sehr impulsiv, und er verstand ehrlich gesagt nicht sehr viel von IT, führte sich aber auf, als ob er Bill Gates oder Steve Jobs wäre.»

«Hat das zu Spannungen geführt?»

«Ich würde nicht von Spannungen sprechen, vielmehr würde ich es Meinungsverschiedenheiten nennen, aber nichts Schlimmes.»

«Um was ging es bei diesen Meinungsverschiedenheiten?»

«Goldman arbeitete in der Finanzabteilung, die mein Auftraggeber war, und sie versuchten uns externe Berater unter Druck zu setzen, wollten mehrfach unsere Honorare reduzieren oder dass wir nicht alle Arbeitsstunden aufschrieben.»

«Und haben Sie nachgegeben?»

«*Mais non. Pas du tout.* Gibt man ihnen den kleinen Finger, nehmen sie die ganze Hand.»

«Kannten Sie Goldmans Vorgesetzten?»

Tanguy legte zum ersten Mal eine Verschnaufpause ein, bevor er antwortete. «Na klar. Wer kennt den schon nicht. Egloff war der Schlimmste. *Une mauvaise personne.*»

23

«Herrgott!», fluchte Urech, als Monti am Freitagnachmittag ins Sitzungszimmer der Staatsanwaltschaft I trat, wo Müller zur nächsten Sachbearbeitersitzung eingeladen hatte. Alle standen um den Tisch und starrten auf die Titelseite des Boulevardblatts.

«Der Schachbrettmörder setzt die Polizei matt!»

Die Schlagzeile ragte in fetter schwarzer Schrift hervor, was nichts Ungewöhnliches war, aber heute hatte das Blatt seinen Hintergrund von einem zarten Grau zu einem Schachbrettmuster geändert und mit Blutstropfen bespickt.

Müller nahm die Zeitung in die Hand und blätterte auf die nächste Seite, wo er den Artikel laut vorlas. «Die Polizei tappt im Dunkeln, ist hilflos, spielt wie ein Anfänger gegen einen Grossmeister am Schachbrett.»

«Das ist doch alles Käse, was der Typ schreibt. Er tut so, als ob wir Idioten sind, die nur Däumchen drehen», sagte Urech.

Monti riss Müller die Zeitung aus der Hand, faltete sie zusammen und schmiss sie in den Papierkorb.

Es war ein Schachspiel, das der Mörder mit ihnen spielte, und Monti musste eingestehen, dass der Gegner klar besser aus der Eröffnung gekommen war als die Ermittler.

Die Uhr im Sitzungszimmer der Staatsanwaltschaft I tickte lauter als sonst. Die Stimmung im Raum war angespannt, das konnte Monti fühlen. Jeder Mordfall hatte seine Eigenheiten, oft gab es Gemeinsamkeiten oder Ähnlichkeiten mit früheren Fällen, was ihnen einen gewissen Halt gab, aber einem Doppelmörder hatte noch keiner von ihnen gegenübergestanden.

Der Regierungsrat hatte die Polizeipräsenz in der Innenstadt verstärkt, vor den Synagogen patrouillierten Polizisten mit Sturmgewehren im Anschlag, und am Paradeplatz hatten alle Banken an den Eingängen Sicherheitsschranken mit Metalldetektoren aufgestellt.

«Haben wir Hinweise aus der Bevölkerung erhalten?», fragte Müller und bezog sich auf die von der Polizei eingerichtete Telefonhotline.

«Ja, wir haben über fünfhundert Anrufe erhalten, aber nichts Verwertbares», sagte Lüscher.

Müller nickte konsterniert.

Der Sachbearbeiter des Instituts für Rechtsmedizin war nicht anwesend, hatte aber ein paar Folien an das Team geschickt. Müller fasste die Erkenntnisse zusammen. Der Bericht war ein Abbild des Gutachtens vom Tötungsdelikt an Emanuel Goldman, weshalb keiner der Anwesenden Fragen dazu stellte.

Müller übergab das Wort an Michael Hafner von der Spurensicherung, dessen Ausführungen Monti vorkamen wie ein Déjà-vu. Derselbe Kugeltyp, derselbe Waffentyp, die gleiche Einschussstelle am Kopf, keine Fingerabdrücke auf der

Schachfigur – alles wie bei Goldman. Das einzig Positive am Ganzen war, dass Hafner seine Präsentation von der Sitzung nach dem ersten Mord nur geringfügig hatte anpassen müssen, aber er hatte vor lauter Copy-and-paste vergessen, das Datum des zweiten Tötungsdeliktes auf den Folien zu ändern, was Müllers Adlerauge direkt bemerkte und Hafner eine Schelte eintrug.

«Das Pferd hatte starke Spuren –», fuhr Hafner fort.

«Springer. Die Figur heisst Springer», wies Monti ihn sofort zurecht.

«Der Springer wurde mit Ethanol desinfiziert, und es gibt keine Fingerabdrücke auf der Holzfigur.»

«Hat der Springer eine spezielle Bedeutung im Schach?», fragte Müller.

«Der Springer ist die einzige Figur im Schach, die andere Figuren überspringen kann, er zieht nicht linear entlang einer Linie oder Diagonale, sondern macht ein L.» Monti zeichnete mit seinem rechten Zeigefinger den Buchstaben in die Luft. «Er ist wertvoller als der Bauer, aber weniger wertvoll als ein Turm oder eine Dame.»

Müller ging zum nächsten Punkt.

«Gab es Fingerabdrücke auf der Kerze?»

«Nein. Fehlanzeige», antwortete Hafner.

«Sind die normalen Grabkerzen nicht weiss oder rot?», fragte Lüscher.

«Sie sind weiss», antwortete Urech. «Zumindest bei uns in der Innerschweiz. Auf unseren Friedhöfen, meine ich. Ich habe noch nie eine gelbe Grabkerze auf einem Grab gesehen.»

«Gelb ist die Farbe, welche die Ausgrenzung der Juden symbolisiert.»

«Das habe ich noch nie gehört. Wo haben Sie denn das wieder her, Frau Lüscher?», fragte Müller.

«Ich zitiere die Jüdische Allgemeine: ‹Die mittelalterliche Symbolik von Gelb als Farbe des Ekels und der Schande sowie die Kennzeichnung der Juden mit der gelben Kleidung im islamischen Herrschaftsbereich mögen die Inspiration für die jahrhundertelange Praxis des gelben Flecks als Instrument der Ausgrenzung der Juden im christlichen Europa gewesen sein.›»

«Das war so etwas wie der Vorläufer des Judensterns?», fragte Urech.

«Genau. Im Mittelalter mussten die Juden einen gelben Ring auf ihren Kleidern tragen. Das war damals Gesetz. Ausgrenzung und Diskriminierung der Juden waren das Ziel.»

«Frau Lüscher, ich weiss nicht, wer Ihnen Geometrie beigebracht hat, aber eine gelbe Kerze ist kein gelber Ring, auch kein Judenstern», sagte Müller in einem Ton, dem die letzte Überzeugung fehlte.

«Gelb kann auch für Licht oder Sonne stehen», sagte Monti.

«Die Erleuchtung – jemandem geht ein Licht auf», ergänzte Urech.

Hafner drückte den Cursor auf der Tastatur.

Die nächste Folie zeigte die Buchseite mit der Notation der Partie von Szabo und Bobby Fischer, die auf dem Bauch des Opfers lag.

«War dies eine bedeutende Partie?», fragte Müller. «Schliesslich steht dort ‹Leipzig Olympic 1960›.»

«Die Schacholympiade findet alle zwei Jahre statt und ist der bedeutendste Länder-Mannschaftswettkampf im Schach.»

Müller zeigte mit dem Cursor auf den Titel «Bad judgment».

«Der Mörder will uns mit den Überschriften eine Botschaft mitteilen.» Monti hatte sich gestern zu Hause auf Wikipedia über den Vornamen des ersten Opfers schlaugemacht. «Emanuel ist ein hebräischer Name. Im Neuen Testament nennt Matthäus das Kind der Jungfrau Immanuel. Der Name heisst übersetzt ‹Gott ist mit uns›.»

«Ein Fanatiker, der seine religiösen Ansichten gewaltsam ausübt», sagte Urech.

«Das ergibt alles keinen Sinn. Das sind Hirngespinste, die wieder einmal mit Ihnen durchgehen, Herr Urech.»

Müller war ein rationaler Mensch. Alles, was ausserhalb der Norm war, lehnte er ab. Das Ermitteln von Straftaten bestand nicht nur aus Wissenschaft und Technik, es erforderte auch Menschenverständnis. Müllers Doktortitel war nicht unbedingt der verlässlichste Ausweis für Kompetenz in Bezug auf diesen Aspekt.

Der Täter hatte keine Videos oder Mitteilungen ins Netz gestellt, noch hatte er sich anderweitig in der Öffentlichkeit bemerkbar gemacht. Monti dachte an die Überschriften bei den beiden Partienotationen und sagte: «Zu viele Köche und schlechtes Urteilsvermögen. Das kann –»

Urech ging dazwischen. «Er meint die Juden damit.»

«Das kann sein», sagte Monti und fuhr mit der Hand über sein Kinn, «muss es aber nicht. Was bedeuten zu viele Köche?»

«Der Mörder moniert, dass es zu viele Juden im Land gibt», erwiderte Urech.

«Und schlechtes Urteilsvermögen?», fragte Monti.

«Irgendeine Entscheidung, die er ihnen anlastet.» Alle schauten Urech an, der bemerkte, dass seine Begründung etwas fade war, und rot im Gesicht anlief. «Ich weiss doch nicht, bin kein Religionsexperte. Etwas mit den Palästinensern oder so.»

«Vielleicht geht es um die nachrichtenlosen Vermögen.» Monti erinnerte sich an das Hobby von Goldman. «Der Täter will die Juden für die 1.25 Milliarden Franken, die die Banken damals im Vergleich bezahlt haben, bestrafen.»

«Das ist aber reichlich spät», sagte Müller und schüttelte den Kopf. «Der Bergier-Bericht wurde 2002 präsentiert. Die Schweiz hat ihren Schaden bei den Juden seither beglichen. Die Sache ist doch längst erledigt und interessiert niemanden mehr.»

«Ein Mörder, der den russischen Schachbrettmörder nachahmt und es auf die Juden abgesehen hat», sagte Urech.

«Was war das Motiv des russischen Serienmörders?», fragte Müller, der sich nun doch noch für den Fall interessierte, der sich zwischen 1992 und 2006 in einem Moskauer Park zugetragen hatte, wie Lüscher erwähnt hatte.

Lüscher übertrug den Inhalt ihres Smartphones auf die Leinwand. Sie hatte bereits eine aus dem Russischen übersetzte Gerichtsakte und unzählige Internetquellen gefunden und las vor: «Alexander Pitschuschkin wurde 2007 zu lebenslanger Haft verurteilt. Nach eigener Aussage wollte er für jedes Schachfeld einen Mord begehen. Nach seiner Verhaftung fand die russische Polizei ein Schachbrett in seiner Wohnung, wo er für jedes Opfer ein Feld markiert hatte.»

«Das Brett hat vierundsechzig Felder», ergänzte Monti.

Lüscher fuhr fort: «Der Russe brachte dreiundsechzig Menschen ums Leben, zumindest gemäss seinen eigenen Behauptungen, nachgewiesen werden konnten ihm zweiundfünfzig Morde.»

Es war totenstill im Raum.

Alle versanken tiefer in ihren Stühlen.

Die Zahl Vierundsechzig schockte. Acht mal acht Felder hatte das Schachbrett.

Monti nahm sein Smartphone hervor und rief die Wikipedia-Seite über Bobby Fischer auf. Fischer starb mit vierundsechzig Jahren.

Urech schnaufte laut und legte seinen Kopf auf die Tischplatte.

Monti erinnerte sich an den «Todespfleger von Luzern», der mit zweiundzwanzig getöteten Menschen zwischen 1995 und 2001 der Serienmörder mit den meisten Opfern in der schweizerischen Kriminalgeschichte war, und das sollte so bleiben, nahm er sich vor. Der Pfleger tötete seine Opfer in Alters- und Pflegeheimen, «aus Mitleid», wie er vor Gericht aussagte. Er bekam «lebenslang».

Lüscher fuhr fort: «Der Schachbrettmörder würgte seine Opfer, bis sie bewusstlos waren, und dann warf er sie lebend in einen Brunnen. Er nahm immer ein Andenken von seinen Opfern mit und positionierte es auf dem Schachbrett.»

«Ich habe nach dem Motiv gefragt», fauchte Müller. «Frau Lüscher, können Sie gefälligst auf die gestellte Frage antworten?»

«Nur Geduld. Ich bin gleich so weit.» Lüscher öffnete die eReader-App auf ihrem Telefon, das sie auf den Bildschirm projizierte. Es erschien die Hülle des Buchs «Die grosse Enzyklopädie der Serienmörder», von der vier Männergesichter vor rotem Hintergrund herausstachen, und sie begann vorzulesen. «Pitschuschkin tötete meist ältere Männer, die den Park aufgesucht hatten, um mit Freunden zu trinken und Schach zu spielen. Er sah sich als Gott, Richter und Henker, der den hilflosen Zustand der meist betrunkenen Opfer ausnutzte.»

«Wollen wir Kontakt aufnehmen mit der Moskauer Polizei?», fragte Urech.

«Die Opfer wurden beide erschossen, waren nüchtern und haben nicht Schach gespielt», sagte Müller. «Der Täter hat nichts mit dem russischen Schachbrettmörder gemeinsam. Verlaufen Sie sich nicht bei Ihren Ermittlungen, Herr Urech. Das ist eine Sackgasse.»

«Es heisst doch immer, Erfahrungsaustausch kann nicht schaden», sagte Urech mit sarkastischem Unterton.

Hafner räusperte sich. «Ich war noch nicht fertig mit meinen Ausführungen. Wir haben sieben Fingerabdrücke auf der Buchseite gefunden. Drei davon stimmen mit denjenigen von der Buchseite beim ersten Opfer Emanuel Goldman überein.»

«Das ist doch schon mal etwas», sagte Müller erleichtert. «Haben wir die Fingerabdrücke der Schlüsselbesitzer?»

Hafner blendete die Liste mit den Schlüsselbesitzern der Schachgesellschaft ein.

1) Charles A. Tanguy, Präsident
2) Max Staub, Kassier
3) Hanspeter Britschgi, ~~Materialverwalter~~

4) Martin Sauter, Materialverwalter
5) Angela Widmann, Putzfrau
6) Miguel Vázquez, Juniorenleiter
7) ???

«Zwei der drei Fingerabdrücke auf den beiden Buchseiten können wir eindeutig zuordnen», sagte Hafner und nahm ein Blatt hervor. «Nummer eins: Hanspeter Britschgi, wohnhaft in Zürich, dreiundsechzigjährig, arbeitslos, ausgesteuert, keine Vorstrafen, aber eine Anklage wegen Verletzung des Artikels 261bis des Strafgesetzbuches, Diskriminierung und Aufruf zu Hass, die aber dann von der Staatsanwaltschaft fallen gelassen wurde, drei Betreibungen laufen gegen ihn. Und die Nummer zwei: Charles Antoine Tanguy, wohnhaft in Zürich, fünfundvierzigjährig, geboren in Paris, keine Vorstrafen, keine Betreibungen, Präsident der Schachgesellschaft Zürich, ist als selbstständiger Unternehmensberater in der IT-Branche tätig. Den dritten Fingerabdruck konnten wir nicht zuordnen. Er stammt nicht von einem Schlüsselbesitzer.»

Monti begann mit seinen Füssen unter dem Tisch zu wippen.

«Wo waren Tanguy und Britschgi am Samstag, 1. Mai, zwischen ...», Müller schaute in seinen Unterlagen nach der Schätzung des Todeszeitpunkts, «... sieben Uhr bis zwölf Uhr?»

«Zu Hause respektive in der Wohnung eines Freundes. Beide haben keine Zeugen für ihre Alibis», antwortete Urech.

«Interessant», sagte Müller und machte sich eine Notiz. «Und die andern Schlüsselbesitzer?»

«Alle anderen haben Alibis für den Samstagmorgen. Max Staub war beim Brunch im Restaurant Iroquois im Seefeld, danach mit der Familie beim Einkaufen in der Migros am Kreuzplatz, bevor er einen Termin beim Optiker hatte. Nummer 4, Martin Sauter, war mit seiner Frau in den Ferien auf den Malediven, und Nummer 5, Frau Widmann, die Putzfrau, war das ganze Wochenende in Genf bei ihrer Schwester. Nummer 6, der Juniorenleiter, war in Kuba. Und wer den Schlüssel Nummer 7 besitzt, weiss anscheinend niemand bei der Schachgesellschaft.»

«Haben Sie die Leute auf Waffenbesitz überprüft?»

«Negativ. Keiner ist registriert.»

«Gute Arbeit, Herr Urech.»

«Das Interessante kommt erst noch. Tanguy hat mit den beiden Opfern zusammengearbeitet.»

«Was …? Wo …? Wie …?», fragte Müller.

«Tanguy war als externer Berater für die Helvetiacom tätig, wo er mit Goldman und Aronowitz zusammengearbeitet hat.»

Müller atmete tief durch, Monti ereilte ein mulmiges Gefühl in der Magengegend.

«Ich fasse zusammen», sagte Müller. «Erstens, Tanguy arbeitete mit den Opfern zusammen bei der Helvetiacom. Zweitens hat er als eine von sieben Personen freien Zugang zum Clublokal, wo das Fischer-Buch gestohlen, oder soll ich besser sagen *entwendet*, wurde. Drittens hat er kein Alibi.» Er nahm seine Brille ab und rieb sich die Augen. Er dachte darüber nach, Tanguy vorläufig festzunehmen, vermutete Monti. Müller war als Staatsanwalt kein Draufgänger, der auf Vorrat und ohne klaren Tatverdacht Leute in Untersuchungshaft steckte. Sein liberales Gedankengut verbot ihm das. «Haben wir etwas gegen ihn in der Hand?»

«Nein, ich kann mir nicht vorstellen, dass –»

Müller unterbrach Urech. «Wir brauchen handfeste Beweise, nicht Bauchgefühle. Wie häufig muss ich Ihnen das noch sagen, Herr Urech.»

Urech nickte, und Monti war für einmal froh um die sachliche Argumentation von Müller.

Tanguy, der am Morgen einen Mord beging und dann am Nachmittag in aller Seelenruhe eine Partie Schach spielte und gewann. Das konnte er sich nicht ausdenken.

«Ich werde Regierungsrat Häfliger sofort informieren, dass wir es mit einem Mehrfachmörder zu tun haben, der es möglicherweise auf Mitarbeiter der Helvetiacom abgesehen hat. Und wir müssen die Übung auf die übrigen Mitglieder der Schachgesellschaft ausweiten. Ich will, dass wir alle Fingerabdrücke auf diesen Buchseiten eindeutig zuordnen können. Keiner darf durch unser Netz schlüpfen. Habe ich mich klar ausgedrückt?»

«Das ist nicht nötig», sagte Monti, der noch mehr Wirbel für seine geliebte Schachgesellschaft verhindern wollte. «Die Abdrücke müssen von einem der Kursleiter stammen, die die Junioren trainieren. Die verwenden das Buch häufig in den Kursen für fortgeschrittene Spieler.»

«Wie viele Kursleiter gibt es?», fragte Müller, dessen Stimme nun etwas bestimmter wirkte.

Davon gab es nur drei, seit er dem Club beigetreten war, und Monti kannte sie alle bestens.

«Heute macht das Miguel Vázquez – ein Profi, früher leitete Thomas Schneider das Training, und …», sagte er, bevor er eine Pause einlegte, überlegte und fortfuhr: «… und ich.»

24

Eine noch nie da gewesene Stille kehrte im Sitzungszimmer der Staatsanwaltschaft I ein, als ob jemand gestorben wäre. Nur die schwere Atmung von Urech durchbrach die Geräuschlosigkeit, nachdem Monti vermutet hatte, dass seine eigenen Fingerabdrücke auf den Buchseiten waren, die man an den Tatorten gefunden hatte.

«Ihre Fingerabdrücke können es zum Glück nicht sein, sonst wären sie als Treffer beim Abgleich mit der Fedpol-Datenbank in Bern erschienen. Oder liege ich da falsch, Herr Hafner?», fragte Müller.

Die Hilfe für Monti war von ungewohnter Stelle gekommen.

Hafner räusperte sich. «Grundsätzlich stimmt das, aber die Fingerabdrücke unserer Polizisten sind leider noch nicht in Bern hinterlegt.»

«Was erzählen Sie da?» Müller schaute ihn entgeistert an. «Jeder Polizist muss doch bei Arbeitsantritt seine DNA und Fingerabdrücke hinterlegen. Oder hat man für Herrn Monti eine Ausnahme gemacht?»

«Nein, es gibt keine Ausnahmen. Nur sind die Fingerabdrücke unseres Korps auf den alten Bögen und noch nicht bei der Fedpol elektronisch abgelegt.»

«Dann suchen Sie den Bogen mit Herrn Montis Fingerabdrücken und vergleichen Sie sie mit den Abdrücken auf den Buchseiten. Sie informieren mich umgehend über das Resultat. Verstanden?»

Hafner nickte.

«Und bieten Sie Herrn Schneider für die Fingerabdruckabnahme auf den Posten auf. Wenn wir kein Match finden, will ich, dass alle Mitglieder der Schachgesellschaft antraben und ihre Fingerabdrücke scannen lassen.» Müller sprach nun mit der Bestimmtheit eines Generals, der in der Krise die Befehlsausgabe vornahm. «Und in der Zwischenzeit können Sie, Herr Monti, uns erzählen, wo Sie sich zu den Tatzeiten aufgehalten hatten.»

Die Hilfeleistung war vorbei. Dass ihn sein *eigener* Staatsanwalt auch nur annähernd in den Dunstkreis eines Verdächtigen hievte, konnte Monti nicht verstehen. Das reflektierte ihre Beziehung: Gegenseitiges Vertrauen war trotz aller Erfolge in den vergangenen Jahren keines vorhanden.

Montis Blutzuckerspiegel war abgesunken, er hätte jetzt einen Espresso vertragen können, aber Kaffeepausen fehlten im Repertoire von Müller. «Am Samstag war ich zu Hause mit meiner Verlobten, ab neun Uhr waren wir bei einer Kollegin in Rapperswil zum Brunch eingeladen. Danach hat mich

Nicole zur Olivengasse gefahren, wo ich um zwei Uhr eine Schachpartie gespielt habe. Und Dienstag auf Mittwoch war ich ebenfalls mit Nicole zu Hause. Gerne können Sie das überprüfen.»

«Keine Angst, das werde ich tun.» Müllers Zorn war in seinen Augen ablesbar.

Monti war überzeugt, dass der Abgleich der Fingerabdrücke auf den Buchseiten mit seinen hinterlegten Abdrücken Matches ergeben würde. Er hatte das Buch zigmal in den Händen gehalten, als er die Junioren trainiert hatte. Der eigentliche Juniorentrainer Miguel Vázquez war wegen einer Krebserkrankung für ein Jahr ausgefallen, und Monti hatte das Juniorentraining interimistisch übernommen.

Das war Monti in seiner langen Karriere bei der Kriminalpolizei noch nie passiert. Seine eigenen Fingerabdrücke würden auf einem, nein – falsch – auf mehreren Beweisstücken in einem Mordfall in die Untersuchung eingehen.

Dio mio.

25

In der Luft am Helvetiaplatz hing ein übler Geruch. Eine Kläranlage in der Nähe musste in den Streik getreten sein.

Selten hatte Monti einen so verzwickten Fall erlebt. Es fühlte sich an, als stände er in der Mitte einer Massenschlägerei und alle schlugen auf ihn ein. Sein Kopf brummte. Fluchend zündete er sich eine Davidoff an.

«Peter, wie verlief dein Gerichtstermin?» Er war noch gar nicht dazu gekommen, Urech danach zu fragen, und so konnte er sich von seinen Gedanken ablenken.

«Mässig. Der Schnösel hat sich zu Beginn aufgeführt wie ein König, der hat eine Show abgezogen, das kannst du dir nicht vorstellen, da ist Berlusconi nichts dagegen.»

«Und inhaltlich? Was hat der Staatsanwalt Neues vorgebracht?»

«Der Sack hat in meinem Privatleben gewühlt – Sauhund! Er hat meine Mitgliedschaften im Schützen- und im Jagdverein erwähnt, und dass ich seit Jahren der beste Schütze im gesamten Polizeikorps sei.»

«Was ja alles stimmt.»

«Er hat mich als ‹Terminator› vor Gericht dargestellt.»

«Das spricht für dich.»

«Wieso?»

«Wenn du so gut schiesst wie die Science-Fiction-Figur, dann kann dir niemand einen Vorwurf machen. Und was hat der Richter dazu gesagt?»

«Richterin. Frau Hebeisen heisst die Frau. Ganz hübsches Gefährt. Sie hat den Schnösel mehrmals zurechtgewiesen, er solle auf den Punkt kommen und nicht abschweifen. Einige Male hat sie sogar den Kopf geschüttelt.»

«Wie hat der Staatsanwalt argumentiert?»

«Er vertrat die These, dass ich als geübter Schütze dem Täter auf die Beine anstatt in den Rücken hätte schiessen können.»

Urech war ein Meisterschütze, wie Monti sich selbst hatte überzeugen können, als er einmal in dessen Wohnzimmer über einen der zahlreichen Zinnpokale gestolpert war. Beim jährlichen Schiesstraining der Polizei kam es nicht selten vor, dass er mehr Punkte erzielte als der Schiess-Instruktor.

«Was hast du geantwortet?»

«Gar nichts. Mein Anwalt hat argumentiert, dass man im Affekt nicht die Zeit hat wie im Schiessstand, sorgfältig das Ziel ins Visier zu nehmen.»

«Bravo.»

Der Anwalt schien Monti aus zwei Gründen clever zu sein. Einerseits liess er Urech nicht zum Gericht sprechen, der hätte sich vom Staatsanwalt bei erstbester Gelegenheit provozieren und zu einem Wutausbruch hinreissen lassen, andererseits war die Argumentation auch für einen Laien, der sich nicht mit dem Schiessen auskannte, nachvollziehbar.

«Und wo liegt das Problem?»

«Das Gericht will nun ein Gutachten erstellen lassen, bei dem der ganze Fall von einem Experten unter die Lupe genommen wird. Das zögert das Urteil dann wieder ein halbes Jahr hinaus.»

«Was soll das bringen?»

Urech drückte seine Zigarette aus. «Nichts. Absolut nichts. Nur Kosten für den Steuerzahler und ein schönes Honorar für den Experten.»

Die Richterin, dachte Monti, ist ein Abbild unserer Gesellschaft, bei den kleinsten Bedenken braucht man gleich eine Absicherung, etwas, auf das man sich stützen kann wie ein alter Mann auf einen Gehstock, niemand traut sich mehr, Entscheidungen zu treffen. *Cover-your-ass*-Strategie hatte es einst ein Bankier, der auch zur Stammkundschaft im La Stanza gehörte, treffend genannt. Richterinnen und Richter wurden doch dafür bezahlt, Urteile zu fällen.

Monti schaute Urech an, aus dessen Augen er Müdigkeit ablesen konnte.

«Es bleibt mir nichts anderes übrig, als abzuwarten und Tee zu trinken. Ich hoffe, die Frau Richterin hat einen gesunden Menschenverstand.»

«Sie wird richtig entscheiden.»

«Dein Wort in Gottes Ohr.»

26

Der Schachbrettmörder kehrte zurück aufs Parkett, zumindest in den Räumlichkeiten der Kriminalpolizei Zürich in der Kasernenstrasse 29 war der russische Fall das Hauptthema, und obwohl Monti die von Müller erwähnten Unterschiede anerkannte, musste Schach etwas mit den Morden zu tun haben. Da waren sie sich einig.

«Im Gegensatz zum Schachbrettmörder hinterlässt unser Mörder immer ein Andenken in Form einer Figur und einer Buchseite am Tatort und nimmt nichts vom Opfer mit», sagte Monti.

«Das ist seine Handschrift», sagte Lüscher und mahnte, das Nachahmungsmotiv nicht voreilig zu verwerfen.

Monti wollte sich das Buch von Lüscher ausleihen, aber sie hatte nur eine elektronische Version auf ihrem Smartphone. Sie würde es ihm in eine PDF-Version konvertieren, sie habe eine spezielle Software dafür.

Als Monti sich auf seinen Bürostuhl niederliess, der sich unbequemer als sonst anfühlte, und den Computer startete, war bereits eine ungelesene Nachricht mit dem blauen Punkt in seiner Mailbox eingetroffen. Lüscher wusste für jedes Computerproblem eine Lösung, hier wohl zum Leid der Verlage und der Autoren, die sicherlich keine Freude am kostenlosen Verbreiten ihrer Bücher hatten. Jetzt ging es um die Aufklärung von zwei Mordfällen, da musste man auch mal eine Abkürzung in Kauf nehmen. Er öffnete das PDF-Dokument.

Er studierte das Kapitel über Alexander Pitschuschkin, den russischen Schachbrettmörder, eingehend. Ein Psychiater meinte, dass Serienmörder «entpersonifizierte Personen» als Opfer auswählten. Damit waren Leute gemeint, zu denen sie keine persönliche Beziehung hatten. Viele Serienkiller wählten keine Personen als Opfer aus, die sie kannten.

Im Gegensatz zu den Opfern von Pitschuschkin waren die Opfer *ihres* Mörders nicht betrunken und hilflos. Bei beiden Opfern wurden keine Alkoholspuren im Blut gefunden.

Monti schaute sich im Internet nach weiteren Quellen um. Auf Wikipedia las er das Motiv des russischen Täters nach, der aussagte, dass ein Leben ohne Morde für ihn wie für andere ein Leben ohne Nahrung sei. Ohne würde er verhungern.

Der Mörder fühlte sich wie eine Art Vater seiner Opfer, da er ihnen «die Tür zu einer anderen Welt aufgestossen» hatte.

Er schloss den Webbrowser und schenkte sich ein Glas Wasser ein, seine Kehle fühlte sich trocken an.

Hatten sie es mit einem Nachahmungstäter zu tun? Ausschliessen konnten sie es nicht, aber der Täter schien hier ein persönliches Motiv zu haben, das sich auf seine Opfer bezog, da er sie gekannt haben musste. Aber was wollte der Täter erreichen? Am meisten Angst machte ihm der Gedanke, dass einer seiner Schachkollegen ein Mörder sein könnte. Nein, das konnte er nicht glauben. Seine Intuition sagte ihm Nein, sein Verstand sagte: Sag niemals nie.

Als Ermittler waren sie gut in der Analyse der Fakten, der Evaluation von Mordmotiven und der kriminaltechnischen Auswertung und Deutung von Spuren, aber der entscheidende Faktor in den meisten Mordfällen waren der Mensch, seine Gefühlslage und seine Beweggründe. Das Mordmotiv führte die Ermittler in der Regel zum Täter, wie ein Magnet Metall anzog.

Sie brauchten einen erfahrenen Psychologen, der ihnen weiterhalf, jemand, der sich mit den Gedankengängen von Psychopathen wie Serienmördern berufsmässig beschäftigte. Es war zwar immer gut, sich seine eigenen Gedanken zu machen, aber einen Experten zur Seite zu haben war nützlich, um andere Sichtweisen einnehmen zu können, die einem sonst verborgen blieben.

Monti rief die Polizeikommandantin an, und die gab ihm die Telefonnummer von Professor Meier von der Psychiatrischen Universitätsklinik Zürich, den sie für kompetent und pragmatisch hielt und mit dem sie auch schon erfolgreich zusammengearbeitet hatte.

Der Professor verlangte die Fragen von Monti sowie die Rapporte der Polizei und der Spurensicherung, damit er sich ein umfassendes Bild vom Fall machen könne. Monti betonte die Dringlichkeit des Anliegens. Meier würde sich am Montag bei ihm mit einem schriftlichen Bericht melden, aber er – Monti – sollte nicht zu hohe Erwartungen an ihn haben, solche Berichte seien halt sehr allgemein geschrieben, da man den Täter naturgemäss nicht befragen konnte. Monti bat ihn, auch einen Serientäter in Betracht zu ziehen.

Monti druckte ein Bild vom Schachbrettmörder und von einem Schachbrett aus und hängte sie zu seiner Collage an die Pinnwand.

Seine Gedanken schweiften ab, und er blickte auf das Foto von Bobby Fischer und auf die Kopien der an den Tatorten gefundenen Buchseiten, die in der Mitte der Pinnwand hingen. Fischer war zwar ein Schachgenie gewesen, für viele der beste Spieler aller Zeiten, aber er hatte sich abseits des Brettes wenige Freunde gemacht mit seinen antisemitischen, antiamerikanischen und antikapitalistischen Äusserungen. Monti hatte einmal einen Artikel eines britischen Geschichtsprofessors gelesen, der nachwies, dass Hitler mehrfach gesagt habe, dass man nicht Antisemit sein könne, ohne Antikapitalist zu sein. Hatten sie es mit einem Antisemiten zu tun, der zugleich dem Kapitalismus eine Lektion erteilen wollte? Er blickte auf den Boden und wusste selbst nicht recht, was er davon halten sollte.

Und dann fiel ihm auf einmal ein Zitat des ehemaligen US-amerikanischen Schachweltmeisters ein: «Schach ist ein Krieg um das Brett. Das Ziel besteht darin, den Verstand des Gegners zu zerschmettern.»

27

Ihr Mörder hatte das Gehirn des Gegners mit seinem Schuss zerschmettert. *Welchen* Krieg wollte der Täter in ihrem Fall gewinnen? Monti schrieb die Frage und das Zitat von Bobby Fischer auf die Pinnwand und in sein Moleskine-Notizbuch.

Zurzeit war sein Gehirn überlastet, Hunderte Fragen durchströmten seine Hirnwindungen, und sein Kopf glühte. Die Gedanken drehten sich so rasch wie ein Karussell an der Kilbi, aber leider auch nur im Kreis und mit dem gleichen Endresultat: Ihre Ermittlungen standen auf wackeligen Beinen – sie torkelten wie ein Betrunkener, der den Orientierungssinn verloren hatte.

Gewöhnlich konnte er zu Beginn eines Falles eine Frage beantworten, dann tauchte erst eine neue am Horizont auf. Bei diesem Fall war es wie verhext: Je mehr er über ihn nachdachte, umso mehr Fragen kamen ihm in den Sinn, aber Antworten blieben aus.

Was bedeuteten die Überschriften der Buchseiten?

Zu viele Köche und schlechtes Urteilsvermögen.

Zu viele Köche verderben den Brei, sagte ein bekanntes Sprichwort. Zu viele Ermittler in einem Fall führten – gemäss seiner eigenen Erfahrung – zu Chaos in den Untersuchungen. Hatte der Täter schlechte Erfahrungen mit zu vielen Chefs gemacht?

Ein schlechtes Urteilsvermögen könnte sich auf eine Entscheidung beziehen, die dem Täter missfiel.

Die Schachfiguren konnten Symbole für die Menschen sein. Der Mörder spielte mit den Figuren, als ob sie Marionetten wären, an denen er die Fäden zog.

Die Kerze musste ein Gedenken an die Verstorbenen, die Opfer sein. Beide Kerzen waren gelb und hatten keine Beschriftung. Sie waren in diesen roten Behältern eingepackt, die man häufig auch mit Schweizer Kreuz am 1. August sah. Die gefundenen Behälter an den Tatorten waren neutral, aber die gestanzten Löcher im Deckel zeigten Kreuze und Kreise. Der Täter blies die Kerzen aus. Er wollte das Licht des Lebens auslöschen.

Es half alles nichts, Monti kam nicht weiter. Er beantwortete noch einige E-Mails, was er am liebsten am späten Freitagnachmittag machte, da erfahrungsgemäss die Antworten häufig nicht mehr gelesen wurden und damit auch keine Rückfragen kamen.

Kurz vor sieben Uhr verliess er das Kommissariat und ging ins Restaurant Giusi's an der Zollikerstrasse 10 beim Kreuzplatz.

Monti überlegte, ob er sich draussen unter der Pergola platzieren sollte, entschied sich dann dagegen, da es schon etwas frisch war.

Im Giusi's wurde die Italianità gelebt: Die Kellner sprachen italienisch, Bilder von italienischen Schauspielerinnen hingen an den Wänden, und Rotweinflaschen waren im ganzen Raum verteilt.

Monti bestellte eine Portion der Ravioloni mit Rucola und Spinat und als Vorspeise seine geliebten Bruschette.

«Commissario, möchten Sie ein Glas Rotwein?», fragte der Kellner, was gewöhnlich eine rhetorische Frage war. Gehörte das Glas Rotwein für ihn doch zum Essen wie die Räder zum Auto.

«Heute leider nicht», sagte er mit enttäuschtem Blick zum Kellner. Um acht Uhr stand sein wöchentliches Schachtraining an, und er hatte mit fortgeschrittenem Alter gemerkt, dass der Alkohol und die Konzentrationsfähigkeit keine Zwillinge waren. Vor allem gegen die jüngeren Spieler, die im Zeitalter des Computers aufgewachsen waren, brauchte es stetige Wachsamkeit, um nicht in deren Eröffnungsfallen zu tappen, auf die sie im Internet gestossen waren.

Er schwor auf Kaffee während der Partien, das war sein Doping. Früher hatte einer seiner Kollegen eine Flasche Bier vor der Partie getrunken, um seine Nerven zu beruhigen, doch nach mässigen Erfolgen hatte dieser die Angewohnheit schnell wieder aufgegeben.

Doping war auch im Schachsport ein grosses Thema, aber nicht die Einnahme von Substanzen wie Drogen oder Pillen stand an vorderster Front, sondern das elektronische Betrügen war das Hauptproblem des königlichen Spiels. Da die

Computer in jeder Stellung innerhalb von wenigen Sekunden den besten Zug berechnen konnten, erlagen einige Spieler der Versuchung, mit Hilfe von Apps auf ihren Smartphones beim Toilettengang dem eigenen Hirn etwas nachzuhelfen. Deshalb durften die Spieler das Handy nicht auf sich tragen, und es musste während der Partie ausgeschaltet sein. Falls es doch klingelte oder vibrierte, war die Partie automatisch verloren, was meist lautes Gelächter bei den schadenfreudigen Schachspielern im Turniersaal auslöste.

Das Essen schmeckte ihm vorzüglich. Das Olivenöl auf den Tomatenbrötchen war zwar stark, was er sofort in seinem Gaumen bemerkte, aber es hatte einen herrlichen Abgang. Wie meistens hatte er eine Extraportion Knoblauch bestellt. Nicole bekam ihn heute Abend nicht zu Gesicht, weshalb das in Ordnung war.

Er fühlte eine Unruhe in sich. Konnte er jetzt einfach so ins Clublokal reinspazieren, wie er das jeden Freitagabend tat, oder würden ihn die Kollegen zum Fall befragen? Er hatte sich überlegt, das Training auszusetzen, bis er den Fall gelöst hatte, sich dann aber anders entschieden, um sich etwas Ablenkung vom Fall zu gönnen.

Nachdem er die Rechnung beglichen und ein stattliches Trinkgeld hinterlassen hatte, lief er zur Olivengasse. Er wollte gerade sein Smartphone ausschalten, als Hafners Name auf dem Display aufleuchtete.

Nicht schon wieder ein Mord, er wollte jetzt einfach in Ruhe eine Partie Schach spielen und danach mit seinen Kollegen ein Glas Rotwein trinken.

«Pronto.»

Es gab eine gute und eine schlechte Nachricht.

Die gute war, dass es keinen neuen Mordfall gab. Die schlechte überbrachte ihm Forensiker Hafner mit brüchiger und leiser Stimme, als ob er ihm ein Geheimnis ins Ohr flüstern wollte. «Deine Fingerabdrücke stimmen mit denen auf den Buchseiten am Tatort überein.»

Monti machte rechtsumkehrt und ging schnurstracks nach Hause.

Heute Abend und bis auf Weiteres gab es kein Schachtraining mehr für ihn.

28

Der Blick aus dem Küchenfenster offenbarte ihm, dass die Wettermodelle von SRF Meteo wieder einmal ins Schwarze getroffen hatten. Der stürmische Wind hatte am frühen Morgen sein Unwesen getrieben. Der Regen trommelte die ganze Nacht auf ihr Fenster im Schlafzimmer, das in die Dachschräge ihrer Maisonettewohnung in der Höschgasse eingebaut war, und riss ihn früher aus dem Schlaf als gewünscht.

Monti hatte Nicole gestern Abend gebeichtet, weshalb er sein wöchentliches Schachtraining sausen gelassen hatte, das ihm heilig war und das er gewöhnlich nur in den Ferien verpasste.

Er ging in die Küche, liess sich einen Espresso raus und schaltete das Radio ein, wo die Nachrichten auf dem Lokalsender liefen. Äste hatten sich selbstständig gemacht und waren auf die Eisenbahnschienen gestürzt, der Strom war für eine halbe Stunde ausgefallen, und ein älterer Mann von einer Böe mitgerissen worden und in die Sihl gefallen, wo ihn die Feuerwehr herausfischen konnte.

«Wagst du dich nach draussen?», fragte Nicole, die sich frische Croissants wünschte, und setzte den Dackelblick auf, dem er nicht das erste Mal erlag.

«Falls ich in zehn Minuten nicht zurück bin, kannst du den Notruf alarmieren.»

«Vom Winde verweht.»

Der Sturm hatte zwar nachgelassen, aber der strömende

Regen lud nicht dazu ein, nach draussen zu gehen. Die Seefeldstrasse war sprichwörtlich leer gefegt.

Als er am Tresen der Bäckerei in der Schlange stand, die für einmal recht kurz war, erregte die am Zeitungsständer angebrachte Schlagzeile des Boulevardblattes sein Interesse: «Wie lange hält er die Polizei in Schach? Ist der Schachbrettmörder ein Neonazi?»

Monti staunte. Die Journalisten bohrten immer. Woher hatten sie die Informationen, dass es ein Neonazi sein könnte? «Herr Monti, was wünschen Sie?», riss ihn Frau Baumberger, die wie immer an den Wochenenden mit der Latzschürze hinter dem Verkaufstresen stand, aus seinen Gedankengängen.

«Einen Laugengipfel und zwei Brioche bitte.» Er nahm ein Exemplar des Boulevardblatts aus dem Ständer und legte es auf den Tresen.

«Gerne», sagte sie und kramte einen Papiersack hervor. «Haben Sie schon eine Spur?», fragte sie und deutete mit dem Kopf zur Schlagzeile der Zeitung.

Die leisen Gespräche verstummten, die die Personen hinter ihm geführt hatten, und alle richteten ihre Blicke auf ihn.

«Wir werden den Mörder hinter Schloss und Riegel bringen. Das versichere ich Ihnen», sagte er, ohne auf die Frage einzugehen, da dies nur weitere Fragen nach sich gezogen hätte.

«Zum Glück haben wir Sie, Herr Monti», sagte Frau Baumberger und reichte ihm den Sack mit den Backwaren. «Acht Franken bitte.»

Monti legte eine Zehnernote auf den Tisch, nickte ihr zu und verliess den Laden, bevor sie ihm das Retourgeld reichen konnte.

Der Artikel des Boulevardblatts war gut recherchiert, wie Monti gegenüber Nicole anerkannte. Er war von dem Reporter, der ihm vorgestern im La Stanza aufgelauert hatte. Sie hatten die Zeitung auf dem Tisch neben den Backwaren ausgebreitet, denen sie trotz des feinen Dufts vorerst widerstanden.

Der Bericht zeigte ein Schachbrett, wo zwei der vierundsechzig Felder mit einem Kreuz belegt waren. Der Reporter legte dem Leser nahe, dass der Mörder ein antisemitisches Motiv hatte, da beide Opfer jüdischen Glaubens waren. In der rechten Spalte führte die Zeitung eine Liste von antisemitischen Übergriffen in der Schweiz und Deutschland auf.

Nicole und Monti waren überrascht über die Anzahl und die Intensität dieser Taten. Den russischen Serienmörder erwähnte der Reporter kurz, äusserte aber die Hoffnung, dass der Schweizer Mörder früher gestoppt würde, obwohl er im ersten Abschnitt schrieb, dass «die Sache der Polizei aus dem Ruder läuft». Hämisch kommentierte er die Verlautbarung des Sprechers des Zürcher Regierungsrats, der ausrichten liess, dass für die Bevölkerung keine Gefahr bestehe.

Monti war zu Ohren gekommen, dass der Regierungsrat gestern beschlossen hatte, den Polizeischutz für alle jüdischen Einrichtungen wie Synagogen noch einmal zu erhöhen.

«Nicole, diese Art von Beruhigungskommunikation hat meist den gegenteiligen Effekt auf die Bevölkerung.»

«Der Regierungsrat hat wenigstens den Mut zum Kommunizieren. Das finde ich richtig. Die Bürger müssen doch wissen, dass ein Mörder frei herumläuft und es auf unschuldige Juden abgesehen hat.»

«Die Bürger sind doch nicht dumm. Sie wissen, solange der Täter frei herumläuft, besteht Gefahr. Punkt.»

«Aber was willst du? Dass wir uns wie Maulwürfe in Löchern verstecken?»

«Nein, aber man muss doch nicht immer jede Sache kommunizieren. Man macht der Bevölkerung damit nur Angst, und uns Ermittlern erschwert man das Leben. Das bringt doch niemandem etwas.»

«Zum Glück bist du Kommissar und nicht Journalist.»

«Ich halte es mit Queen Elizabeth II.: ‹*Never complain, never explain.*› Nie beschweren, nie erklären.»

«Gott sei Dank hat sich diese Form der Nicht-Kommunikation nicht durchgesetzt. Die Welt wäre so langweilig, und ich wäre garantiert arbeitslos.»

29

Eine Stunde später sass Monti mit Urech an der Bar im La Stanza. Das Café war an diesem Samstagmorgen zwar gut besetzt, aber platzte nicht wie an den Werktagen aus allen Nähten. Urech hatte sein drittes Cornetto con albicocco in der Hand, und Monti bestellte seinen zweiten Espresso. Die Polizei hatte das Versteck von Nuspliger ausgemacht und ihn auf den Posten geschleppt, wo die Vernehmung anstand.

Giuseppe brachte ihm den Espresso und fragte: «Commissario, haben Sie schon eine Spur vom Mörder?»

«Spuren haben wir, was wir brauchen, ist das Motiv.»

«Zürich ist doch so friedlich, das passt nicht hierher.»

«Leider scheren sich Mörder nicht um das Wohl der Bevölkerung.»

Giuseppe schaute sich um, ob niemand hinter ihm stand. «Die Leute sind nervös, sie sprechen nur noch über den Schachbrettmörder.»

«Wir werden ihn kriegen.»

Giuseppe nickte, aber sein Gesicht drückte etwas anderes aus. Er kehrte zurück hinter den Tresen und räumte Kaffeetassen in den Geschirrspüler.

Der Mörder geisterte in den meisten Köpfen bereits herum, obwohl die zweite Leiche erst vor drei Tagen entdeckt worden war. Die Gerüchte, die der Bevölkerung Angst einjagten, verbreiteten sich schneller als ein Lauffeuer im trockensten Wald.

Ein Mann mit Dreitagebart, braunen Haaren und hoher Stirn, der einen feinen dunkelblauen Anzug mit weissem Hemd trug, betrat das La Stanza und näherte sich ihnen. «Ist der Stuhl frei?»

Monti nickte.

Der Mann bestellte einen Schwarztee einer Sorte, von der Monti noch nie gehört hatte. Tee war nicht sein Ding, beim Kaffee kannte er sich besser aus.

Plötzlich riss ihn der Mann aus seinem Gespräch mit Urech. «Sind Sie Herr Monti?»

Er bejahte.

Der Mann drehte den Kopf näher zu ihm. «Wie kommen Sie voran mit den Ermittlungen?»

Nicht schon wieder ein Journalist, der sich Informationen von der Polizei aus erster Hand beschaffen wollte. Er musste sich überlegen, seinen Kaffee in Zukunft woanders zu trinken. Vielleicht in der Le Raymond Bar, die auf der anderen Seite des Schanzengrabens lag.

«Wir geben unser Bestes.»

In Montis Innerem brodelte es wie in einem Teekocher. Lasst mich doch einfach in Ruhe meinen Job machen, dachte er, verkniff es sich aber, seine Gedanken auszusprechen.

«Das scheint nicht gut genug zu sein. Wir machen uns ernsthaft Sorgen um die Sicherheit unserer Mitmenschen. Wir sind besorgt, dass der Polizei die ganze Sache aus dem Ruder läuft. Legen Sie einen Zacken zu.»

Der Mann sprach mit ruhiger und monotoner Stimme, die aber trotzdem bestimmt und klar war. Die weit geöffneten dunkelbraunen Augen zeugten von der Wachsamkeit der Person. Er musste um die vierzig Jahre alt sein, vielleicht fünfundvierzig, die wenigen Haare waren alle noch braun, kein einziges graues Haar konnte Monti ausmachen. Die Zähne waren gepflegt, schneeweiss und in perfekter Stellung. Ein Traum eines jeden Zahnarztes.

«Wer sind Sie?», fragte Monti.

«Wir beobachten Sie. Ruhen Sie sich nicht auf den Lorbeeren aus, sonst …», der Mann legte eine kurze einstudierte Pause ein, «… wird das Konsequenzen für Sie haben. Das gilt auch für Sie, Herr Urech.»

Urech zuckte zusammen.

«Haben Sie eine Karte, Herr …?», fragte Monti.

«Die brauchen Sie nicht. Ich werde *Sie* finden, wenn es nötig ist.»

Der Mann erhob sich vom Hocker, legte eine Zwanzigernote auf den Tresen und verliess das Café, ohne sich zu verabschieden.

Monti und Urech schauten einander verdutzt an.

«Donnerwetter! Das glaubt uns kein Mensch.» Urech atmete tief ein und aus, sein Gesicht hatte die Farbe verloren, und seine Augen waren weit aufgerissen, als ob eine Frau sich vor ihm entblösst hätte.

«Jetzt beruhig dich.» Monti schob ihm sein Wasserglas hinüber, das Urech dankbar annahm und in einem Zug runterschüttete. «Der Typ war vom Mossad.»

Monti nahm einen Schluck von seinem Espresso, der kalt war, und musste husten. «Und ich bin der Papst. Der Mann sprach perfekt Schweizerdeutsch mit Bündnerdialekt.»

«Ein Geheimagent. Wie wusste er, dass wir uns heute hier im La Stanza treffen? Kannst du mir das erklären?»

«Du schaust zu viel Netflix. Das war ein ganz normaler junger Mann, der uns aus den Medien kennt und zufällig auf uns gestossen ist. Ich bin nicht einmal sicher, ob er Jude ist. Wie kommst du darauf?»

«Nur weil er keine Kippa trug, heisst das noch lange nicht, dass er kein Jude war. Und der Mossad hat sicherlich auch Agenten, die nicht jüdisch sind. Zur Tarnung.»

«Das kann sein. Aber das war kein Geheimagent, sondern ein besorgter Schweizer Bürger.»

«Wir müssen unsere Telefone wechseln. Sie haben sicher schon Wanzen darin versteckt.»

«Die haben heutzutage weit einfachere Methoden, um uns abzuhören.»

«Das geht doch nicht!»

«Was?»

«Dass ein ausländischer Geheimdienst uns auf dem Hoheitsgebiet der Eidgenossenschaft einfach so überwacht und unter Druck setzt.»

«Vergiss es. Das war kein Agent. Noch mal, das war ein Bürger, der uns etwas Feuer unter dem Hintern machen will.»

«Da bin ich anderer Meinung. Ich melde den Vorfall Müller, und der wird Häfliger informieren.»

«Das machst du ganz sicher nicht! Was ist denn in dich gefahren?»

«Das ist doch keine Bagatelle. Das war eine verdammte Drohung. Fabio, wach auf. Brauchst du noch einen Espresso?»

Monti vermochte das Gespräch wieder auf den Fall zu lenken, wo sie sich einig waren, dass das Umfeld der Helvetiacom noch enger in die Ermittlungen einbezogen werden sollte.

«Früher waren es nur die Rechtsradikalen, die wir im Visier haben mussten. Nun gibt es solche Hohlköpfe auch bei den Linken.» Urech schüttelte den Kopf.

«Das hat doch nichts mit links oder rechts zu tun. Der Antisemitismus ist wie ein Krebsgeschwür, das keine Grenzen und keine Richtung kennt. Er breitet sich überall aus und muss bekämpft werden.»

30

Nuspliger war jetzt auf dem Polizeiposten – mit zwei Tagen Verspätung. Die beiden Polizisten mussten ihn ins Vernehmungszimmer tragen. Der Mann war schwer wie ein Mehlsack, nur viel grösser, er musste fast zwei Meter gross sein. Er trug einen langen schwarzen Mantel, den er nicht auszog. Darunter kam ein weisses Hemd zum Vorschein, bei dem die obersten Knöpfe offen und seine Brusthaare sowie eine goldene Halskette gut sichtbar waren. Das Gesicht war gezeichnet, wohl von Schlägereien, wie Monti vermutete. Die schwarzen Augenbrauen waren üppig und lang, eine der beiden war deutlich kürzer als die andere, Stichspuren konnte er ausmachen, da musste wohl vor nicht allzu langer Zeit einmal genäht worden sein. Das volle schwarze Haar trug er mit viel Gel nach hinten frisiert.

Monti merkte, wie die braunen Augen seines Gegenübers sich zusammenzogen und ihn ins Visier nahmen, wie bei einem Schützen, der sein Ziel anpeilte.

Als er ihn über seine Rechte aufklärte und fragte, ob er einen Anwalt möchte, nickte Nuspliger nur, nahm sein Handy hervor und tippte eine Mitteilung.

«Wir beginnen in dreissig Minuten. Teilen Sie das Ihrem Anwalt mit», sagte Monti und verliess den Raum.

Auch in der Gegenwart seines Anwalts sprach er nicht mehr als vier Worte: «Ich verweigere die Aussage.» Dafür setzte er ein gekünsteltes Lächeln auf.

In der Vorbereitung auf die Vernehmung hatte Monti überraschend festgestellt, dass die Fingerabdrücke von Nuspliger in der Fedpol-Datenbank trotz dessen vollem Vorstrafenregisterauszug fehlten, und das sollte bis auf Weiteres so bleiben. Auch in der Gegenwart seines Anwalts verweigerte er die Abnahme der Fingerabdrücke.

«Das würde Sie entlasten, Herr Nuspliger», sagte Monti.

Nuspliger rührte sich nicht. Er grinste ihn nur an, als ob er etwas von ihm wolle. Das Einzige, was er provozieren wollte, war, dass Monti ausrastete. Diesen Gefallen tat er ihm nicht.

Der Anwalt forderte, dass sein Mandant umgehend nach Hause gelassen würde, es liege kein hinreichender Tatverdacht vor, nicht einmal den Ansatz eines Indizes habe die Polizei. Nur weil sein Klient in einem anderen Verfahren vor Gericht stehe, würde er nun von der Behörde als Verdächtiger behandelt. Die Ermittler übten sich in Aktionismus, um von ihren eigenen Misserfolgen im Schachmörder-Fall abzulenken, warf er ihnen vor.

Monti konnte der Argumentation folgen. Sie war nicht so abwegig, musste er sich eingestehen.

Wenn man keinen Erfolg hatte, versuchte man ihn manchmal mit der Brechstange zu erzwingen, was einen aber oft nicht näher zum Erfolg brachte, sondern nur neue Gräben aufriss.

Aber immer wenn Personen die Aussage verweigerten, hinterliess das bei ihm einen faden Beigeschmack. Warum schwiegen sie, wenn sie nichts verbrochen hatten?

Monti verliess den Raum, während der Anwalt auf seinen Klienten einredete, dieser aber weiterhin kein Wort sagte.

«Das ist eine harte Nuss», sagte Urech, der die Vernehmung respektive das Schweigen über die Videokamera im Raum daneben verfolgte.

«Die werden wir heute nicht mehr knacken.»

«Wir haben nichts in der Hand gegen ihn, aber der Typ stinkt zum Himmel. Wollen wir ihn noch ein paar Stunden schmoren lassen?»

«Mit seiner Vergangenheit ist es besser, wenn er nicht auf den Zürcher Strassen sein Unwesen treibt.»

Sie beschlossen, ihn die maximal zulässige Zeit von vierundzwanzig Stunden auf dem Polizeiposten zu behalten, was der Anwalt als unerhört, diskriminierend und gesetzwidrig bezeichnete. Er drohte ihnen mit einer Klage.

Sie blieben stur bei ihrer Haltung.

Monti zog sich in sein Büro zurück und machte die Tür hinter sich zu. Er fühlte sich farbenblind wie ein Läufer in einer Schachpartie, der nur auf einen Farbenkomplex ziehen konnte – entweder weiss oder schwarz. Er musste seinen Horizont für die Ermittlungen öffnen und verbreitern.

Ein Reboot tut immer gut.

Genau das brauchte er jetzt – einen Neustart.

31

Er hätte sich bessere Beschäftigungen an diesem Samstag vorstellen können, als Leute wie Nuspliger zu verhören, die keinen Mucks von sich gaben und ihn nur dumm angrinsten. Aber das gehörte halt auch zu seinem Job.

Als er am Abend in die Wohnung trat, erwartete ihn ein Geräusch, das seinen Magen umgehend zusammenziehen liess.

«Nicole!», schrie er und rannte ins Badezimmer.

Sie beugte sich über die WC-Schüssel.

«Was ist passiert?»

Bevor sie sich zu ihm drehen und antworten konnte, übergab sie sich ein weiteres Mal. Sie riss ein Bündel Toilettenpapier von der Rolle, wischte sich den Mund ab und wandte sich ihm zu. Ihr Gesicht war blass, die Augen gerötet, und sie atmete schwer.

«Ich hole dir einen Tee. Das wird dir helfen.»

Welchen Tee?, fragte er sich. *Camomilla.* Kamillentee beruhigte, das hatte ihm schon seine Nonna in der Garfagnana beigebracht.

Als er das Wasser im Teekocher aufsetzte und eine Tasse aus dem Schrank nahm, trat Nicole in die Küche ein und setzte sich an den Tisch. Sie war immer noch kreidebleich. Noch nie hatte er sie so gesehen. Sie hatte von Natur aus einen dunklen Hauttyp, zudem ging sie im Winter auch das eine oder andere Mal in ein Solarium, um die fehlenden Sonnenstrahlen zu kompensieren. Jetzt sah sie aus wie das kleine Gespenst aus dem gleichnamigen Kinderbuch.

Der Teekocher heulte auf, und er leerte das Wasser in die Tasse und legte den Teebeutel hinein. Fünf Minuten ziehen lassen oder sieben?

Er reichte ihr die Tasse. «Der Tee wird dir guttun. Was ist passiert?»

«Ich hatte mir ein Curry gekocht», sie zeigte auf den

Teller, der auf dem Küchentisch stand, «und das starke Gewürz war zu viel für meinen Magen.»

Nicole liebte die indische Küche. Während sie die scharfen Gerichte in den Restaurants bestellen konnte, musste er auf der Karte nach den milden Varianten Ausschau halten, da sein Magen ansonsten verrücktspielte. Erst jetzt begriff er, dass die Übelkeit eine Begleiterscheinung der Schwangerschaft war. Ihr Körper passte sich an, dem Kind zuliebe, so hatte es die Natur vorgesehen. Die Veränderungen schienen schneller Einzug zu halten, als ihm lieb war.

Er seufzte. «Das geht ja gut los.» Als die Worte seinen Mund verlassen hatten, bereute er sie umgehend.

«Das ist doch nicht schlimm. Das gehört dazu. Ich muss einfach vorsichtiger sein beim Essen.»

«Jetzt beginnt der Ernst des Lebens.» Er bemerkte, dass er die Worte von Kollege Urech wiederholte. Der alte Haudegen hatte wieder einmal recht behalten.

«Das musst gerade du sagen. Das Jagen von Mördern ist auch kein Picknick.»

«Das ist mir bisher wenigstens nicht auf den Magen geschlagen.»

«Bist du dir sicher? Du scheinst mir deutlich nervöser als sonst. Oder liegt das am Vaterwerden?» Ihr Gesicht hatte wieder etwas an Farbe gewonnen.

«Ich bin ja nicht der Erste, der Vater wird. Aber vielleicht der Älteste.»

«Wohl kaum. Der älteste Vater war ein Inder mit sechsundneunzig Jahren.»

«Da fühle ich mich gleich jung.»

«Wir kriegen das schon hin, Fabio. Mach dir keine Sorgen.»

Da war es wieder.

Das «Mach dir keine Sorgen».

Das löste bei ihm immer das Gegenteil aus – jemand will dich beruhigen, weil Gefahr droht. Er wusste nicht, vor was er sich zurzeit mehr fürchtete: vor dem Vaterwerden oder davor, dass sie den Mörder nicht stoppen konnten.

32

Monti schnellte hoch. Er sass aufrecht im Bett, sein Puls raste, und das Oberteil seines Pyjamas war klatschnass. Seine Augenlider flackerten wie eine Glühbirne bei schwankenden Spannungen. Nicole schlief dagegen seelenruhig auf der anderen Seite des Betts. Als er aufstand, konnte er sich gerade noch am Nachttisch abstützen, fast hätte er das Gleichgewicht verloren. Sein Kopf dröhnte, als ob er einem Polterabend beigewohnt hätte, dabei hatte er doch gestern Abend nur ein Glas Chianti Classico beim Nachtessen getrunken und war früher als sonst zu Bett gegangen. Das hatte er jetzt davon.

Er zog das Pyjama aus und schmiss es in den Waschkorb. Im Spiegel sah er einen Mann mit dunklen Augenringen, und die mittlerweile mehr grauen als braunen Haare standen in alle Himmelsrichtungen.

Monti nahm eine Dusche. Wie immer liess er zuerst das warme Wasser über seinen Körper rieseln, bevor er seine Schocktherapie wählte und den Hahn auf die maximale kalte Temperatur drehte. Das kalte Wasser schien ihn nicht nur körperlich durchzuschütteln, sondern erweckte auch seinen Geist, der in die Gänge kam.

Er hatte einen Alptraum gehabt, in dem er die ganze Zeit ohne Pause Schach gespielt hatte. Dabei spielte er bei allen Partien immer mit den weissen Figuren, was ihn stutzig machte, war es doch Usus, dass die Spieler die Farben nach jeder Partie wechselten. Sein Gegner im Traum gewann alle Partien, spielte ihn in Grund und Boden und grinste ihn die ganze Zeit an. Selbst ein Wechsel in der Eröffnungswahl brachte kein anderes Resultat. Niederlage um Niederlage reihte sich aneinander, das Einzige, was sich veränderte, war, dass sein Frust stetig zunahm. Sein Gegner lachte immer lauter, als er aufgab oder schachmatt gesetzt wurde. Er hätte schwören können, dass er das Lachen schon einmal gehört hatte. Das Gesicht seines Gegners war unscharf, ohne Konturen.

Monti schrubbte mit beiden Händen sein Gesicht, schüttelte den Kopf, nahm das Handtuch, das er über die Duschwand geworfen hatte, und frottierte seine Haare.

Als er aus der Dusche trat und den Rest seines Körpers abtrocknete, fühlte er sich zwar besser als zuvor, aber irgendwie matt und leer, als ob ein Staubsauger die Energie aus seinem Körper gesaugt hätte.

Dio mio.

War er jetzt auch schon verrückt geworden?

Monti stellte sich auf die Waage und konnte seinen Augen nicht trauen, als die Anzeige blinkte. Fünfundsiebzig Kilogramm. Er hatte drei Kilos verloren seit seinem Check-up beim Hausarzt vor einem Monat, wenigstens eine positive Nebenwirkung des Mordfalls.

Er schleppte sich ins Schlafzimmer, zog sich an und legte die Bettdecke, die ganz auf seiner Seite des Bettes war, auf Nicole, die wie ein Bär schlief, was ihm ganz recht war. Sie brauchte Erholung. Ihr Job war nicht ideal für eine werdende Mutter. Im Fernsehen stehst du immer im Schaufenster der Öffentlichkeit. Die Kritiker warten wie Haie auf einen Fehltritt, eine Unachtsamkeit, ein falsches Wort und schwupp – fressen sie dich.

Er schaute auf seine Uhr: Viertel vor sieben. Senile Bettflucht nannten seine älteren Kollegen bei der Polizei das Phänomen. Wenigstens hatte man so mehr vom Tag.

Vorsichtig schloss Monti die Schlafzimmertür, um Nicole nicht zu wecken. Er lief zur Siebträgermaschine und bereitete sich einen Espresso zu. Das Koffein tat seinen Job, was eigentlich ein Wunder war bei seinem Konsum, aber er schien noch keine Immunität erreicht zu haben. Er konnte wieder klar denken.

Urechs Telefonanruf holte ihn dann endgültig zurück in die Realität – in die Realität seines wirklichen Alptraums.

33

Selten hatte er eine so schlimme Nacht erlebt. Doch kaum hatte ihn sein Gegner am Schachbrett in Ruhe gelassen, kam die nächste Hiobsbotschaft.

Selbst am Muttertag legte der Serienmörder keine Pause ein. Der Fall kam ihm vor wie eine Schallplatte, die einen Sprung aufwies und immer wieder von vorne zu spielen begann.

Monti hinterliess Nicole eine Nachricht auf dem Esstisch. Der gemeinsame Brunch fiel ins Wasser.

Fluchend verliess er die Maisonettewohnung und marschierte zum Bahnhof Stadelhofen, der an diesem Morgen bis auf ein paar Betrunkene wie leer gefegt war. Er nahm den Goldküstenexpress, die S7 nach Stäfa.

«Tempowechsel – *Change of pace.*»

So hiess die Überschrift der Buchseite, die Monti anstatt der Sonntagszeitung in der Hand hielt.

Monti studierte das Papier.

Larsen [Denmark] – Fischer
Monaco 1967
King's Indian Defense
Change of pace

Es war die siebenundfünfzigste Partie aus dem Fischer-Buch, in der Bobby Fischer gegen das dänische Schachgenie Bent Larsen gespielt hatte. Larsen war bekannt dafür, auf dem Schachbrett seine eigenen Wege zu gehen und auch mal einen provokativen Zug zu spielen, der zwar objektiv nicht der beste war, aber den Gegner aus dem Konzept brachte.

«Wieder die königsindische Verteidigung», sagte Müller, der ihm über die Schulter schaute, in einem Ton, als sei er in der Zwischenzeit zum Schachexperten gereift.

«Das war seine Lieblingseröffnung gegen d4», sagte Monti, der diese Eröffnung auch in seinem Repertoire hatte und sie häufig spielte, gab sie ihm doch mit den schwarzen Steinen immer eine starke Initiative und führte zu interessanten Partien. Oft konnte er den Weissen am Königsflügel damit überrennen und matt setzen oder zumindest damit drohen, was die Gegner meist so nervös machte, dass sie dann unter dem Druck einbrachen und Fehler begingen.

«Haben die Länder der Gegner von Fischer etwas mit dem Mörder zu tun?», fragte Müller.

«Sowjetunion, Ungarn und Dänemark», sagte Monti, fasste sich ans Kinn und schüttelte den Kopf. «Ich sehe keinen Zusammenhang. Die Opfer waren alle Schweizer.»

«Etwas Gutes kann ich vermelden», sagte Müller mit leiser Stimme, «unsere antisemitische These können wir verwerfen.»

Monti horchte auf. «Weshalb?»

«Studer war römisch-katholisch. Das hat mir seine Partnerin gesagt.»

Müller drückte ihm die Identitätskarte des Opfers in die Hand. Auf der vorderen Seite prangte das Schweizer Kreuz in der linken Ecke. Er drehte die Karte und musste sie näher an seine Augen halten, damit er die klein gedruckte Schrift lesen konnte, hatte er doch seine Lesebrille zu Hause vergessen. Schweizer, am 21. Juni 1967 geboren. Rolf Studer, Leiter Service Center bei der Helvetiacom, wurde am Morgen von seiner Partnerin, die von einem dreitägigen Wellnessaufenthalt im Schwarzwald zurückgekehrt war, tot im Keller seines Einfamilienhauses aufgefunden.

Monti händigte die Karte wieder an Müller aus und starrte an die Decke.

«An was denken Sie?»

«*Allora*», sagte Monti, um Zeit zu gewinnen, während er in seinem Gedächtnis wühlte. «Mir ist etwas aufgefallen.»

«Was haben Sie entdeckt?»

«Legen Sie die Identitätskarte neben die Buchseite auf den Tisch und vergleichen Sie sie miteinander.»

Müller tat, wie ihm gesagt wurde. «Was soll das? Wir sind nicht bei einem Fehlersuchbild für Kinder.»

«Nein, nicht die Unterschiede müssen Sie suchen, sondern die Gemeinsamkeiten.»

Müller scannte die Buchseite von oben nach unten und schaute auf das Ausweispapier. «Dänemark und die Schweiz haben die fast gleichen Flaggen.»

«Sie suchen zu weit, Herr Müller», sagte Monti und genoss es, ihn noch etwas hinzuhalten. «Es liegt schwarz auf weiss vor Ihnen.»

Müller schaute noch eine Minute weiter, bevor er aufgab. «Ich sehe keine Gemeinsamkeit.»

«Die Jahrgänge der Partien auf den Blättern stimmen mit den Geburtsjahren der Opfer überein.»

«Ich habe die Geburtsdaten der ersten beiden Opfer nicht im Kopf, aber ich kann meinen Laptop aus dem Auto holen, wenn Sie es jetzt überprüfen möchten.»

«Das ist nicht nötig. Goldman wurde am 15. Mai 1959 geboren, im gleichen Jahr fand die Partie Keres – Fischer beim Kandidatenturnier statt. Aronowitz wurde am 19. Dezember 1960 geboren, und im selben Jahr spielte Fischer gegen Szabo.»

Müller stand mit offenem Mund neben ihm.

Urech, der anstatt seiner verbleichten Bluejeans heute eine graue Stoffhose und ein weisses Hemd trug, kam mit einem schwarzen Läufer in der Hand zu ihm und hielt ihn Monti direkt vor die Nase, was ein Niesen bei ihm auslöste. «Test bestanden. Es handelt sich wieder um Ethanol.»

Monti nahm ein Taschentuch hervor und putzte sich die Nase. «Kommst du von einer Hochzeit?»

Er deutete auf Urechs Hemd.

«Nein, ich wollte eigentlich noch ins Luzerner Hinterland fahren. Schliesslich ist doch Muttertag. Wir feiern heute das jährliche Familienfest bei uns zu Hause auf dem Bauernhof. Jetzt entgehen mir die feinen selbst gemachten Crèmeschnitten meiner Mutter.»

«Deiner Figur schadet es sicherlich nicht.»

Urech war so schnell, wie er aufgetaucht war, wieder verschwunden.

Müller lief auf die Leiche zu, kehrte dann zu Monti zurück. «Können Sie ein Fischer-Buch besorgen? Wir müssen alle Mitarbeiter der Helvetiacom mit Jahrgängen der Schachpartien aus dem Buch in Sicherheit bringen.»

Monti entfernte sich von Müller, er schaute auf seine Uhr, die neun Uhr anzeigte. Er zückte sein Smartphone, wählte die Nummer eins unter den Favoriten und drückte auf das grüne Symbol mit dem weissen Hörer.

«Wo steckst du?», begrüsste ihn Nicole in einem Ton, als ob sie gerade erst aufgestanden wäre.

«In Stäfa. Der Mörder hat wieder zugeschlagen.»

«Nicht schon wieder.»

«Tust du mir einen Gefallen? Kannst du ins Bürozimmer gehen?»

Er hörte, wie sie sich bewegte und die Tür öffnete. «Und nun?»

«Im Bücherregel befindet sich oben rechts ein Werk mit dem Namen ‹Bobby Fischer: My 60 Memorable Games›.»

Sie setzte das Telefon ab, er hörte, wie sie Bücher reinschob und rauszog und dann zurück ans Telefon ging.

«Ich habe es.»

«Schlag das Inhaltsverzeichnis auf und teil mir die Jahrgänge vom ersten und vom sechzigsten Kapitel mit.»

«Einen Moment», sagte sie, und er hörte, wie sie blätterte. «1957 und … 1967.»

«Grazie mille.»

Er ging zu Müller und sagte: «Alle Partien im Buch wurden zwischen 1957 und 1967 gespielt.»

«Wie haben Sie das jetzt so rasch herausgefunden?»

«Ich habe das Buch zu Hause, eine neuere Auflage natürlich. Die Partien im Buch sind in chronologischer Reihenfolge aufgeführt.»

Monti rechnete im Kopf. Der Helvetiacom-Konzern zählte über zwanzigtausend Mitarbeiter, die über die ganze Schweiz verteilt waren, rund zweitausend arbeiteten an verschiedenen Standorten in Zürich, elf Jahrgänge würden rund ein Viertel der Belegschaft umfassen.

«Wollen Sie fünftausend Personen einbunkern?»

Müller zog die Lippen zusammen, wandte sich von Monti ab und nahm sein Handy hervor. Er telefonierte mit Regierungsrat Häfliger und teilte ihm die neusten Erkenntnisse mit. Dieser sollte sich um die Massnahmen zum Schutz der Bevölkerung kümmern. Das Problem wurde wie eine heisse Kartoffel weitergereicht.

Michael Hafner stellte sich zwischen sie. «Das gleiche Kaliber, das wir bei den beiden anderen Opfern gefunden haben. Im Westen nichts Neues.»

Der Tatort bestätigte, dass der Täter immer den gleichen Ablauf, das gleiche Prozedere durchzog. Der Täter tötete mit Präzision. Er schoss den Opfern immer an der gleichen Stelle in den Kopf, legte immer eine Buchseite auf den Bauch, stellte die gelbe Kerze zwischen die Beine und platzierte die Schachfigur neben den toten Mann.

Monti lief an der Leiche vorbei, fasste sich an die Stirn und rümpfte die Nase. Der Mörder hatte die Opfer aus einem bestimmten Grund ausgewählt, alles war von langer Hand geplant. Er musste ein Vertrauter der Opfer sein. An keinem der Opfer waren mit Ausnahme der gefesselten Handgelenke und der Einschusslöcher am Kopf Spuren von Gewalt zu erkennen. Keine Stiche, keine Schürfungen, absolut nichts.

Zu wem haben die Mitarbeiter eines so grossen Konzerns

Vertrauen? Mit wem würden sie einen Kaffee oder ein Bier trinken gehen? Warum traf es immer Männer?

Müller steckte das Telefon in seine Jackentasche und atmete tief ein. «Die Partnerin, Martina Neuberger, hat ausgesagt, dass ihr Freund sie am Freitagabend angerufen und ganz aufgeregt geklungen habe.»

«Was war vorgefallen?»

«Studer hatte von einem Streit mit dem CFO gesprochen, bei dem dieser so fuchsteufelswild gewesen war, dass er aus dem Sitzungszimmer gerannt war und frühzeitig den Arbeitsplatz verlassen hatte.»

«Um was ging es beim Streit?»

«Der CFO wollte die Abteilung von Studer verkleinern, was diesem natürlich nicht gefiel. Zudem hatte er ihr auch Gerüchte über ein mögliches Fehlverhalten des CFO gegenüber weiblichen Angestellten anvertraut.»

«Wir müssen Egloff etwas genauer unter die Lupe nehmen», sagte Monti mehr zu sich selbst als zu Müller.

Egloff war ein ausgezeichneter Schachspieler, der sicherlich auch das Fischer-Buch kannte, er arbeitete in demselben Unternehmen wie die Mordopfer, und er hatte einen Vergewaltigungsvorwurf einer Mitarbeiterin am Hals. Das konnten alles Dinge sein, die nur zufälligerweise auf ihn zeigten, doch keine Relevanz für den Fall haben mussten, das wussten sie beide. Aber lieber einen schwachen Verdächtigen haben als gar keinen.

Monti fühlte sich, als stünde er selbst in einer lästigen Fesselung, als könnte er sich nicht mehr frei bewegen.

Auf dem Rückweg in Urechs Wagen erhielt Monti einen Anruf von der Polizeizentrale. Ein Notruf sei eingegangen. Die Frau vom Telefondienst gab ihm die Adresse durch, die er bestens kannte.

34

Urech stoppte an der Kreuzung vor dem Coop im Seefeld und setzte das Blaulicht auf das Dach seines Subaru Impreza. Mit eingeschalteter Sirene fuhr er viel zu schnell die Höschgasse hoch. Beim Hegibachplatz klammerte sich Monti an seinen Sitz, als sein Dienstkollege über die Tramschienen bretterte und die engen Kurven gekonnt meisterte. Zu ihrem Glück war der Verkehrsknotenpunkt bis auf einen Bus leer. Sie rasten die Forchstrasse entlang, fast hätte Urech die kleine Gasse rechts verpasst, wo ihr Ziel lag. Er riss das Steuer herum, das Heck brach aus, und Urech musste Gegensteuer geben, damit der Wagen wieder in die Spur fand.

Erst als der Wagen vor dem Haus des Wohnblocks zum Stillstand kam, bemerkten sie den hässlichen Geruch. Es stank nach verbranntem Gummi. Der Motor musste sich überhitzt haben, dachte Monti. Urech schien das nicht zu beunruhigen, der war schon im Treppenhaus.

«Was zum Teufel soll das?»

Es waren die einzigen Worte, die aus Urechs Mund gelangten, als sie über die Türschwelle schritten. Ein lästiger Piepton begrüsste sie, und es roch nach Rotwein und Rauch. Eigentlich galt auch bei der Schachgesellschaft Zürich seit geraumer Zeit das Rauchverbot, aber eine Person schien sich darüber hinweggesetzt zu haben. Der alte Teppich, der schon seit Jahren um Ersatz gebettelt hatte, wies nun ein rotes Fleckenmeer auf, was den Weingeruch erklärte. Die Kühlschranktür war offen, der Kühlschrank leer bis auf ein paar Coca-Cola Flaschen. Eine Handvoll Bücher lag auf dem Fussboden. In der Bibliothek fehlten aber mehr Bücher, und was weitaus wichtiger war und Monti sofort erkannte: Drei der fünfundzwanzig Zinnpokale waren verschwunden.

«Ich habe ihn in flagranti erwischt», sagte Staub, der dem am Boden liegenden Mann noch einen Ellbogenschlag in den Rücken gab.

«Das reicht», sagte Monti. «Lass ihn aufstehen.»

Britschgi lag sturzbetrunken auf dem Bauch am Boden im Clublokal, Staub sass auf ihm wie ein Cowboy, der einen Stier bändigte, mit dem Unterschied, dass die Beine von Britschgi nicht gefesselt waren, aber gross bewegen tat er sich nicht mehr. Er zuckte noch ein wenig, aber sein Zustand liess nicht mehr viel mehr zu.

Staub stand widerwillig auf. Nur mit Mühe und der Unterstützung von Urech schafften sie es, Britschgi aufzurichten und auf die Holzbank zu legen.

«Dort findest du die Zinnpokale», sagte Staub und zeigte auf den Rucksack am Boden. «Wo er die gestohlenen Bücher versteckt hat, weiss ich nicht.»

«Das wird er uns sagen, wenn er wieder nüchtern ist», sagte Monti.

Als sie an der Kasernenstrasse eintrafen, liess Monti Nuspliger laufen, verfügte dieser doch über ein hieb- und stichfestes Alibi für den dritten Mord, da er zur Tatzeit schnarchend auf dem Polizeiposten geschlafen hatte. Nuspliger verabschiedete sich mit einem Grinsen von Monti.

Ein paar Aspirin später war Britschgi wieder ansprechbar. Monti verfolgte die Befragung durch Urech aus dem Videoraum, aber zuvor hatte er Britschgi den Schlüssel vom Clublokal abgenommen, um einer weiteren Verwüstung des Lokals zuvorzukommen.

«Verdammt, habe ich eine Mattscheibe.»

Britschgi sprach mit heiserer Stimme und schaute zu Urech, wie ein Schüler einen Lehrer anschaut, der ihn beim Schummeln bei der Prüfung erwischt hat.

«Was zum Teufel haben Sie denn alles getrunken?», fragte Urech.

«Ich kann mich nur noch erinnern, wie ich das Lokal betreten habe, gestern Nacht, es war schon dunkel.»

«Was taten Sie so spät dort? Dann spielt doch niemand mehr Schach?»

«Ich brauchte einen Ort zum Übernachten.»

«Schon wieder. Haben Sie denn keine Wohnung?»

Britschgi strich sich durch seine dünnen, fettigen Haare. «Mein Vermieter hat mich rausgeschmissen. Ich war mit den Mieten im Rückstand.»

Urech pausierte und schrieb sich eine Notiz auf seinen Block. «Weshalb haben Sie das Lokal denn ausgeräumt?»

«Ich weiss es nicht. Ich habe ein paar Flaschen Roten geleert und danach ... Filmriss.»

«In Ihrem Rucksack fanden wir drei Zinnpokale. Was wollten Sie mit denen?»

Britschgi verzog den Mund und schüttelte den Kopf. «Ich hab keine Ahnung. Die sind doch nichts wert. Wieso sollte ich diese stehlen?»

«Ich stelle hier die Fragen und nicht Sie. Haben Sie finanzielle Probleme?» Es war eine rhetorische Frage, dachte Monti.

Britschgi räusperte sich und hustete. «Probleme ist nur der Vorname. Ich habe alles verloren.» Er legte eine Pause ein und schnaufte. «Es hat alles vor über zehn Jahren angefangen, als mich meine Frau verlassen hat. Ich begann, in der Freizeit mit ein paar Kollegen ins Casino zu gehen. Am ersten Abend hatte ich noch einen kleinen Gewinn mit nach Hause genommen, aber danach ging es nur noch bergab.»

«Und wo haben Sie die Bücher, die Sie gestohlen haben?»

«Welche Bücher?»

Britschgis Augen fielen immer wieder zu.

Urech erklärte die Einvernahme für beendet.

«Könnte ich die nächsten Tage hier auf dem Posten verbringen?»

«Wir können Sie nur vierundzwanzig Stunden festhalten, ausser wir haben einen Haftgrund.»

«Reicht das Stehlen der Zinnpokale nicht aus?»

Urech schmunzelte in die Kamera. «Nein, ausser Sie haben noch andere Verbrechen verübt, die Sie uns beichten möchten? Haben Sie etwas mit den Morden zu tun?»

«Nein, aber ich habe letzte Woche zwei Dosen Bier im Coop geklaut.»

Monti lachte.

Normalerweise mussten sie den Verdächtigen jedes Wort aus der Nase ziehen. Jetzt wollte der Einvernommene freiwillig im Polizeigefängnis übernachten, das hatte Monti noch nie erlebt.

Urech verliess den Raum, und wenig später konnte sich auch Britschgi auf den Weg machen. Sie hatten bis auf den angerichteten Schaden und die gestohlenen Zinnpokale nichts gegen ihn in der Hand. Bücher fehlten keine, sie waren überall im Clublokal verstreut, wie Staub ihnen später berichtete.

Monti ging an die Pinnwand und notierte neben Britschgis Foto ein Fragezeichen. Er fragte sich, weshalb niemand Britschgi den Schlüssel abgenommen hatte, als dieser vor Jahren aus dem Vorstand geworfen worden war. Eigentlich hätte er auch ein Foto von sich aufhängen sollen, wenn er konsequent gewesen wäre, war er doch mit seinen Fingerabdrücken auf den Buchseiten auch ein Akteur in diesem Drama. Aber er war nicht völlig konsequent, das war er noch nie gewesen, und jetzt erst recht nicht.

Ein kräftiges Klopfen an der Tür riss ihn aus seinen Gedanken.

«Herein.»

«Ich brauche etwas frische Luft. Wollen wir uns die Beine vertreten?», fragte Urech, dessen Augenringe dicker als üblich waren. Er sah abgekämpft und niedergeschlagen aus.

Sie nahmen den Vorderausgang des Polizeigebäudes, liefen über die Gessnerbrücke zur Schanzengrabenpromenade und setzten sich auf eine Bank. Sie zündeten sich ihre Zigaretten an, und Urech nahm einen Schluck aus seinem Flachmann. Sie starrten auf den Flussausläufer. Der Schanzengraben diente früher als militärische Verteidigungsanlage, während er heute einen Rückzugsort inmitten der Stadt bildete.

«Fabio, ich mache mir Sorgen. Ich habe nachts Alpträume.»

«Da bist du nicht der Einzige.»

«Wir müssen den Prime Tower dichtmachen und abriegeln, bevor der Serienkiller noch weitere Menschen umbringt.»

«Das nützt nichts. Der Mörder wird nicht so dumm sein, noch einmal dort zuzuschlagen.»

«Was passiert, wenn wir den Typen nicht erwischen? Wie viele wird er noch umbringen? Ich habe genug von toten Männern mit Einschussloch.»

Monti konnte sich gut vorstellen, was Urech durch den Kopf ging, sie alle machten sich ähnliche Gedanken über die Situation, die sie nicht in den Griff bekamen. Diese Anblicke vergass man sein ganzes Leben lang nicht. Sie blieben wie eine Narbe, nur dass sie unsichtbar waren für die Aussenwelt.

35

Erschöpft trat Monti gegen sechs Uhr am Abend mit einem Strauss roter Rosen in der Hand durch die Wohnungstür. Er hörte eine Kinderstimme, die ziemlich hohe Töne anschlug. Es roch nach Minze und Zitrusfrüchten. Drei leere Teetassen und eine aufgerissene Schachtel Zwieback standen auf der Ablage. Auf dem Küchentisch lagen Orangenschalen quer verteilt und ein Teller, der mit einer Hälfte eines Sandwiches belegt war.

Er ging ins Wohnzimmer. Ein singendes Schweinchen huschte über den Bildschirm, das «Guetnachtgschichtli» lief auf SRF 1. Nicole schlief auf dem Sofa. Er konnte ihre tiefen Atemzüge hören. Sie lag da, platt wie ein Mehlsack, und streckte ihre Glieder wie ein Stern in alle Himmelsrichtungen. Nicole, das Energiebündel, das er sonst zügeln musste, lag erschöpft vor ihm. Morgen Abend hatte sie ihre Sendung auf SRF zwei, wo sie berühmte Persönlichkeiten zu einem aktuellen Thema befragte. Das Programm kam beim Publikum sehr gut an, weshalb die Fernsehdirektorin ihr zusätzlich ein Teilzeitpensum als Moderatorin bei «Gesichter & Geschichten» angeboten hatte, was sie umgehend angenommen hatte. Sie hatte ihr Pensum nicht – wie sie sich ursprünglich gewünscht hatte – reduziert im Vergleich zum vorhergehenden Job beim lokalen Fernsehsender, sondern erhöht. Zudem war sie seit ihrem Wechsel zum Schweizer Staatsfernsehen noch mehr im Rampenlicht als beim Privatfernsehen. Die «Glückspost», die «Schweizer Illustrierte» oder die «Gala» publizierten eine Homestory nach der anderen über sie, wobei er sich immer raushalten konnte.

Monti las einen Artikel in der «La Repubblica», der die tiefe Geburtenrate und die Überalterung der Gesellschaft in Italien thematisierte und den Staat in die Pflicht nahm, diese Situation zu ändern. Nicole und er hatten zumindest schon einmal etwas dagegen unternommen, dachte er und grinste vor sich hin.

Als Nicole aufwachte und ihn mit müden Augen anschaute, überreichte er ihr den Blumenstrauss und wünschte ihr einen schönen Muttertag.

Sie erzählten von ihren Erlebnissen: Monti von der Leiche Nummer drei, Nicole von ihrem Unwohlsein.

Anstatt sich um sich selbst zu kümmern, beging Monti einen kapitalen Fehler. Er gab ihr einen Ratschlag. «Du musst eine Pause einlegen.» Er hätte wissen müssen, dass das Wort «musst» bei Nicole nie gut ankam.

«Nein, ich fühle mich schon viel besser.»

Monti schaute sie kritisch an. «Nimm doch ein paar Tage frei. Erhole dich. Gönne dir etwas Ruhe. Wolltest du nicht wieder einmal mit deinen Freundinnen in den Spa im Hürlimann-Areal gehen?»

Sie schüttelte den Kopf. «Fabio, ich bin schwanger, nicht krank.»

Nicole war stur, nur selten hatte er es fertiggebracht, sie von einer vorgefassten Meinung abzubringen. Dieses Mal wollte er nicht klein beigeben, ging es doch um ihre Gesundheit und um diejenige des ungeborenen Kinds. Das Schweizer Fernsehen würde auch ohne sie überleben.

«Eine neue Situation erfordert neue Massnahmen.»

«Neue Massnahmen? Was meinst du damit?»

«Du musst ein paar Gänge herunterschalten.»

«Ich kann doch jetzt nicht einfach alles aufgeben, für das ich so lange und so hart gearbeitet habe. Weisst du, wie viele Leute beim SRF arbeiten möchten? Wie viele Bewerbungen täglich bei unserem Personalchef eingehen? Die Leute stehen Schlange für meinen Job.»

«Mach dir doch keine Sorgen um deinen Job.» Er legte seine Hand auf ihre Schulter. «Die Direktorin weiss doch, was sie an dir hat. Aber jetzt bist du schwanger –»

Sie unterbrach ihn, bevor er seinen Satz beenden konnte. «Ich gebe nicht auf.»

«Nein, nicht aufgeben. Ich meine, du solltest lediglich eine Pause einlegen. Ein Ferrari muss auch mal in die Boxengasse, um aufzutanken und die Reifen zu wechseln.»

«Ich mache den Boxenstopp am Wochenende. Das reicht. Schluss mit der Diskussion.»

36

Es fühlte sich an, als wäre er einem nicht enden wollenden Hagelgewitter ausgesetzt, dem er nicht entkommen konnte. Im Sekundentakt hämmerten Trommelschläge in seinem Kopf. Zwar hatte er keinen Alptraum, an den er sich erinnern konnte, aber seine herumspringenden Gedanken liessen einen ruhigen Schlaf nicht zu. Sein Hirn hatte die ganze Nacht auf Hochtouren gearbeitet, und er suchte vergeblich nach dem Schalter, um es auszuschalten.

Monti stand auf.

Fünf Uhr. Es war viel zu früh, um die Woche zu starten. Er legte sich noch einmal ins Bett, aber nach fünf Minuten gab er den Kampf auf. Sein Körper musste in eine Art Kriegsmodus geschaltet sein, in dem die Notwendigkeit von genügend Schlaf nicht vorkam.

Frau Weber erschrak, als er wenig später in seinem Büro an der Kasernenstrasse erschien. Sie stand wortlos und still hinter ihrem Schreibtisch. Noch selten hatte sie ihren Chef so früh an der Arbeit gesehen, und wahrscheinlich dachte sie, dass dies kein gutes Zeichen war. Sie wusste, dass Monti ein Mensch war, der seine Rituale liebte und zelebrierte. Das La Stanza hatte noch nicht geöffnet, und ein Monti ohne Kaffee war eine tickende Zeitbombe.

«Möchten Sie einen Espresso und ein Gipfeli?», fragte sie. Sie wollte damit bestimmt die Bombe entschärfen, bevor sie zündete.

Er nickte und verzog sich in sein Büro.

Aber zu einem gemütlichen Frühstück kam es nicht. Den Kaffee musste er in einem Zug konsumieren, das Gipfeli verspeiste er in Urechs Wagen. Die nächste Leiche war aufgetaucht.

«Um Gottes willen, nimmt das Ganze denn kein Ende?» Urech hob einen schwarzen Turm in die Höhe, als sie am Tatort angekommen waren. «Mir geht dieses Schachspiel langsam auf den Wecker. Ich ertrage das nicht mehr länger.»

Es war zum Wahnsinnigwerden. Zehn Seiten. Hundert Seiten. Tausend Seiten. Der Aktenberg zu diesem Fall wuchs exponentiell. Aber die Anstrengungen blieben vergeblich.

Monti wusste zwar aus der Polizeischule, dass die Ermittler in der Regel viel länger brauchten, um einen Serienmörder zu erwischen als einen Einfachmörder. Jetzt, wo er selbst zum ersten Mal in seinem Leben eine solche Ermittlung leitete, war das aber nur ein schwacher Trost. Er fühlte sich wie ein Hamster im Laufrad. Sie hatten viele Gegenstände, viele Hinweise und viele Spuren an allen Tatorten gefunden, aber sie schienen trotzdem nicht vorwärtszukommen.

«Wir sehen etwas nicht, was direkt vor unserer Nase liegt.»

«Das ist das Schwierigste in unserem Beruf», sagte Urech.

«Der Täter hat die Kadenz erhöht.»

«Jetzt ist es an der Zeit, dass wir den Finger aus dem Arsch ziehen. Wir müssen an Tempo zulegen. Wir haben bereits vier Opfer. Ich will nicht, dass wir vierundsechzig tote Männer zu Grabe tragen müssen.»

«Gott behüte uns davor.»

«Vielleicht will der Mörder den russischen Schachbrettmörder übertreffen. Seinen Rekord brechen. Einen toten Mann für jedes Schachfeld. Die Schachspieler sind doch so ambitioniert, wollen immer ihr Rating verbessern. Das hast du mir selbst einmal gesagt.»

Monti schüttelte den Kopf. «Aber dann würde er ja nicht nur Helevtiacom-Mitarbeiter töten, wenn es ihm um den Rekord ginge.»

Er war überzeugt, dass der Mörder nicht die Geschichte nachahmen, sondern seine eigene Geschichte schreiben wollte.

Urech roch an der Holzfigur und nickte. Auch diese Schachfigur hatte der Täter mit Ethanol besprüht. Monti hielt sich die rechte Hand unter die Nase, um das Niesen zu unterdrücken. Es war zum Verzweifeln. Er fühlte sich, als jagten sie ein Phantom, das ihnen immer einen Zug voraus war.

Opfer Nummer vier hiess Bruno Kehrli, der als Leiter des Stabs bei der Helvetiacom die rechte Hand des Geschäftsführers war. Er war ledig, konfessionslos und hatte eine ähnliche Postur wie Urech, war sogar noch ein paar Zentimeter grösser. Kehrli lag leblos in einer Blutlache am Boden im Keller seiner Wohnung in Küsnacht. Seine Assistentin hatte sich bei der Kriminalpolizei gemeldet, als Kehrli am Vormittag nicht wie gewohnt zur Arbeit erschienen war, woraufhin die Polizei zu seinem Wohnort ausrückte und Urech und Monti informierte.

«Um welche Partie handelt es sich dieses Mal?», fragte Urech, in dessen Stimme nun etwas Resignation zu hören war. Es war frustrierend für sie. Sie kamen immer einen Schritt zu spät – sie konnten nur die Ergebnisse der Exekution des Serienmörders begutachten.

Monti händigte ihm die Buchseite aus.

39 Botvinnik [U.S.S.R.] – Fischer
Varna Olympic 1962
Gruenfeld Defense
The confrontation

Urech schaute von der Seite auf, nachdem er sie kurz überflogen hatte. «Eine Sache geht mir nicht aus dem Kopf. Warum sind nur Männer unter den Opfern? Warum keine Frauen?»

Monti rieb sich die Augen. «Ich weiss es nicht.»

«Vielleicht ist der Täter in Wahrheit eine Frau.»

«Warum nicht?»

Monti musste sich eingestehen, dass er bis jetzt – ohne triftigen Grund – immer nur von einem männlichen Täter ausgegangen war.

«Mit einer Frau geht ein Mann doch ohne grosse Angst in einen abgeschlossenen Raum.»

«Du vielleicht. Wir müssen nach dem Motiv Ausschau halten. Das wird uns zum Mörder führen – oder zur Mörderin.»

Urech lief von Monti weg, bevor er sich zu ihm umdrehte. «Fabio, nur du kannst die Botschaft des Mörders lesen. Es muss ein Schachspieler sein, das spüre ich.»

«Jetzt hör doch auf.»

Monti spürte den Druck auf seine Person. Dieser kam von zwei Seiten. Einerseits dachten – oder vielmehr hofften – alle bei den Ermittlungsbehörden, dass sein Schachwissen sie automatisch zum Täter führen würde. Zweitens fühlte er sich unter Zugzwang: Seine Schachszene, die sonst so ruhig, sachlich und bescheiden daherkam, geriet ins Visier der Öffentlichkeit. Er mochte das nicht, schon gar nicht, wenn es sich um Tötungsdelikte handelte. Es passte nicht in sein Weltbild.

Intuitiv wollte er die Schachszene und ihre Leute verteidigen, aber seine Ausbildung und seine Erfahrung sagten ihm, dass er in alle Richtungen offen sein musste bei den Ermittlungen.

Urech nahm sein Smartphone aus der Jeans, tippte mit seinen dicken Fingern auf den Bildschirm und las dann vor. «*Confrontation* heisst Auseinandersetzung, Konfrontation, Zusammenstoss oder Gegenüberstellung.»

«Diese Titel müssen einen Sinn ergeben.»

«Aber welchen? Verdammt noch mal!»

Monti rümpfte die Nase. «Wir müssen eine Verbindung, eine Brücke zum Täter schlagen.» Viele Mitarbeiter hassten ihre Vorgesetzten, davon war Monti überzeugt, aber deshalb beging man doch keinen Mord, man kündigte höchstens und brach zu neuen Ufern auf, wenn man den Mut dazu hatte.

«Vielleicht ist er ein Aktionär, hat mit der Aktie viel Geld verloren und will sich jetzt am Management rächen.»

Monti lachte laut und winkte ab. «Jetzt phantasierst du aber ganz schön. Es geht nicht um Geld.»

«Es geht immer um Geld.»

Neben Beziehungsdelikten waren Geldprobleme ein häufiger Gast bei den Mordmotiven, das stimmte. Monti kramte sein Smartphone hervor und tippte «Helvetiacom» in die Suchmaschine ein. Er fand rasch ein Diagramm, das die Börsenkursentwicklung des Konzerns aufzeigte, und händigte das Telefon an Urech aus. «Das Unternehmen hat den Aktienkurs in den letzten zehn Jahren langsam, aber kontinuierlich gesteigert. Als Aktionär hast du mit der Aktie sicherlich keinen Verlust gemacht.»

Urech schnaufte und gab ihm das Smartphone zurück. «War ja nur eine Idee.»

Monti steckte das Smartphone in die Tasche seines Sakkos. «In einem Punkt hast du recht. Das Motiv muss Rache sein.»

«Eben doch.»

«*Back to the basics.* Geld ist immer ein mögliches Motiv, ein anderes ist die Liebe. Wir alle brauchen Zuneigung und

Respekt. Ein Mitarbeiter hat diese nicht mehr erhalten vom Management.»

«Du spinnst doch. Deine tiefenpsychologische Erklärung ist einfach nur lächerlich.»

«Ist sie das?»

«Wenn der Mensch so funktionieren würde, hätten wir beide unsere Polizeikommandantin schon mehrfach umgebracht. Von der haben wir zeitlebens nie ein Lob erhalten.»

Aber wenigstens hatte es für eine Packung Pralinés gereicht, dachte sich Monti. «Ich habe nie behauptet, dass alle Menschen so funktionieren. Die grosse Mehrheit hat zum Glück eine hohe Resilienz und überreagiert nicht gleich, aber unser Mörder hat diese Eigenschaft nicht. Er kann nicht vergeben, nicht verzeihen, nicht vergessen, sondern nur vergelten.»

Urech verwarf die Hände und bewegte sich von Monti weg.

Monti schätzte diese Diskussionen mit Urech, obwohl dieser häufig etwas angriffig, schroff und zumal abweisend in den Diskursen agierte. Es waren aber oft diese Wortgefechte, die sie auf die Erfolgsspur führten. Urech brachte neue Ideen und Ansätze in die Ermittlungen ein, die dafür sorgten, dass Monti in alle Richtungen dachte, auch in die von Urech zum Teil etwas abstrusen. Leider wurden Personen wie Urech immer rarer. Monti hatte das Gefühl, dass die jüngeren Kollegen im Korps immer genormter waren. Keine grossen Abweichungen nach links oder rechts. Schräge Persönlichkeiten wurden gar nicht erst zum Bewerbungsgespräch eingeladen. Ein kantiger Typ wie Urech würde heute sicherlich nicht mehr bei der Kantonspolizei Zürich angestellt werden.

Das Klingeln seines Smartphones riss ihn aus seinen Gedankengängen. Es war Tanguy. Was wollte der nun von ihm?

«Kommst du jetzt zum Bundesturnier am Donnerstag?», fragte er Monti umgehend, was ihn verwunderte.

Monti erinnerte sich an das letzte Bundesturnier, das er vor fünf Jahren gemeinsam mit Tanguy besucht hatte. Der Zufall wollte es so, dass der Austragungsort wieder Payerne war.

«Nein, leider, wie schon gesagt kann ich dieses Jahr nicht. Zu viel Arbeit, und ich habe Pikettdienst, da mein werter Kollege», er schaute zu Urech, der neben ihm stand, «zum Eidgenössischen Schützenfest nach Luzern geht.»

«Schade. Du bist in Form, du hättest gute Chancen auf einen Spitzenplatz, vielleicht sogar auf eine Medaille mit etwas Wettkampfglück. Staub und ich haben uns auf die Startliste eingeschrieben, sogar Britschgi gibt sein Comeback, aber das habe ich Staub noch nicht gebeichtet, sonst macht er einen Rückzieher.»

Tanguy lachte laut, bevor er mit leiser und bedachter Stimme fragte: «Wie kommt ihr mit den Ermittlungen voran?»

Monti meinte am anderen Ende der Leitung einen tiefen Atemzug zu hören. «Schleppend, wenn ich ehrlich bin.»

Es gab eine kurze Pause.

«Habt ihr einen Verdächtigen?»

«Wir ermitteln in alle Richtungen.» Da war er wieder, dieser abgedroschene Satz, den er sicherlich schon über hundert Mal jemandem an den Kopf geworfen hatte.

Tanguy liess sich nicht so einfach abspeisen. «Aber der Täter ist doch keiner aus der Schachgesellschaft, das kannst du mir doch sagen. Ein Skandal ist das Letzte, was wir brauchen können.»

Monti beendete kurz darauf das Gespräch und wünschte Tanguy alles Gute für das Bundesturnier über Auffahrt.

Tanguy, der sonst so locker und jovial auftrat, hatte angespannt und etwas verwirrt gewirkt, als würde er in einer beengten Stellung stehen.

Monti steckte das Telefon langsam und sachte in sein Sakko, als ob er eine Porzellantasse darin verstaute. Er blickte zur Decke hoch.

Irgendetwas war seltsam. Irgendetwas stimmte nicht. Irgendetwas roch faul hier.

Urech legte ihm seine Hand auf die Schulter, was ihn zusammenzucken liess. «Das Eidgenössische in Luzern ist auf Juli verschoben worden. Habe ich dir das noch nicht gesagt?»

Monti schaute ihn mit grossen Augen an. «Nein, das hast du nicht.»

«Tut mir leid. Ich kann den Dienst von dir übernehmen. Geh du ruhig ans Schachturnier.»

«Bist du verrückt? Nein, wir müssen den Mörder finden. Bevor wir ihn gefasst haben, gibt es keinen Urlaub – weder für dich noch für mich.»

Gerne hätte Monti wieder einmal drei Tage lang Schach gespielt, aber es war der falsche Zeitpunkt. Er hätte sich sowieso nicht auf das Spiel auf dem Brett konzentrieren können, wenn gleichzeitig ein Irrer die Schweiz mit seinen Morden in Angst und Schrecken versetzte.

Urech gab ihm einen Klaps auf den Oberarm und lief zur Leiche, die er aus allen Winkeln begutachtete, als suchte er etwas, das ihm bisher durch die Lappen gegangen war.

Monti verzichtete darauf, den Toten näher zu betrachten. Er war sich sicher, dass es sich um einen Ritualmörder handelte, der seine Opfer immer nach dem gleichen Prozedere umbrachte. Das Einzige, was sich änderte, waren der Typ der Schachfigur, die Gegner in den Partien von Fischer und die Überschriften der Buchseiten sowie die Spieleröffnungen. Auf diese Aspekte wollte er seinen Fokus legen. Die Konstante war, dass es sich bei allen Opfern um Männer im mittleren Alter handelte, die im Management der Helvetiacom arbeiteten oder gearbeitet hatten.

In einer Schachpartie musste man manchmal einen Rückzug mit einer eigenen Figur machen. Das tat man äusserst ungern, da man die Tendenz hatte, vorwärtszumarschieren mit der eigenen Armee und den gegnerischen König einzuengen, bevor man ihm an den Kragen ging. Aber manchmal war der Rückzug der beste Zug in einer Stellung. Vielleicht musste

Monti in den Ermittlungen auch einen Schritt zurückgehen mit seinen Gedanken.

Sie mussten ins Innere des Konzerns gelangen, dort lag das Mordmotiv begraben. Ein erster Ansatzpunkt war, dass sie den Anschuldigungen gegen den CFO nachgehen wollten, der Frauen belästigt oder benachteiligt haben sollte.

Aus heiterem Himmel kam Monti ein Gedanke, eine Feststellung, die ihnen vielleicht nützlich sein könnte. Er hatte sich die ganze Zeit gefragt, weshalb der Mörder Ethanol zur Säuberung der Figuren verwendete. Weshalb nahm er nicht Wasser oder Seife? Ethanol hatte doch eher eine konservierende Wirkung, wie ihm Forensiker Hafner erklärt hatte.

Monti lief auf Urech zu und zeigte auf den schwarzen Turm.

«Der Täter hat die Figuren immer mit Ethanol gesäubert, die Buchseiten aber nicht. Was sagt uns das?»

«Auf den Figuren waren seine Fingerabdrücke, auf den Buchseiten nicht. Deshalb musste er die Figuren abwaschen. Das Buch hat er aus der Bibliothek der Schachgesellschaft gestohlen, wahrscheinlich trug er Handschuhe, oder er hat nur die Hülle angefasst. Und wir haben nur die einzelnen herausgerissenen Seiten.»

«Richtig, aber um die Fingerabdrücke auf den Figuren abzuwaschen, würde auch Wasser und Seife reichen.»

Urech überlegte kurz und nickte.

«Die Figuren nützen sich ab, wenn man sie häufig in den Händen hält und viel mit ihnen spielt», sagte Monti.

«Klar, Holz lebt.»

Das wusste ein Bauernsohn natürlich.

«Aber was hat das mit dem Ethanol zu tun?», fragte Urech.

«Er hat das Ethanol bereits vor den Taten verwendet. Er hat es für den Service an den Figuren verwendet, mit der Idee, dass sie länger schön bleiben, da es Bakterien abtötet.»

Urech nickte ihm anerkennend zu.

«Mit den Figuren hat der Täter selbst gespielt. Es ist ein

Schachspieler, der hier mit seinem eigenen Schachset spielt.» Er konnte es nicht mehr länger verdrängen. Alles deutete darauf hin. Jetzt hatte er es zum ersten Mal selbst klar und laut ausgesprochen: Der Mörder musste ein Schachspieler sein.

Auf der Rückfahrt bekam Monti einen Anruf von Lüscher.

«Ich habe eine Nachricht von Kehrli gefunden.»

Die Mitteilung traf fünf Sekunden später auf seinem Smartphone ein. Kehrli hatte die E-Mail vor zwei Tagen an alle sieben Verwaltungsräte der Helvetiacom geschickt.

Monti las die Nachricht zuerst still für sich, danach laut.

Sehr geehrte Damen und Herren

Die letzten beiden Geschäftsjahre waren für die Helvetiacom äusserst erfolgreich, dazu möchte ich Ihnen, geschätzte Verwaltungsräte, herzlich gratulieren und mich für Ihre umsichtige Leitung des Unternehmens bedanken.

Leider gibt es aber auch einen nicht so schönen Fall, auf den ich Sie hinweisen muss. Im Beschaffungswesen ist es höchstwahrscheinlich zu unsachgemässem Verhalten gekommen. Unser CFO, Herr Niklaus Egloff, hat die Leitung der Ausschreibung für den Auftrag zum Ausbau unseres Breitbandnetzwerkes inne. Der Auftrag hatte ein Volumen von mehr als hundert Millionen Franken.

Mir ist zu Ohren gekommen, dass Herr Egloff den Baukonzern, der die Ausschreibung schliesslich gewann, zuvor – entgegen den geltenden internen Regeln – mit vertraulichen Informationen versorgt hat. Es kann nicht ausgeschlossen werden, dass sich Herr Egloff auf Kosten der Helvetiacom unrechtmässig bereichert hat.

Ich würde Ihnen empfehlen, der Sache auf den Grund zu gehen und eine Untersuchung des Vorfalls durchzuführen.

Bei Fragen stehe ich Ihnen jederzeit zur Verfügung.

Mit freundlichen Grüssen
Bruno Kehrli

37

Urech und Monti mussten jetzt erst einmal etwas essen und die E-Mail vom toten Kehrli setzen lassen. Urech wollte Egloff sofort verhaften, aber Monti sprach sich dagegen aus. Sie würden Egloff am Nachmittag noch einmal vernehmen und dann entscheiden, ob eine Verhaftung angezeigt war oder nicht.

Nach dem Mittagessen im Restaurant Helvetia kamen sie auf die glorreiche Idee, die zwei Kilometer lange Strecke zum Prime Tower zu Fuss auf sich zu nehmen, da das Frühlingswetter dazu einlud. Etwas Bewegung tat ihnen beiden gut. Monti konnte seinen Kopf lüften, und Urech durfte ein paar Kalorien verbrennen. Urech hatte in letzter Zeit noch einmal deutlich an Gewicht zugelegt. Das führte dazu, dass er nicht mehr so zügig und rund lief. Die Masse schlug auf die Hüften. Wenn das so weiterging, brauchte er ein künstliches Hüftgelenk. Urech keuchte wie eine Dampflokomotive, als sie vor dem Prime Tower standen.

Eine ältere Frau entsorgte ihren privaten Müll in einem öffentlichen Abfalleimer und sparte so die Sackgebühr. Bei der Helvetiacom verdienten die Topmanager ihre Millionen, während keine hundert Meter davon entfernt Leute jeden Franken zweimal umdrehen mussten oder kreativ wurden, wie die Frau mit ihrer Art der Abfallentsorgung. Das gab es auch in Zürich. Die Welt der Reichen und Armen war nur wenige Meter voneinander entfernt.

Zwei Polizisten patrouillierten vor dem Prime Tower. Häfliger hatte die Sicherheitsvorkehrungen für das Unternehmen noch einmal erhöht. Sie zeigten ihre Dienstausweise, die Polizisten notierten ihre Angaben, und sie gingen hinein.

Im zwanzigsten Stock durchliefen sie die nächste Sicherheitskontrolle. Sie zückten ihre Ausweise, und die Männer der Securitas liessen sie durch.

Egloff legte das iPad links neben sich auf den Tisch, als sie in sein Büro traten. Urech setzte sich auf dem Stuhl seitlich zu ihm, während sich Monti vis-à-vis von Egloff platzierte.

Sie hatten Egloff erst vor sechs Tagen vernommen, aber dieser war in der Zwischenzeit scheinbar um Jahre gealtert. Die Augenringe waren ausgeprägter, kontrastreicher und dunkler, als hätte er sie mit schwarzer Farbe bemalt, wie es die Indianer taten, wenn sie in den Krieg zogen, und der Anzug und die Krawatte fehlten. Es war Montag, noch etwas zu früh für den Casual Friday, den einige der Wirtschaftsführer zelebrierten und so ihre Lockerheit präsentierten. Seine Schultern hingen hinunter, er war unrasiert. Es stand nicht mehr der selbstbewusste, etwas arrogante Manager vor ihnen, sondern ein alter, niedergeschlagener und abgekämpfter Mann. Die Mordserie hatte ihn mitgenommen. Monti wollte sich nicht ausmalen, wie er aussehen würde, wenn vier von seinen Polizeikollegen innerhalb von weniger als zehn Tagen ermordet worden wären.

Urechs Nachforschungen zu Egloff hatten nichts Wesentliches ergeben. Das einzige Mal, als Egloff in den Behördenakten erschien, war, als er mit einem Rekurs gegen eine Steuereinschätzung des kantonalen Steueramts vor Gericht obsiegte. Egloff war Witwer, hatte zwei erwachsene Kinder und besass ein paar Immobilien in der Agglomeration von Zürich und ein Ferienhaus in Davos.

Sie drückten zuerst ihr Beileid für die verstorbenen Mitarbeiter aus.

Egloff bedankte sich. «Was ist bloss mit unserer Welt los?» Er atmete tief durch die Nase ein, als ob er seine Lungen mit einer Extraportion Sauerstoff versorgen müsste. Der Brustkorb unter seinem Poloshirt hob sich. Wieder schüttelte er den Kopf. Dieses Mal brachte er keine Worte heraus.

Monti schaute zu Urech, der ihm zunickte.

«Herr Egloff, wir müssen Ihnen ein paar Fragen stellen.»

Egloff schenkte sich ein Glas Wasser ein und sagte: «Herr Monti, kein Problem, aber es wird das letzte Gespräch sein.»

«Das entscheiden dann schon noch wir.»

«Ich habe heute beim Verwaltungsrat meinen sofortigen Rücktritt eingereicht. Morgen bin ich Pensionär und kann mich wieder mehr dem Schach widmen.»

Urech und Monti blickten einander fragend an. Die Ereignisse überschlugen sich.

Erst jetzt bemerkte Monti die zusammengefalteten Kartonschachteln, die auf ihren Einsatz warteten.

«Hat der Rücktritt mit den Anschuldigungen zu tun, die gegen Sie von Herrn Kehrli vorgebracht wurden?»

«Welche Anschuldigungen?», fragte Egloff sichtlich überrascht.

Monti zeigte ihm die E-Mail von Kehrli.

Egloff seufzte. «Ich weiss nicht, von was Herr Kehrli da redet. Ich bin hundert Prozent integer.»

«Er wirft Ihnen ungerechtfertigte Bereicherung vor.»

Egloff stand auf und schaute Monti an. «Alles erfunden und erlogen.»

Monti biss auf Granit. Er wechselte das Thema, als Egloff keine weiteren Auskünfte zur Causa Kehrli geben wollte.

«Und wie steht es mit den Vergewaltigungsvorwürfen der Frau?»

Egloff setzte sich und schaute zum Fenster raus. «Die Dame hat sich einen Anwalt genommen und wird Anzeige einreichen, falls ...», er räusperte sich und nahm einen Schluck Wasser, «... ich ihr nicht eine Wiedergutmachung bezahle.»

Monti war überrascht, nicht vom Inhalt der Aussage, aber von der Tatsache, dass Egloff nicht um den heissen Brei herumredete. «Und? Was gedenken Sie zu tun?»

Egloff verwarf die Hände.

«Das ist pure Erpressung. Ich werde die Dame bei der Polizei wegen übler Nachrede anzeigen.»

Monti stutzte und schaute zu Urech hinüber, der die Nase rümpfte.

«Hat sie Sie wirklich erpresst?»

«Sie hat mir das in einem Gespräch angedroht. Wie Sie sicherlich wissen, aus welchen Quellen auch immer, hat sie über ihren Anwalt dem Verwaltungsrat ein Memorandum zugestellt.» Egloff begann zu lachen. «Ich muss mir das nicht mehr antun. Ich bin zu alt für diesen Kindergarten.»

Sein Blick hatte etwas Melancholisches.

«Diese Partie kann man nicht gewinnen. Nicht in der heutigen Zeit. Früher galt *in dubio pro reo*, aber heute ist man als Mann chancenlos.» Egloff trank einen weiteren Schluck Wasser. «Ich habe mit der Frau geschlafen, das gebe ich zu, aber das ist doch kein Verbrechen.»

«Nein, natürlich nicht. Ausser –»

Egloff liess ihn nicht ausreden. «Wo denken Sie hin. Ich habe die Frau nicht vergewaltigt. Sie ist über dreissig Jahre jünger und hat den schwarzen Gürtel im Judo. Sie könnte wohl eher mich vergewaltigen.»

Das Gespräch war wenig später beendet, nachdem er ihnen die Vorwürfe in einem hohen Detaillierungsgrad wiedergegeben und ihnen eine Kopie des Memorandums, das der Anwalt der potenziellen Klägerin an den Verwaltungsrat versandt hatte, überreicht hatte.

Egloff lief den Flur entlang und führte sie ins Vorzimmer des CEO. Monti hatte sich für eine Strategieänderung im Serienmordfall entschieden. Zwar hatte die Polizei in den letzten

Tagen viele Mitarbeiter befragt, aber sie hatten keine Anhaltspunkte für Konflikte erhalten. Natürlich konnten sie nicht alle zwanzigtausend Mitarbeiter vernehmen, aber sie mussten näher an die Helvetiacom herangehen, das Unternehmen auf Ungereimtheiten durchleuchten, um endlich zum Motiv des Serienkillers vorzustossen, das innerhalb des Prime Towers vergraben war. Da war sich Monti sicher.

Deshalb wollte er Lüscher im Prime Tower platzieren. Monti und Urech unterrichteten den Geschäftsführer von ihrem Vorhaben, eine Person von der Kriminalpolizei in dessen Team einzuschleusen, mit dem Ziel, mehr Informationen von innen zu erhalten. Sie baten ihn, mit ihr zu kooperieren, ihr einen leistungsfähigen Computer zur Verfügung zu stellen und ihr vollständigen Zugriff auf alle Systeme, Dateien und Ordner zu gewähren, was dieser ohne Bedingungen bewilligte.

Als sie aus dem Lift im Erdgeschoss stiegen, blieb Urech stehen, und Monti drehte sich zu ihm um. «Was ist los?»

«Kriegen wir jetzt einen Durchsuchungsbefehl für Egloff?»

«Was willst du dort finden? Gebrauchte Kondome?»

«Nein. Das Ganze riecht nach mehr. Der Typ verbirgt etwas.»

«Alter vor Schönheit.» Monti machte bei den Drehtüren am Ausgang des Prime Towers Platz für Urech.

Urech sagte: «Vielleicht ging es nicht um die Frau, sondern um die krummen Dinger, die er abgezogen hat ...»

«... und er hat die Zeugen aus dem Weg geräumt.»

«Der Typ ist mit allen Wassern gewaschen. Ich würde es ihm zutrauen. Du nicht?»

«Wenigstens haben wir ein Motiv gefunden.»

Urech schien den wenig überzeugten Ton in Montis Stimme zu bemerken. «Weshalb tritt unser Unschuldslamm von seinem sicher nicht schlecht bezahlten Posten zurück?»

Monti zitierte ein französisches Sprichwort: «*Qui s'excuse s'accuse.* Wer sich entschuldigt, klagt sich selbst an.»

«Das mag sein. Aber du hast nicht den Inhalt auf seinem iPad gesehen.»

«Was hat dein Adlerauge denn erspäht?»

Urech blieb stehen, griff Monti an der Schulter und sagte: «Er hatte eine Schachpartie aufgerufen – mit dem Foto von Bobby Fischer.»

38

Urech beharrte darauf, dass sie auf dem Rückweg an die Kasernenstrasse das Tram nahmen. Seine Füsse hatten genug Beton gesehen. Während der viertelstündigen Fahrt redete Urech unaufhaltsam auf Monti ein. Er insistierte. Eine Hausdurchsuchung bei Egloff könnte in dem Fall neue Erkenntnisse bringen. Je länger die Worte auf ihn einprasselten, desto mehr wuchs in Monti ein Unbehagen. Er sah zwar kein direktes Motiv von Egloff für die Taten, aber die Vergewaltigungsvorwürfe und der abrupte Rücktritt warfen ein schlechtes Licht auf den CFO. Warum schaute sich Egloff eine Schachpartie an während der Arbeitszeit, wenn auch im gekündigten Verhältnis? Und dann ausgerechnet von Bobby Fischer. Warum nicht von einem Topspieler von heute wie Magnus Carlsen oder Hikaru Nakamura?

Als sie am Stauffacher ausstiegen, war Monti weichgeklopft. Er versprach, bei Müller einen Hausdurchsuchungsbefehl für Egloff zu beantragen.

Ein ausgedrucktes Dokument, das auf seinem Pult lag, erregte seine Aufmerksamkeit, als Monti sein Büro betrat. Professor Meier hatte seine Abhandlung zu seinen Fragen verfasst und pünktlich abgeliefert.

Monti setzte die Lesebrille auf und begann, den Bericht zu studieren, der zum Glück nicht den Umfang eines psychiatrischen Gutachtens hatte, das die Gerichte zum Beispiel für die Beurteilung der Schuldfähigkeit eines Angeklagten verlangten. Zu seinem Erstaunen hatte der Professor seine Sicht der Dinge in einer klaren und verständlichen Sprache aufgeschrieben. Er hatte sich auf Bitte und Vorahnung von Monti bereits Gedanken zu einem Serienmörder gemacht, obwohl der Professor zum Zeitpunkt des Auftrages erst Kenntnis von zwei Toten hatte.

Das fünfte und letzte Kapitel tat es Monti an, und er las es zweimal.

V. Zusammenfassung

Aufgrund der an beiden Tatorten in Zürich und Meilen gefundenen Gegenstände kann nicht ausgeschlossen werden, dass der Täter weitere Morde plant und die Polizei es mit einem Serienmörder zu tun hat.

Es gibt nicht «den Serienmörder». Serienmörder unterscheiden sich erheblich in ihren Handlungen und von ihrem sozialen Hintergrund. Es gibt dementsprechend wenig Expertisen und Lehrmeinungen zu diesem Thema. Im Gegensatz zum einfachen Mord, bei dem der Täter in der Regel aus dem direkten Umfeld des Opfers kommt, sind sich Opfer und Täter beim Serienmord gewöhnlich fremd.

Eine amerikanische Studie fand heraus, dass nur wenige Serienmörder in psychologischer Behandlung gewesen waren, bevor sie ihre Taten begangen hatten, und dass sie sich im Vorfeld der Tat unauffällig verhalten hatten. Die meisten der dort erfassten Serienkiller waren jünger als dreissig Jahre. Ich möchte jedoch darauf hinweisen, dass auch Amokläufe in die besagte Studie mit eingeflossen sind.

Die Auswahl der Opfer ist für die Profilerstellung des Täters i.d.R. von hoher Bedeutung. Im vorliegenden Fall in Zürich waren beide Opfer Emanuel Goldman und Gabriel Aronowitz männlich und im mittleren Alter. Weitere Gemeinsamkeiten sind gemäss Polizeirapport, dass sie beide jüdischen Glaubens waren und gute Positionen in Kaderstellungen in der Wirtschaft respektive beim Kanton Zürich innehatten. Beide arbeiteten, wenn auch nur für eine kurze Zeit und in unterschiedlichen Abteilungen, zusammen bei der Helvetiacom.

Die Frage des Geschlechtes des Täters kann ich nicht beantworten. Es ist ein Mythos, dass Frauen immer Gift bei ihren Morden anwenden, sie können genauso gut mit einer Pistole umgehen wie ein Mann. Gemäss Harbort S. (2017) und Harrison (2015) ist einer von sechs Serienmördern eine Frau. Die Autoren vermuten, dass weibliche Serienmörder im Gegensatz zu männlichen für einen längeren Zeitraum unentdeckt bleiben oder nicht belangt werden können. Eine Studie belegte hingegen, dass Männer häufiger Messer und Seile als Tatwaffen einsetzten als Frauen.

Gemäss den vorliegenden Informationen könnte es sich um ein Rachemotiv handeln, das den Taten zugrunde liegt. Der Täter drückt mit den am Tatort hinterlassenen Gegenständen seine Missbilligung eines Sachverhalts oder Verhaltens aus. Ein sexuelles Motiv kann beim «Zürcher Schachmörder» mit hoher Wahrscheinlichkeit ausgeschlossen werden, es gab keine Anzeichen, dass eines der beiden Opfer homosexuell war. Die Kerzen deuten eher auf ein religiöses Motiv hin. Der Täter könnte es auf jüdische Gläubige abgesehen haben. Bei religiös begründeten Handlungen versucht die Mehrzahl der Täter die Öffentlichkeit zu erreichen, um – aus ihrer

Sicht – auf einen Missstand hinzuweisen. Sie fühlen sich bestätigt, wenn sie wegen ihrer Taten in der Öffentlichkeit stehen. Das ist hier nicht der Fall.

In ähnlichen Fällen stellten amerikanische Kriminalpsychologen fest, dass die Täter eine narzisstische Persönlichkeitsstörung aufwiesen. Sie hassten es, abgelehnt, kritisiert oder beleidigt zu werden.

Ob es sich beim Täter um einen Psychopathen handelt, kann nicht beurteilt werden, denn dafür reichen die persönlichkeitsbasierten und verhaltensbasierten Angaben zum Täter bei Weitem nicht aus. Es sei auf die Psychopathie-Checkliste mit den zwanzig Merkmalen von Robert D. Hare verwiesen:

a. Persönlichkeitsbasierte Kriterien:
- *Trickreich sprachgewandter Blender mit oberflächlichem Charme*
- *Erheblich übersteigertes Selbstwertgefühl*
- *Pathologisches Lügen*
- *Betrügerisch-manipulatives Verhalten*
- *Mangel an Gewissensbissen oder Schuldbewusstsein*
- *Oberflächliche Gefühle*
- *Mangel an Empathie bis Gefühlskälte*
- *Mangelhafte Bereitschaft und Fähigkeit, Verantwortung für eigenes Handeln zu übernehmen*

b. Verhaltensbasierte Kriterien:
- *Stimulationsbedürfnis (Erlebnishunger), ständiges Gefühl der Langeweile*
- *Ein Lebensstil, der andere ausnutzt*
- *Unzureichende Verhaltenskontrolle*
- *Geschlechtsverkehr mit häufig wechselnden Partnern oder Partnerinnen*

- *Frühe Verhaltensauffälligkeiten*
- *Fehlen von realistischen, langfristigen Zielen*
- *Impulsivität*
- *Verantwortungslosigkeit*
- *Viele kurzzeitige ehe(ähn)liche Beziehungen*
- *Jugendkriminalität*
- *Missachtung von Weisungen und Auflagen*
- *Vielfältige Kriminalität*

Als Adressat kann die Helvetiacom und deren Management oder der Kapitalismus als Ganzes vermutet werden. Wahrscheinlich stammt der «Zürcher Schachmörder» aus dem Umfeld des Unternehmens: ein Mitarbeiter, Manager, Verwaltungsrat oder Geschäftspartner.

Das Töten verschafft ihm möglicherweise ein berauschendes Gefühl einer Überlegenheit, die Kontrolle über seine Opfer zu haben und sie leiden respektive sterben zu sehen. Einige Serienmörder beschreiben, dass sie sich «wie Gott» gefühlt hätten, ausgestattet mit der «Macht, Leben zu geben oder zu nehmen». Der Mörder will sich mit seinen Taten rechtfertigen. Er denkt, dass er das Richtige tue.

Schizophrenie beim Täter kann mit hoher Wahrscheinlichkeit ausgeschlossen werden, da es beim Tathergang keine Anzeichen von «Fremdsteuerung» gibt, die am Tatort hinterlassenen Gegenstände deuten mehr darauf hin, dass der Täter eine Botschaft aussenden möchte, deren Adressat nicht die Öffentlichkeit ist, sondern im Umfeld der Helvetiacom zu suchen ist. Vergleichen Sie dazu meine Ausführungen weiter oben.

Gewalttaten von solcher Art Mördern werden meist durch Stresssituationen ausgelöst, durch einen Zwi-

schenfall oder ein Ereignis, wo der Täter sich erniedrigt, zurückgewiesen oder abgewertet gefühlt haben muss.

Häufig führen Serientäter ein Doppelleben. Sie verfügen vordergründig über ein ruhiges, ganz normales Leben, sind beruflich und sozial integriert, und sie fallen in ihrem Umfeld nicht auf. Anhand der Merkmale am Tatort und des wiederkehrenden Vorgehens bei den Taten – das eine Art Ritual ist – kann von einem planvollen (engl. «organized») Mörder gemäss Definition des FBI ausgegangen werden, der nichts dem Zufall überlässt und der mit einer hohen Intelligenz ausgestattet ist, über eine höherqualifizierte berufliche Beschäftigung verfügt, akribisch genau vorgeht, aber egozentrisch ist und eine tiefe Empathiefähigkeit aufweist und eine normale Kindheit erlebt hat, vielleicht ein Einzelkind oder das älteste Kind in der Familie ist. Die generische Liste mit den Persönlichkeitsbeschreibungen von planvoll und planlos vorgehenden Tätern aus Ressler et al. (1998) finden Sie im Anhang.

Der Täter kennt sich mit Schach und dessen Geschichte aus. Ob er ein aktiver oder sogar ein professioneller Schachspieler ist, kann ich nicht beurteilen, aber es ist davon auszugehen, dass der Täter eine spezielle Beziehung zum Schachspiel hat. Ich empfehle Ihnen, den Spieler Robert James Fischer und dessen Charakter eingehend zu studieren, möglicherweise fühlt sich der Täter mit ihm über das Schach oder eine andere Eigenschaft verbunden. Fischer soll eine ambivalente Beziehung zum Judentum gehabt haben.

Was an den Morden im vorliegenden Fall für einen planvollen Serienmörder ungewöhnlich ist, ist, dass der Täter die Leichen nicht sorgfältig versteckt oder an einen an-

deren Ort bringt, um der Polizei ihre Arbeit der Spurensicherung und der Rekonstruktion des Tathergangs zu erschweren.

Ich hoffe, Ihnen mit diesen Ausführungen gedient zu haben.

Für Fragen stehe ich Ihnen jederzeit zur Verfügung.

Mit freundlichen Grüssen

unterzeichnet von
Prof. Dr. Jürg A. Meier

39

Monti schaute sich «10 vor 10» auf SRF 1 an, während Nicole zur gleichen Zeit ihre Talkshow auf SRF zwei moderierte. Er konnte ihr nicht zuschauen, er wurde zu nervös, als ob er selbst vor einem Millionenpublikum auftreten müsste. Sein Kopf war nicht bei den Nachrichten, obwohl auch diese vom «Zürcher Schachmörder» berichteten, sondern immer noch auf den letzten Seiten des Gutachtens von Professor Meier, das vor ihm auf dem Salontisch lag.

Er nahm den Bericht in die Hand und schlug sein Notizbuch auf. Er schrieb hastig seine Gedanken nieder, bevor er sich in der Küche noch ein Glas Rotwein holte. Das erwies sich als Fehler, fielen doch seine Augen wenig später zu, und er schlief auf dem Sofa ein.

Das Schletzen der Haustür riss ihn aus dem Schlaf. Nicole stampfte ins Wohnzimmer und schmiss ihre Handtasche in die Ecke.

«Was ist denn mit dir los?», fragte Monti.

«Ich hatte einen Scheisstag. Heute ging alles schief, was schiefgehen konnte.»

Nicole liess sich auf dem Stuhl neben ihm niedersacken. Sie blähte ihre Backen auf, die aussahen wie Wasserballone, und blies die angestaute Luft umgehend raus. So frustriert hatte er sie noch nie erlebt nach einem Arbeitstag. Sie war oft selbstkritisch und selten restlos zufrieden mit dem Verlauf ihrer Sendungen, aber nicht in diesem Ausmass.

«Was ist denn passiert?»

Sie zitterte. Sie wollte etwas sagen, aber brachte nichts heraus ausser leeren Luftzügen. Als sie resigniert aufgab und den Kopf schüttelte, sah er, wie eine Träne über ihr Gesicht lief. Er wischte sie mit seinem rechten Zeigefinger ab.

«Ich hole dir jetzt ein Glas Wasser.»

«Einen Brandy brauche ich, kein Wasser.»

Monti tat die Bemerkung als Scherz ab und kam mit einem Glas Wasser in der Hand zurück. Sie hatten keinen Brandy in der Wohnung, da er ihn nicht ausstehen konnte. Nachdem Nicole die ersten Schlucke getrunken hatte, fasste sie sich. Ihr Augen-Make-up war verlaufen wie eine Tafel Schokolade in der Sonne, und sie hatte knallrote Backen.

Monti reichte ihr ein Kleenex, das sie dankbar annahm, da sie ansonsten ihre Bluse und das Sofa mit dem heruntertriefenden Make-up bekleckert hätte.

Sie erzählte ihm vom Gesprächspartner in ihrer Abendshow, der ausgerastet war, nachdem sie ihn zu einer angeblichen Affäre befragt hatte. Der Typ, der im Leben sonst den gelassenen, ruhigen und sicheren Gentleman mimte und auf alles eine Antwort parat hielt, hatte vollkommen die Fassung verloren, war während der Livesendung aus dem Studio gelaufen und hatte sich nicht mehr zu einer Rückkehr bewegen lassen.

Das war der Super-GAU.

Dass ein Gast von ihren Fragen genervt war, die Contenance verlor oder versuchte, sie blosszustellen, gehörte dazu wie der Senf zur Bratwurst, aber dass der Geladene das Fernsehstudio Leutschenbach während laufender Kameras verliess, hatten sie und ihr Programmdirektor noch nie erlebt. Das Fernsehen strahlte eine Episode von Mr. Bean aus, um die Zeit zu überbrücken.

Nicole nahm das iPad, das auf dem Tisch neben dem Sofa lag, in die Hand und zeigte ihm eine Schlagzeile der Onlineausgabe der Gratiszeitung: «Pleiten, Pech und Pannen im Leutschenbach».

Er nahm ihr das iPad aus der Hand, legte es zur Seite und umarmte sie.

«Warum tust du dir das an? Nimm dir doch eine Auszeit.»

Sie putzte sich die Nase und blickte ihn an. Sie stand auf, nahm erneut einen Schluck Wasser und sagte: «Das würden sie doch als Davonlaufen interpretieren.»

«Wer ist sie?»

«Alle. Von den Kollegen über den Programmdirektor bis zu den Medien.»

Monti schaute ihr in die Augen. «Das stimmt doch nicht.» Er stand auf und gesellte sich zu ihr. «Und was interessieren dich die anderen?»

Monti fasste sie mit beiden Händen an ihren Schultern, als ob er sie gleich durchschütteln wollte. «Jetzt geht es um dein Wohlbefinden. *Basta!*»

«Wie verlief dein Tag?», fragte sie, um das Thema zu wechseln.

Monti seufzte. «Auch schlecht.» Er verdrehte die Augen und fuhr fort: «Wir haben Leiche Nummer vier geborgen.»

Sie schaute ihn mit traurigen Augen an. «Habt ihr wenigstens eine Spur zum Täter gefunden? Ein Motiv, einen Verdacht?»

«Peter verdächtigt den CFO.»

Nicole schaute ihn nun mit grossen Augen an. «Wie begründet Urech seine Vermutung?»

«Begründungen sind nicht seine Stärke.»

«Einen guten Riecher hat er aber allemal.»

«Ja, definitiv. Er riecht wie ein Bluthund.»

«Also was ist jetzt die Begründung für die These von Urech?»

«Der CFO ist heute wegen der Vergewaltigungsvorwürfe zurückgetreten.»

Nun verdrehte sie die Augen und stiess einen Laut der Überraschung aus. «Einer von dieser Sorte also. Was hat das aber mit den Morden zu tun?»

«Wohl nichts. Peter mutmasst, dass die umgebrachten Männer etwas von seinen Übergriffen wussten und er sie deshalb ruhigstellte. Zudem gewann Egloff vor ein paar Jahren einmal den Schach-Schweizermeistertitel.»

Nicole zog die Augenbrauen hoch. «Jeder Schachspieler ist verdächtig.»

40

Monti machte an diesem Dienstagmorgen eine Ausnahme zu seiner täglichen Routine. Anstatt am Bartresen im La Stanza mit Giuseppe über die Probleme der Welt zu philosophieren, frühstückte er mit Nicole zu Hause.

Sie hatte kaum geschlafen, drehte sich die ganze Nacht im Bett. Der Vorfall mit dem echauffierten Mann beschäftigte sie, und das würde noch länger anhalten. Die Zeitungen berichteten auf der Frontseite über den Eklat, der den Serienmörder für einen Tag auf die hinteren Seiten verbannte.

Nicole war eine Kämpfernatur, die nach einer Niederlage sofort wieder aufstand. Gemeinsam führten sie eine kurze Lagebesprechung über den gestrigen Vorfall durch. Sie würde sich den kritischen Fragen stellen, der Mann hatte überreagiert und nicht sie, meinte Monti.

Bevor Monti sich verabschieden konnte, schaute sie auf ihr Smartphone. «Das habe ich ganz vergessen.»

«Was denn?»

Sie scrollte auf ihrem Display. «Hier ist es. Die Lampe wird heute geliefert, und zwar zwischen elf und zwölf Uhr.»

Sie hatten eine neue Lampe für den Küchentisch bestellt, da die alte nach einem kleinen Feuerunfall, als Monti anstatt Bouillon viel zu viel Speiseöl in die Schale des Tatarenhuts gegossen und dieser sich entzündet hatte, sich farblich zu stark verändert hatte und nur noch flackerte. Da weder er geschweige denn Nicole handwerkliche Talente aufwiesen, hatten sie bei der Bestellung der Lampe gleich auch noch die Montage dazugebucht, die fast genauso teuer war wie die Lampe.

«Allora?»

«Kannst du die Monteure reinlassen? Ich bin im Leutschenbach.»

Nicole hatte am Dienstag ihre Kultursendung, die sie seit Kurzem auf SRF zwei moderierte. Wenigstens hatte sie dort in der Regel keine Live-Interviews mit Pseudopromis, die ausarten könnten. Die ganze Sendung wurde aufgezeichnet. Keine Chance für eine weitere Episode von Mr. Bean an diesem Abend.

«Kein Problem. Das richte ich ein.»

Gemeinsam verliessen sie die Wohnung: Nicole auf dem Weg nach Oerlikon, Monti an die Kasernenstrasse.

Der nächste Zug stand bevor. Wie im Schach war es wichtig, die Dame ins Zentrum zu platzieren. Von dort aus hatte sie die grösste Wirkung. Seine Queen war Lüscher.

«Bist du bereit für deine Mission?», fragte Monti, als er eine Viertelstunde später in Lüschers Büro eintrat.

«Klar, ich fühle mich wie eine Geheimagentin …», sagte sie, und Monti musste schmunzeln, jetzt sprach auch sie schon von Agenten. Er sah das Leuchten in ihren Augen. Endlich durfte sie an die Front. Sie hatte ihre schwarze Lederjacke gegen einen navyblauen Blazer ausgetauscht, der ihr ganz gut stand. Ihre blonden Haare hatte sie hochgesteckt, und sie hatte mehr Make-up aufgetragen als üblich. Man passt sich halt seinem Umfeld an, dachte Monti. Lüscher würde sich sicherlich wohlfühlen unter all den IT-Cracks, die bei der Helvetiacom für die Systeme und Netzwerke zuständig waren. Sie durfte nun ihre Nase in die Datenwelt des Konzerns reinstecken. Es war immer hilfreich, etwas Stallgeruch zu riechen, um die Umgebung der Pferde besser kennenzulernen.

«Einfach ohne das Geheime. Alle wissen, dass du von der Polizei bist.»

«Trotzdem kann ich in ihren Systemen wühlen.»

«Und das für einmal ganz legal», sagte Monti, der sich über den Tisch zu ihr lehnte, im Flüsterton.

Sie verliessen die Kasernenstrasse und liefen die kurze Strecke zum Hauptbahnhof, wo sie die S-Bahn zur Hardbrücke brachte. Monti entschied sich, sie zu begleiten, um sicherzustellen, dass Lüscher die vom Geschäftsführer versprochene uneingeschränkte Unterstützung auch tatsächlich erhielt.

Lüscher konnte das verwaiste Büro von Egloff übernehmen. Sie breitete sich im Prime Tower sofort aus, als ob sie schon immer dort gearbeitet hätte. Der IT-Support der Helvetiacom hatte alle ihre Wünsche erfüllt, die sie vorgängig geäussert hatte. Innerhalb von fünf Minuten sah ihr Bürotisch genauso aus wie ihr Pult an der Kasernenstrasse 29. Neben drei Monitoren, zwei Notebooks, zwei Smartphones, einer Tastatur und zwei Tafeln Schokolade stand auch schon eine Blechdose mit ihrem koffeinhaltigen Lieblingsgetränk, das einen süssen Duft im Raum versprühte, der sonst etwas steril und trocken war.

Sie würde den Laden kräftig aufwühlen, die Daten des Unternehmens durchforsten und – da war er sich sicher – auch die eine oder andere private Überwachung vornehmen, ohne richterliche Genehmigung und ohne Spuren zu hinterlassen. Zum Glück war sie auf seiner Seite und nicht mehr im Untergrund tätig.

Monti war zufrieden. Lüscher war installiert.

Die beiden Handwerker standen bereits vor der Tür, als Monti bei seiner Wohnung eintraf. Er liess sie hinein und offerierte ihnen einen Kaffee, den sie dankend ablehnten, da sie noch einen weiteren Kunden hätten, und sie wären schon im Verzug. Er zeigte ihnen den Ort, wo er die Lampe installiert haben wollte, und zog sich ins Bürozimmer zurück, das einen Frühlingsputz und eine Aufräumaktion nötig gehabt hätte. Es war überladen mit Skulpturen, Bildern und Zeitungsartikeln aus der Toskana, Schachbrettern in verschiedenen Grössen und einer Sammlung von Schachfiguren. Auf dem Tisch lag eine gelbe Schachtel mit einem Smiley auf der Front.

Es war Fritz 16.

Fritz 16 war eine Schachsoftware.

Er war der Einzige unter den aktiven Spielern im Schachclub, der bis vor Kurzem auf die Vorteile der Analyse der Schachpartien mit Computerprogrammen verzichtet hatte. Erst als ihm – auf Anraten von Tanguy – ausgerechnet Nicole das Fritz-Programm zum Geburtstag geschenkt hatte, begann er, mit dem Computer die Partien zu analysieren, und zu seiner Überraschung gefiel ihm sein neuer virtueller Schachpartner.

Das Schachprogramm war selbst für ihn als technisch nicht versierten Benutzer, wie ihn Lüscher einmal beschrieben hatte, leicht zu handhaben. Er speicherte von nun an die gespielten Partien in einer Datenbank, die er «Giochi Competitivi» – Wettbewerbspartien – nannte. Monti hatte sich sogar überlegt, auch seine alten Partien nachträglich elektronisch zu erfassen, aber der Aufwand der Eingabe der vielen Partien – Zug um Zug – schreckte ihn davon ab.

Monti war zuvor immer der Meinung gewesen, dass der Computer der Tod für das königliche Spiel wäre, er ihm seine Schönheit nähme und die Geheimnisse entschlüsselte. Der Computer war emotionslos und unbarmherzig in der Analyse, weil er jeden kleinen Fehler, jede Ungenauigkeit und Schwäche in vermeintlich guten Zügen schonungslos aufzeigte. Die Schachprogramme brachten Licht ins Dunkel. Selbst einige der Figurenopfer vom Magier von Riga, dem ehemaligen Weltmeister Michail Tal, die die Schachwelt vor dem Computerzeitalter als kreatives Meisterwerk einstufte, widerlegte der Silikonfreund in Nullkommanichts.

Die «Engines», wie die Analysemotoren der Schachprogramme genannt wurden, fanden die besten Züge innerhalb weniger Sekunden und gaben eine zuverlässige Bewertung der Stellung ab. Was diese Programme im Vergleich zum menschlichen Schachexperten noch nicht konnten, war, dem Spieler einen Plan an die Hand zu geben. An welchem Flügel sollte man in der Stellung spielen? War Angriff oder Verteidigung angesagt?

Die Elektriker klopften an die Türe und zeigten ihm die neu installierte Lampe, die sie zu seiner Zufriedenheit montiert hatten und die auch einwandfrei funktionierte. Er gab ihnen ein Trinkgeld mit auf den Weg.

Endlich hatten sie wieder Licht ohne Flackern.

41

Ein Licht ging auch in seinem Kopf an.

Professor Meier hatte erwähnt, dass der Täter es unterliess, die Öffentlichkeit mit seinen Tatortritualen zu erreichen, und dass er die Leichen nicht versteckte.

Die Botschaft musste an sie – die Ermittler – gerichtet sein.

Sein Telefon klingelte.

Monti seufzte, als er den Namen auf dem Display las. Er hatte den Anruf schon früher erwartet.

«Monti, ich bin zutiefst enttäuscht von Ihnen.»

«Was habe ich getan?»

«Es ist nichts, was Sie getan haben, es geht vielmehr darum, was Sie *nicht* getan haben.»

«Allora.»

«Herr Hafner hat mich informiert, dass es wirklich Ihre Fingerabdrücke auf den Buchseiten gewesen sind.»

«Ja, ich weiss es.» Er bemerkte erst jetzt, dass er damit Hafner keinen Gefallen getan hatte, da Müller nun wusste, dass Hafner ihn zuerst über die Ergebnisse informiert hatte anstatt den Staatsanwalt.

«Warum haben Sie mir das nicht unverzüglich mitgeteilt?», fragte Müller in scharfem Ton.

«Das ging in der Hektik unter.»

Müller lachte höhnisch. «Ist das Ihr Ernst?»

Monti schwieg.

«Ich habe die Polizeikommandantin über den Sachverhalt informiert und sie gebeten, Ihnen die Leitung der Ermittlungen im Serienmordfall zu entziehen.»

«Da begehen Sie einen schweren Fehler, Herr Müller.»

«Den Fehler habe ich schon begangen, als ich Sie mit den Ermittlungen starten liess.»

«Der Täter drückt mit seinen Buchseiten eine Botschaft aus.»

«Die Sie bis heute nicht lesen konnten.»

«Ist es nicht merkwürdig, dass der Mörder den Kreis der Adressaten der Botschaft klein hält?»

«Was meinen Sie damit?»

«Die Botschaft ist an uns Ermittler gerichtet.»

Müller lachte laut. «Das ist ein Hirngespinst von Ihnen. Sie haben wieder einmal zu viel Wein getrunken.»

«Wir brauchen mehr Ermittler, Sie können doch jetzt nicht das Team reduzieren. Das ergibt keinen Sinn.»

«Monti, Ihre Fingerabdrücke sind auf den Buchseiten. Ein Aussenstehender könnte Sie – rein theoretisch – als Tatverdächtigen in Betracht ziehen.»

«Das glauben Sie doch nicht wirklich.»

«Glauben tue ich gar nichts. Wir müssen jedem Hinweis nachgehen. Ihr Alibi haben wir überprüft. Sie waren tatsächlich in Rapperswil an diesem Samstagvormittag. Und Ihrer Verlobten glauben wir, dass Sie am Dienstag auf Mittwoch zu Hause waren. Das ist nicht das Problem.»

«Allora?»

«Es ist meine Aufgabe, die rechtsstaatlichen Verfahren unseres Landes einzuhalten, und Sie haben einen offensichtlichen Interessenkonflikt, der den Ermittlungen nicht förderlich ist. Sie haben sich verlaufen, wie man an Ihrem Antrag für die Hausdurchsuchung bei Herrn Egloff – einem unbescholtenen Bürger – gesehen hat, den ich abgelehnt habe.»

«Interessenkonflikt hin oder her, wir brauchen mein Schachwissen, damit wir dem Täter auf die Spur kommen. Das haben Sie doch selbst gesagt. Oder irre ich mich?»

«Das Schachwissen können wir auch von einem externen Experten einkaufen.»

«Aber das verursacht nur Zusatzkosten für den Steuerzahler.»

Der sparsame Umgang mit Ressourcen war ein Credo von Müller und dessen politischer Partei.

«Es bleibt uns nichts anderes übrig. Ich bleibe dabei, Sie müssen von der Leitung des Falls entbunden werden. Punkt!»

Monti dachte kurz nach, verzichtete dann aber darauf, weitere Argumente vorzubringen, die bei Müller sowieso auf taube Ohren stossen würden. Letztendlich lag es nicht in der Kompetenz der Staatsanwaltschaft, wer die Leitung des Falls bei der Kriminalpolizei innehatte, dafür war einzig und allein die Polizeikommandantin zuständig.

42

Draussen schien sich ein Gewitter anzubahnen. Es blies ihm ein starker Wind ins Gesicht, als Monti auf die Seefeldstrasse trat.

Vor der Kasernenstrasse 29 hatten sich zwei Dutzend Wutbürger versammelt, die den Eingang versperrten und Transparente hochhielten. Auf einem stand: «Polizei – Dein Freund und Schläfer».

Monti rang sich durch die Demonstrierenden. Er hatte einen Termin im Büro der Polizeikommandantin. Jetzt ging es um die Wurst. Das Telefonat mit Müller war ein Warm-up gewesen.

Sie trug wie immer eine Ladung Make-up, die sogar Kim Kardashian neidisch gemacht hätte. Obgleich Bitterli kurz vor dem Ruhestand stand, war sie keineswegs milde gestimmt, wenn es um Personalentscheide ging, hatte sie doch kürzlich auch einen Polizisten entlassen, da dieser in einem Milieufall den einen oder anderen Gefallen für eine Prostituierte getan hatte, in die er sich schrecklich verliebt hatte. Der Fall war klar, sogar für Monti, der immer Loyalität und Verbundenheit von den Vorgesetzten verlangte. Aber andererseits hatte sie auch ein Flair, aus kleinen Sachen grosse Dramen zu erzeugen, sogar wenn es nicht ihre Absicht war. Er hoffte, dass das Treffen nicht in diese Richtung verlaufen würde.

Sie war eine starke Persönlichkeit, eine Art Diva, die aus der Gruppe der sonst so uniformen Polizisten herausstach, und solche Figuren eckten bei der Belegschaft an.

«Ich bin zutiefst enttäuscht», sagte Bitterli mit ruhiger, aber der ihr eigenen tiefen, kratzigen Stimme. Ihre braunen Augen wirkten kalt und emotionslos, so schlimm konnte es also nicht sein, sonst hätte sie ihren Drachenblick aufgesetzt, dachte Monti.

Die blond gefärbten Haare standen ihr vom Kopf wie bei einem Pfau, aber das hatte nichts mit seinem Verhalten zu tun, es war vielmehr ihrem Coiffeur geschuldet, der auch die Sängerin Pink in seiner Kundenkartei haben musste.

«Der ganze Fall ist aus den Fugen geraten. Der Regierungsrat ruft mich ständig an, will wissen, wo wir mit den Ermittlungen stehen. Und wir – was machen wir? Wir finden die Fingerabdrücke vom leitenden Ermittler auf einem Beweisstück am Tatort. Wir können nur hoffen, dass die Presse nichts davon erfährt, sonst sind wir unsere Jobs in Nullkommanichts los.»

«Das kann ich alles erklären.»

Sie stand auf und zog an ihrer E-Zigarette, was auch für sie innerhalb der Räumlichkeiten der Kantonspolizei eigentlich verboten war.

«Da bin ich aber gespannt. Legen Sie los, bevor mein Puls nicht mehr kontrollierbar ist.»

«Die Seiten stammen aus einem Buch, das häufig im Schachtraining in unserem Club verwendet wird. Und ich bin einmal während eines Jahres als Kursleiter für einen Kollegen eingesprungen und habe das Buch häufig verwendet. Deshalb sind meine Fingerabdrücke auf den Seiten.»

«Und gerade dieses Buch musste der Mörder stehlen und am Tatort hinterlassen? Ist das nicht alles etwas viel Zufall?»

Er schaute sie an. Sie lief im Raum auf und ab. Mit zitternden Händen inhalierte sie, bevor sie den Rauch ausblies, als ob dies ein Ventil wäre, durch das sie ihren Druck ablassen könnte.

«Nein, an Zufall glaube ich auch nicht. Sie glauben doch nicht, dass ich etwas mit der Sache –»

Sie unterbrach ihn. «Nein, sonst würden Sie garantiert woanders sitzen. Jetzt kommen Sie auf den Punkt, Monti. Was geht hier vor? Was läuft da ab im Schachclub Zürich?»

«Schachgesellschaft. Schachgesellschaft Zürich heisst der Verein.»

Sie nahm einen letzten, tiefen Zug und legte den Vaporizer auf das Pult. «Zum letzten Mal. Strapazieren Sie meine Geduld nicht weiter. Was ist Ihre Erklärung?»

«Es ist eben kein Zufall. Mit den Buchseiten sendet der Täter eine Botschaft aus. Vielleicht an uns Ermittler.»

«Und was will uns der Psychopath mitteilen?»

«Das wissen wir noch nicht. Wir müssen die Botschaft

entziffern, wenn wir dem Täter auf die Spur kommen wollen, ansonsten ist er uns immer einen Zug voraus.»

Bitterli lief von ihm weg und leitete zu einem anderen leidigen Thema über. «Staatsanwalt Müller hat sich bei mir beschwert über Sie. Sie seien nicht unabhängig genug in den Ermittlungen, Sie seien befangen, Sie hätten einen Interessenkonflikt.»

Monti blieb stumm. Das bedeutete Zustimmung. Ein Punkt für Müller.

«Er möchte, dass ich Ihnen die Leitung des Falls entziehe und Sie in den Innendienst versetze.»

«Innendienst?»

Monti rutschte tiefer in seinen Stuhl. Das Wort «Innendienst» hallte in seinem Kopf nach, als ob die Bitterli es mit einem Bohrer in sein Hirn eingravieren würde. Innendienst war so etwas wie die Höchststrafe für ihn. Es gab nicht viel, was er sich weniger wünschte. Papierkram zu erledigen, auf das hatte er nie Lust. Im Büro Berichte zu schreiben, die kein Mensch las, war nicht sein Ding.

Der Entzug des Falles würde einen Eintrag in seine Personalakte mit sich ziehen. Es war nicht der erste in seiner Karriere, in der Akte hatte sich schon einiges angesammelt.

«Staatsanwalt Müller mag einen Interessenkonflikt wahrnehmen, aber war es nicht er, der mich an meinem freien Tag zum Tatort beordert hatte, da mein Schachwissen für die Ermittlungen von *fundamentaler Bedeutung* sei?»

Seine Wortwahl war übertrieben, aber es half, seinen Standpunkt klarzumachen.

«Fakt ist: Das Schachwissen hat uns bisher noch nicht zum Täter geführt.»

Er war sich sicher, ein Grinsen in ihrem Gesicht erkannt zu haben.

«Frau Kommandantin, es ergibt doch keinen Sinn, inmitten der Ermittlungen den Leiter auszuwechseln. Wir brauchen personelle Verstärkung und nicht einen Abbau.»

Bitterli hatte sich in den letzten Jahren – mit Erfolg – beim Regierungsrat dafür eingesetzt, dass das unterbesetzte Korps aufgestockt wurde, aber gute Ermittler fand man nicht wie Sand am Meer. Das wusste auch Monti.

Bitterli schnaufte. «Sie sind ein Schlawiner.»

Von ihr war das ein Kompliment.

43

Das ging gerade noch einmal gut. Die Kommandantin hatte ihn gestützt und den Antrag von Müller abgelehnt. Sie führte sich zwar oft wie eine extravagante Diva auf, aber sie war loyal zu ihm. Das gefiel ihm.

Monti ging schnurstracks nach Hause nach diesem Treffen, was nicht daran lag, dass er aufgewühlt oder erschöpft war, sondern er fand, dass ein Spaziergang seinen Kopf vom Durcheinander befreien würde und ihm etwas Vitamin D guttun würde.

Zu Fuss und mit der Sonnenbrille ging er über die Sihlbrücke und dann die Talstrasse entlang, bevor er am Bürkliplatz einen kurzen Halt machte und seinen Blick auf den Zürichsee und das Bergpanorama richtete. Die schneebedeckten Alpen, die mächtig am Horizont thronten, faszinierten ihn immer wieder aufs Neue. Das schöne Frühlingswetter mit den angenehmen zwanzig Grad Celsius beflügelte ihn. Viele Leute strömten auf das Schiff für eine Seerundfahrt oder spazierten am Ufer entlang.

Zu Hause angekommen, warf er seine Ledermappe in die Ecke am Eingang und schenkte sich ein Glas vom Chianti Classico ein, der auf dem Esstisch in der Küche stand. Die Brancaia-Flasche hatte er am Sonntag geöffnet, aber da Nicole nun keinen Alkohol trank, hielten die Flaschen länger als einen Abend. Er nahm einen Schluck vom Wein, der ihm vorzüglich mundete und seine Kreativität anregen und ihn auf neue Ideen bringen sollte.

Ein Katalog mit Babysachen lag auf dem Tisch. Er guckte kurz rein, wunderte sich, wie viele Sachen es für Neugeborene zu kaufen gab. Der Wein tat seinen Job und kurbelte seine Hirnzellen an. Seine Gedanken pendelten wie ein Metronom zwischen der künftigen Vaterschaft und dem gegenwärtigen Mordfall.

Mit dem Weinglas in der Hand ging er ins Bürozimmer. Nicole hatte ihn wiederholt aufgefordert, dem Chaos im Büro Einhalt zu gebieten, und ihm sogar angeboten, es gemeinsam aufzuräumen. Leider hatte er das Angebot abgelehnt, jetzt musste er sich wie ein Guerillakämpfer durch das Dickicht von Gegenständen wühlen. Er stolperte über eine Holzskulptur, die er letzten Sommer in Lucca auf einem Markt erworben hatte, am Boden lag ein Stapel «Corriere di Garfagnana», die ihm sein Vater immer geschenkt hatte und die er nach dessen Tod selbst abonniert hatte.

Als er sich zum Tisch vorgekämpft hatte, blickte er auf ein Bild der Schachgöttin Caissa, für die Gott Mars das Schachspiel erfunden haben soll, um ihre Liebe zu gewinnen.

Der nächste Papierhaufen, der ihm entgegenkam, hatte die Form eines Vulkans. Es waren die Formulare seiner Schachpartien. Als er sie betrachtete, staunte er selbst über zwei Sachen: über die hohe Anzahl der Partien und seine unleserliche Schrift. Es waren die Notationen aller Wettkampfpartien, die er je gespielt hatte. Es mussten über tausend Stück sein, wie er schätzte. Er hatte jede einzelne aufbewahrt, einige davon zollten ihrem Alter Tribut, indem sie ihre Farbe von Weiss zu Gelb gewechselt hatten. Gegen viele Spieler hatte er mehr als einmal in seiner Karriere gespielt.

Monti musste sich eingestehen, dass er von den allermeisten Gegnern zwar deren Eröffnungsrepertoire und deren Spielstil kannte, aber dass er von deren Privat- und Berufsleben reichlich wenig bis nichts wusste. Man traf sich am

Schachbrett, spielte drei, manchmal bis zu sechs Stunden eine Partie zusammen, und dann ging man wieder von dannen. Von den Clubkollegen, vor allem von den Spielern in seiner Mannschaft, wusste er mehr. Mit denen trank man mal einen Espresso oder ein Glas Rotwein nach einem Training oder einem Wettkampf und unterhielt sich im lockeren Rahmen, obwohl es auch dort meist um alte Schachgeschichten oder dramatische Partien ging.

Plötzlich hielt er inne. Er nahm ein Blatt in die Hand und setzte seine Lesebrille auf. Auf einem der Partieformulare war oben links das Logo der Helvetiacom.

Er erinnerte sich an die Partie, die er damals in Payerne am Bundesturnier gespielt hatte. Dass die Helvetiacom dort als Sponsor aufgetreten war, war ihm nicht bewusst gewesen. Das waren noch Zeiten, als die Konzerne die Schachturniere finanziell unterstützten. Mit mulmigem Gefühl erinnerte er sich, dass sich die Helvetiacom auch bei der Schachgesellschaft Zürich für das eine oder andere Grossmeisterturnier engagiert hatte. Aber dann hatte sie sich von einem auf den anderen Tag zurückgezogen.

Bei einem Turnier hatte Tanguy das Preisgeld am Schluss aus der eigenen Tasche zahlen müssen, da sich die Helvetiacom – wie er ihm dazumal gesagt hatte – nicht an die mündliche Abmachung gehalten und das Preisgeld nicht finanziert hatte. Das war halt so eine Sache mit mündlichen Verträgen – gültig waren sie gemäss Obligationenrecht, aber die Beweispflicht war verdammt schwer zu erbringen. Früher galt ein Wort, hatte ihm Tanguy gesagt. Er habe nie einen schriftlichen Vertrag für ein Turnier gehabt, immer hätten sich die Unternehmensführer an ihre Versprechen gehalten – ausnahmslos.

Alle Serien gingen einmal zu Ende.

Fünfzigtausend Franken hatten gefehlt.

Viel zu viel Geld für die Schachgesellschaft, deren Kassier jedes Jahr froh war, wenn er der Generalversammlung eine schwarze Null im Jahresabschluss präsentieren und einen kleinen Apéro offerieren konnte. Also war Tanguy nichts anderes übrig geblieben, als seine private Schatulle zu öffnen und zu leeren, um den Fehlbetrag auszugleichen.

Monti hatte ihm offeriert, einen kleinen Teil mitzufinanzieren oder mit einer Sammelaktion bei den Clubmitgliedern zu helfen, aber das hatte Tanguy abgelehnt. Er war zu stolz dafür. Er werde sich das Geld von der Helvetiacom zurückholen.

«*Pas de souci!*», hatte er ihm damals gesagt.

Da war es wieder, das «Keine-Sorgen-Machen».

Er hatte sich damals keine Sorgen gemacht. Jetzt war es anders. Die Befürchtungen um seinen Club waren nicht finanzieller, sondern kriminaltechnischer Natur.

44

Am Mittwochmorgen ging sein Wecker nicht an, oder er musste ihn versehentlich abgestellt haben, sodass ein Telefonanruf die Weckfunktion übernahm.

Urech rief ihn aus der Wohnung von Egloff an, und das ohne Durchsuchungsbefehl.

«Du kannst Egloff von der Liste der Verdächtigen streichen.»

«Weshalb?»

«Er ist tot.»

Eine Stunde später schaute Monti auf die fünfte Leiche des Serienkillers hinab.

Er erlebte sein persönliches Waterloo. Auf dem Schlachtfeld sah man wenigstens seinen Gegner, hier konnte man nur die Gefallenen bergen.

Urech schnaufte. «Das ist wie beim Domino. Immer wieder fällt der nächste Stein. Wir können den Killer nicht aufhalten.»

«Sein Rücktritt hat ihm nichts genützt. Er wollte sich aus der Schusslinie nehmen und –»

«Am ersten Tag seiner Pension kriegte er eine Kugel in den Kopf.» Das Phantom hatte wieder zugeschlagen.

Niklaus Egloff lag auf dem Rücken im Keller seiner Villa in Zumikon. Ein Schuss mitten in den Kopf, Hände gefesselt. Egloff trug ein weisses Poloshirt und eine hellbraune Stoffhose. Das Blut war dunkelrot und vollständig eingetrocknet. Der Mann musste schon gestern Abend hingerichtet worden sein, mutmasste Monti, als er die dunklen, violetten Flecken am Hals betrachtete. Die Kerze im Schritt war bis auf einen Ansatz niedergebrannt und hatte auf der Hose einen Brandfleck hinterlassen. Neben der Leiche lag eine schwarze Dame, wieder eine handgeschnitzte Staunton-Holzfigur aus dem gleichen Figurensatz wie die anderen Figuren. Die Partienotation lag auf dem Bauch der Leiche, genau an der gleichen Stelle wie bei den vier anderen Opfern.

Monti hob das Blatt auf und studierte den Inhalt.

18 Spassky [U.S.S.R.] – Fischer
Mar del Plata 1960
King's Gambit
Old wine in a new bottle

«Alter Wein in neuen Schläuchen.»

Urech kam zu ihm.

«Ich glaube, der Täter hat für jedes Opfer einen Titel gewählt, der dieses charakterisiert und –»

Monti unterbrach ihn.

«Oder es hat mit den Morden an sich zu tun. Ich glaube immer noch, dass es eine Botschaft – eine Art Puzzle – an uns ist. Wir müssen die Puzzleteile nur noch zusammensetzen.»

«Nichts einfacher als das … Was für eine Eröffnung ist das Königsgambit?»

«Eine aggressive Eröffnung, die nur selten auf Topniveau gespielt wird. Bei einem Gambit opfert einer der Spieler gleich zu Beginn der Partie einen Bauern.»

«Ist das nicht dumm?»

«Mit dem Opfer erhält der Spieler einen anderen, nicht materiellen Vorteil, zum Beispiel Entwicklungsvorsprung – er bringt seine Figuren schneller ins Spiel und kann den gegnerischen König rascher angreifen.»

«Vielleicht ist Egloff mit dem König gemeint, und die anderen Männer waren Opfer, um zu ihm vorzudringen.»

Monti fühlte sich ausgelaugt. Er kam sich vor wie ein Boxer, der keine Wirkungstreffer bei seinem Gegner erzielte und nur in die Luft schlug.

«Kriegen wir das Phantom noch?», fragte Urech leise.

«Wir haben uns täuschen lassen. Der Mörder hat uns umzingelt mit seinen Figuren, aber matt gesetzt hat er uns nicht.»

«Noch nicht.»

«Wir müssen unseren Kompass neu ausrichten.»

45

Sie fuhren in Urechs Subaru zurück in die Kasernenstrasse. Keiner wagte, etwas zu sagen. Sie tauschten während der ganzen Fahrt kein einziges Wort aus.

Monti schüttete sich in der Toilette der Polizeikaserne Wasser ins Gesicht. Er lehnte sich gegen die Wand.

Das Klingeln seines Smartphones stoppte die Stille, als Monti sich in seinem Büro hingesetzt hatte.

«Ich bin auf etwas gestossen», sagte Lüscher.

«Wir auch. Eine weitere Leiche. Egloff.»

Er hörte, wie Lüscher kurz seufzte, dann durchstöberte sie Dokumente. «Das ergibt Sinn.»

«Was?»

«Ich habe mit der Assistentin vom CFO gesprochen. Und da kam etwas ans Tageslicht, was du wissen solltest.»

«Allora?»

«Es gab eine Sache, die aus dem Ruder lief. Und das ist noch milde ausgedrückt.»

«Um was ging es?» Monti dachte, es hätte etwas mit den Vorwürfen zu tun, die gegen Egloff vorgebracht worden waren.

«Es handelte sich um ein IT-Projekt namens ‹Liberty›, bei dem ein neues ERP-System hätte eingeführt werden sollen. Das Projekt endete in einer Sackgasse. Es war ein Riesendesaster. Das Management brach das Projekt ab, nachdem es Mehrkosten von fünfzig Millionen Franken verursacht hatte. Die Medien und die Aktionäre übten Druck auf die Geschäftsleitung und den Verwaltungsrat aus. Sie wollten Köpfe rollen sehen, aber bis auf ein paar Mitarbeiter behielten alle ihren Job. Aronowitz ging mehr oder minder freiwillig, im gegenseitigen Einvernehmen halt, wurde mir gesagt.»

«Hast du fünfzig Millionen gesagt? Und was ein ERP-System ist, muss ich nicht verstehen, richtig?»

«Zweimal ja. Genau, fünfzig Millionen. Und das sind nur die Mehrkosten, die Kostenüberschreitungen, das ganze Projekt hat fast hundert Millionen verschlungen. Einfach die Toilette runtergespült. Weg ohne Gegenwert.»

«Das mag schlimm sein für das Unternehmen, aber was hat das mit unserem Fall zu tun?»

«Alle Mordopfer sind auf der Projektliste aufgeführt. Egloff auch.»

Monti seufzte. «Wie viele Personen befinden sich darauf?»

«Vierundsechzig.»

Da war sie wieder. Die Vierundsechzig.

Monti musste an den russischen Schachbrettmörder denken, der für jedes Feld auf dem Schachbrett ein Opfer ausgesucht hatte, das er qualvoll töten wollte.

Lüscher unterbrach seinen Gedankengang. «Davon sind vierundzwanzig Mitarbeiter der Helvetiacom und vierzig externe Berater. Bisher hat der Mörder nur interne Mitarbeiter umgebracht.»

Lüscher schickte ihm die Liste mit den Projektbeteiligten,

und Monti wies sie an, den CEO unverzüglich aufzufordern, alle darauf aufgeführten Mitarbeiter zu warnen und ihnen Hausarrest und absolutes Kontaktverbot für die nächsten Tage zu verschreiben. Sie würden unter Polizeischutz gestellt, versprach er, was ihm die Kommandantin wenig später auch bestätigen konnte.

Monti öffnete das Dokument, das eine Liste und ein Organigramm enthielt. Die vierundsechzig Nachnamen auf der Liste waren alphabetisch sortiert, mit Direktdurchwahl, Verantwortungsbereich und Funktion im Projekt sowie der Information, ob sie interne Mitarbeiter oder externe Berater waren.

Aronowitz und Egloff waren ganz oben links im Steuerungsausschuss des Organigramms zu finden. Goldman war als Projektmitarbeiter im Modul Finanzen eingetragen. Studer und Kehrli waren in einem Kästchen rechts am Rand aufgeführt, das mit «Stab» beschriftet war.

Dann blieb Montis Blick hängen.

Dio mio. Das kann doch nicht sein, redete er sich ein.

Tanguy Charles A., externer Berater, verantwortlich für das Personal-Modul. Er googelte und fand heraus, dass es in der Schweiz zwei Charles Tanguy gab, aber der zweite war Winzer am Genfersee und nicht Unternehmensberater. Es war also *sein* Tanguy.

Monti erinnerte sich an die Befragung am letzten Freitag und blätterte in der Gesprächsnotiz. Tanguy hatte ein Projekt erwähnt und dass es dort zu Meinungsverschiedenheiten gekommen sei. Sie hatten es unterlassen, nachzuhaken und das Projekt näher unter die Lupe zu nehmen, was sich nun als gravierender Fehler erwies.

Er hätte sich am liebsten in Luft aufgelöst. Diese Nachlässigkeit hatte sie fünf wertvolle Tage gekostet, in denen drei Personen ihr Leben verloren hatten.

46

Das Wetter liess nichts zu wünschen übrig, winzige Schleierwölkchen zierten den sonst strahlend blauen Himmel. SRF Meteo hatte fünfundzwanzig Grad für den Nachmittag angekündigt. Es war gespenstisch ruhig in der Zürcher Innenstadt an diesem Auffahrtsdonnerstag. Schon als er aus dem La Stanza auf den Bleicherweg getreten war, war keine Menschenseele zu sehen gewesen. Ein ähnliches Bild präsentierte sich am Sitz der Kriminalpolizei. Nur eine Handvoll Kollegen, die Pikettdienst hatten, waren in ihren Büros zu finden.

Als Erstes schaute Monti sich die Auslosung der ersten Runde des Bundesturniers im Internet an. Die Paarungen wurden mit Hilfe eines Computerprogramms nach klaren objektiven Kriterien mittels eines Algorithmus ausgelost und nicht wie beim Schwingen von einem Einteilungsgericht, weshalb es nie zu Diskussionen oder Streitereien bei der Partieauslosung kam. In den ersten Runden spielte die obere Hälfte der Startrangliste gegen die untere gemäss dem sogenannten Schweizer System. Wehmütig überflog er die Paarungsliste, alles bekannte Namen, gegen alle hatte er schon mehrmals gespielt. Die Schweiz war ein kleines Land, man lief sich mehr als einmal im Leben über den Weg und kreuzte die Klinge am Schachbrett.

Monti schaute auf die Uhr. Es war zehn Uhr, das war gewöhnlich der Zeitpunkt, an dem Daniela Lüscher ihre Arbeit aufnahm. Sie war eine Eule, die nicht selten bis spät in die Nacht vor ihren Bildschirmen sass, um an Informationen zu gelangen. Er schloss den Internetbrowser und machte sich auf den Weg in den zweiten Stock. Lüscher hatte angekündigt, dass sie heute Vormittag kurz im Büro sei, bevor sie sich wieder in die schönen Büroräumlichkeiten der Helvetiacom im Prime Tower zurückziehen würde.

Als er ins Gemeinschaftsbüro von Lüscher und Urech eintrat, kam ihm ein lästiger Geruch entgegen.

«Was ist denn hier los?»

Lüscher lief mit einer Schutzmaske herum, die sie wahrscheinlich im Keller aus dem Notfallkasten entwendet hatte, und beugte sich über den Papierkorb. Die offenen Fenster vermochten den Gestank nicht zu diffundieren. Er prüfte die Wände und die Fliesen, aber sah nichts, was nicht dort sein sollte. Er ging zum Pult von Urech, der – trotz Feiertag – einen Anwaltstermin hatte, und öffnete die Schublade.

Volltreffer.

Er hatte den penetranten Gestank lokalisiert. Vier faule Eier lagen in der Schublade neben Kugelschreibern, Bostitchklammern und zwei Schnapsfläschchen.

Monti nahm zwei Papiertaschentücher aus seinem Sakko und wickelte sie darin ein. Er ging zur Toilette und spülte sie den Abfluss runter.

Als er zurückkam, waren zwar die Eier weg, aber der Gestank schien sich zu halten. Lüscher hatte drei Red-Bull-Dosen geöffnet, aber auch das half nichts. Monti nahm seine Davidoff-Packung aus der Jackentasche und zog einen Glimmstängel heraus.

«Du willst doch nicht …», sagte Lüscher, deren Worte in ihrem Hals stecken blieben, denn Monti hatte die Zigarette bereits angezündet und inhalierte genüsslich einen Zug, den er mit grosser Wucht ausblies.

«Nur so können wir den Gestank und die Bakterien vertreiben.» Monti lachte und nahm den nächsten Zug.

Der üble Geruch von faulen Eiern wurde allmählich durch Zigarettenrauch ersetzt. Erleichtert entledigte sich Lüscher ihrer Maske und projizierte die Namen der Mitarbeiter des «Liberty»-Projektes auf den grossen Flachbildschirm.

Fünf der vierundsechzig Personen hatten ein Kreuz neben ihrem Namen.

Drei der vierundsechzig Personen waren Schachspieler.

Einer davon war tot: Egloff.

Die anderen beiden würden an diesem Vormittag ihre erste Runde am Bundesturnier in Payerne austragen, das hatte er beim Studium der Paarungen im Internet gesehen: Notter und Tanguy.

Zu Montis Überraschung hatte die Mehrheit der Personen das Angebot der Polizei von Personenschutz abgelehnt. Einige verreisten in einen Kurzurlaub über Auffahrt, andere wollten sich in ihrem Leben nicht überwacht und eingeschränkt fühlen.

Notter und Tanguy wollten beide zwar von der Möglichkeit Gebrauch machen, aber ihr Verlangen nach Schach überstieg ihr Sicherheitsbedürfnis. Sie mussten ohne staatlichen Schutz im Waadtland um die Schachkrone kämpfen.

Die Ermittler hatten alle Personen, ob tot oder lebendig, auf der Projektliste unter die Lupe genommen. Sie suchten nach einer Gemeinsamkeit bei den Personen, etwas, das sie mit dem Mörder verbinden musste.

Die Nadel im Heuhaufen mussten sie finden. Sie gingen alle Namen auf der Liste durch. Lüscher hatte über jeden etwas zu berichten. Interessant, was sie in den letzten zwölf Stunden alles in den sozialen Medien und über ihre anderen Kanäle über die Leute herausgefunden hatte: Der CEO kaufte am liebsten M-Budget-Joghurts, die Leiterin des Rechtsdienstes züchtete Schildkröten, und der Leiter Public Relations war Präsident eines Minigolfclubs. Ob es für die Ermittlungen hilfreich war, bezweifelte Monti, bis die beiden Schachspieler an der Reihe waren.

«Notter arbeitet nicht mehr für die Helvetiacom, ihm und den anderen drei Softwareentwicklern wurde gekündigt, wenige Monate nachdem das IT-Projekt abgebrochen worden war», sagte Lüscher.

«Und gingen sie in Frieden auseinander?»

«Ja. Man half ein wenig nach – mit Geld. Sie erhielten alle eine Abfindung von fünfzigtausend Franken.»

Monti presste die Lippen zusammen. «Und was treibt Notter heute so beruflich?»

«Er hat sich pensionieren lassen, mit achtundfünfzig Jahren.»

«Auch nicht schlecht», sagte Monti und nickte anerkennend. Die Helvetiacom musste sich in blendender Verfassung befinden, wenn sie sich solche Abfindungen leisten konnte. «So geht das in der Privatwirtschaft, Daniela. Bei uns beim Kanton musst du mindestens sechzig sein, vorher lassen sie dich nicht ziehen. Aber du bist noch viel zu jung für solche Diskussionen.»

Lüscher kam auf ihn zu. «Wusstest du, dass Tanguy in einen Rechtsstreit mit der Helvetiacom verwickelt ist?»

Er schüttelte den Kopf. Es war immer wieder erstaunlich, wie wenig man über eine Person wusste, die man gut zu kennen meinte. «Nein, in der Vernehmung sprach er nur von Meinungsverschiedenheiten.»

«Tanguy fordert von der Helvetiacom zweihunderttausend Franken Schadenersatz.»

Monti zuckte zusammen. «Zweihunderttausend? Für was?»

«Für entgangene Honorare. Die Helvetiacom entliess ihn beim Projektabbruch als Berater, und er macht geltend, dass dies zu Unrecht geschah, und somit schulde ihm das Unternehmen das Honorar, das angefallen wäre, wenn das Projekt ordentlich zu Ende gebracht worden wäre.»

«Und was sagt die Helvetiacom?»

«Man wird sich vor Gericht sehen. Der Anwalt, der mir das anvertraut hat, ist zuversichtlich, dass sie den Streit gewinnen werden und keinen Rappen an Tanguy zahlen müssen.»

«Warum hat Tanguy das nicht erwähnt?»

47

Urech stürmte in Montis Büro, Frau Weber konnte ihn nicht aufhalten – das Gesetz des Stärkeren bestätigte sich wieder einmal. Er wedelte mit einem Brief in der Hand, auf dem zwei Löwen mit ausgestreckter Zunge und Schwert das Zürcher Wappen festhielten.

«Hurra, hurra! Jetzt hab ich es schwarz auf weiss.»

«Halt. Wie konnte die Richterin so schnell entscheiden?», fragte Monti, der überrascht war von der Entscheidungsfreudigkeit des Bezirksgerichtes. «Das Gutachten muss aber express erstellt worden sein.»

«Nix Gutachten!»

Monti blickte Urech fragend an.

«Jetzt kommt der lustige Teil. Das glaubt mir kein Mensch.» Urech holte Luft. «Als ich den Gerichtssaal vor einer Woche verlassen hatte, kam mir der Oberstaatsanwalt entgegen und grüsste mich freundlich.»

«Das ist mir noch nie passiert. Jedes Mal wenn ich ihn treffe, stecke ich in der Patsche.»

«Ja, das kam mir auch komisch vor. Mein Anwalt war immer noch im Gerichtssaal und besprach mit der Richterin das weitere Prozedere und die Formalitäten.»

«*Allora*? Kannst du auf den Punkt kommen?»

«Der Herr Oberstaatsanwalt hat sich den Schnösel vorgenommen. Oh, schade, dass ich nicht dabei war. Mein Anwalt meinte, dass er ihm die Ohren langgezogen hätte. War auch höchste Zeit. Endlich mal einer, der durchgreift in diesem Saftladen.»

Urech lachte mit tiefer Stimme, und Monti meinte sogar Vibrationen auf der Tischplatte auszumachen.

«Und dann?»

«Der Schnösel kroch zur Richterin und teilte ihr mit, dass die Staatsanwaltschaft den Fall einstelle und die Anklage zurückziehe.»

Urech streckte seine Arme in den Himmel.

«Gratulation! Endlich mal eine positive Nachricht», sagte Monti. Häfliger hatte gute Arbeit geleistet. Chapeau, Herr Regierungsrat! Der Mann wusste, wie man die Fäden hinter den Kulissen zu ziehen hatte.

«Fabio, weisst du, was das Schlimmste an dem ganzen Verfahren war?»

Monti stutzte. «Die Kosten für den Anwalt?»

Urech winkte ab. «Nein, die kriege ich zurückerstattet. Es war die Ungewissheit – das Warten auf den Entscheid.»

48

Nach einem weiteren Arbeitstag, an dem sie dem Serienmörder keinen Schritt näher gekommen waren und der allgemeine Unmut in der Behörde und, noch schlimmer, in der Bevölkerung spürbar war, entschied sich Monti, auswärts essen zu gehen.

Er wählte das «Amalfi» im Seefeld, nicht weit von seiner Wohnung entfernt, wo er schon lange nicht mehr zu Gast gewesen war. Das «Amalfi» gehörte der Bindella-Gruppe, die fast alle italienischen Restaurants in Zürich besass, so fühlte es sich zumindest für ihn an. Obwohl er diese Konzentration an Restaurants nicht mochte, musste er sich eingestehen, dass die Qualität der Speisen in der Regel nichts zu wünschen übrig liess.

Nicole verspätete sich ein paar Minuten, hatte sie ihm per SMS geschrieben. Das gab ihm die Möglichkeit, mit dem Chef de Service ein paar Worte zu wechseln und die Speisekarte zu studieren.

Eben doch. Pizza fehlte auf der Karte. Tanguy hatte gelogen. Er war am Samstag, 1. Mai, nicht im «Amalfi» gewesen.

Monti genehmigte sich einen Aperitivo. Gemella hiess der Tropfen – ein Sauvignon blanc aus *seiner* Toskana, aus den Rebgärten von Bindella. Ein feiner Zwilling war das.

Nicole gab ihm einen Begrüssungskuss, als sie eintraf. «Wie war dein Tag.»

«Hervorragend. Wir haben heute keine Leiche bergen müssen.»

Nicole war hungrig, aber bestens gelaunt und griff zur Speisekarte. Sie bestellte einen gemischten Salat, den es auf der Menükarte zwar nicht gab, aber welcher Kellner konnte ihr schon einen Wunsch abschlagen? Als Hauptgang nahm sie Scaloppine di vitello al limone.

«Nach meinem Curry-Desaster gehe ich keine Risiken mehr ein», sagte sie lachend.

Nur schon der Gedanke, sich bei den Speisen einzuschränken, missfiel ihm. Zum Glück bekamen Männer keine Kinder.

Monti bestellte sich die Crostini misti ai quattro sapori als Vorspeise, und zum Hauptgang wollte er den Koch testen: Polpo alla griglia su spinaci a foglie e patate al rosmarino. Nur wer Kraken gut kochen kann, ist ein guter Koch, hatte ihm sein Vater einst gesagt.

Der Duft des Basilikums strömte ihm entgegen, als der Kellner die Vorspeisen auf den Tisch stellte. Die gerösteten Brotscheiben waren immer noch warm. Er nahm einen Bissen, es war ein Genuss und lenkte ihn von seiner Arbeit ab. Besonders die Thunfischpaste, die der Vorspeise einen gewissen Kick gab, mochte er. Gerne hätte er ein Glas Rotwein zum Hauptgang mit Nicole getrunken, aber in Anbetracht der Schwangerschaft verzichtete er schweren Herzens darauf und bestellte einen Liter Mineralwasser.

Er erzählte Nicole die guten Nachrichten von Urechs Gerichtsfall und dass sie mit dem gescheiterten IT-Projekt bei der Helvetiacom eine wichtige Spur gefunden hatten.

Nicole erhob ihr Mineralwasserglas.

«Das ist doch ein Grund zum Anstossen.»

Er prostete ihr zu. Sie hatte recht, endlich schien sich das Blatt zu wenden.

Buonissimo. Einfach ein Genuss. Test bestanden. Der gegrillte Oktopus schmeckte ihm ausgezeichnet. Er war weich gekocht, nicht zäh wie die meisten Exemplare, die man serviert bekam. Dazu gab es Blattspinat und gebratene Rosmarinkartoffeln, die das Menü abrundeten.

Nicole verspeiste das Kalbsschnitzel und die Nudeln im Rekordtempo.

Ausnahmsweise gönnten sie sich kein Dessert. Monti hatte genug gespeist, und Nicole hatte andere Absichten.

«Fabio, können wir den Kaffee zu Hause trinken? Ich brauche deine Hilfe.»

49

Als sie die Wohnung betraten, ging er auf die Siebträgermaschine zu und stellte sie an.

«Was liegt dir auf dem Herzen?», fragte Monti, während er das Kaffeepulver in den Kolben einfüllte.

«Wir produzieren für den Winter eine Spezialsendung zu den verrücktesten ungelösten Kriminalfällen. Mir wurde D. B. Cooper zugeteilt, und da dachte ich, dass du mich bei der Vorbereitung etwas unterstützen könntest.»

«Weshalb produziert ihr eine Sendung über einen amerikanischen Kriminellen? Ich dachte, ihr fokussiert euch auf die Schweizer Kriminalgeschichte.»

«Es ist eine Koproduktion mit 3sat und Arte, da dürfen wir unseren Horizont etwas erweitern. Es werden keine Fernsehgebühren verschwendet.»

Nicole schmunzelte.

Monti kannte den Fall von D. B. Cooper, er war sogar richtig fasziniert von diesem ungelösten Kriminalfall und hatte die Ermittlungen des FBI verfolgt, als sie öffentlich gemacht wurden.

Es war ein Rätsel, ein Mysterium, wie dieser Mann sich sprichwörtlich in Luft aufgelöst hatte. Das FBI hatte den Fall 2016 nach fünfundvierzig Jahren Ermittlungen zu den Akten gelegt, nachdem es mehr als tausend Personen als Verdächtige und Zeugen befragt hatte – erfolglos.

D. B. Cooper war der wohl meistgesuchte Kriminelle in den USA. Er hatte am 24. November 1971 unter dem Namen Dan Cooper in Portland ein Flugzeug bestiegen, das er in der

Luft kaperte. Er hatte gedroht, eine Bombe zu zünden, und hatte zweihunderttausend US-Dollar und vier Fallschirme bei der Landung erpresst, bevor das Flugzeug mit der Crew – die Passagiere hatte er freigelassen – und ihm weitergeflogen war. Danach war er mit einem der Fallschirme von Bord gesprungen, und seither fehlte von ihm jede Spur.

«Wie kann ich behilflich sein?»

Nicole kam mit einem Papiersack zu ihm und knallte ihn auf den Tisch. Der Sack war voll beladen mit Büchern und Zeitungsartikeln. «Wo soll ich anfangen?»

Monti kratzte sich am Kopf. Er wusste, dass sich viele Personen, darunter auch viele private, mit dem Fall beschäftigten, es gab ganze Teams, die den Fall immer wieder neu aufrollten, aber dass so viele Bücher auf dem Markt erschienen waren, überraschte ihn.

«Nichts einfacher als das. Ich sichte das Material, und du machst uns zwei Espresso.»

Er drückte ihr den Kolben in die Hand, während er das iPad holte und sich dem Bücherstapel widmete.

Vier Espressi später überreichte er ihr zwei Bücher.

«Ich würde mit denen starten, und dann gibt es noch die Briefe, die D. B. Cooper an die Zeitungen verschickt hatte, in denen er sich über das FBI lustig machte und Hinweise zu den Hintergründen seiner Tat gab.»

«Was ist mit diesen Briefen?»

«Ein Vietnam-Veteran hatte einen Code in den Briefen entziffert, der zu einem Verdächtigen führte, der nie zugab, aber auch nie bestritt, dass er D. B. Cooper sei.»

«Glaubst du, die Briefe stammten wirklich von D. B. Cooper selbst?»

«Ich weiss es nicht, aber es ist eine gute Story, und das ist es, was du brauchst. Du arbeitest fürs Fernsehen, nicht fürs FBI.»

50

Das Hochdruckgebiet, das die Schweiz zu Beginn der Woche erreicht hatte, würde anhalten, meinten die Wetterpropheten, die ein wolkenloses, trockenes und sonniges Wochenende prognostizierten. Die ersten Freibäder würden dann bereits ihre Tore öffnen, hatte Monti an diesem Freitagmorgen in einer im Tram herumliegenden Gratiszeitung gelesen.

Monti ging zum Fenster in seinem Büro, öffnete es und schaute auf die Sihl, die wenig Wasser führte und gemächlich dahinplätscherte. Er zündete sich eine Davidoff an, in der Hoffnung, der Teer würde sein Hirn mit Energie befeuern, aber seine Gedanken trieben noch langsamer als der Fluss dahin.

Er schaute sich die fünf Buchseiten an, die an der Pinnwand hingen. Die fünf «Botschaften des Täters» waren mit gelbem Leuchtstift markiert.

Too many cooks
Bad judgment
Change of pace
The confrontation
Old wine in a new bottle

Plötzlich machte es klick in seinem Kopf. Das musste es sein.

Da war er wieder.

Der Luftpirat aus den USA.

Monti druckte das Phantombild von D. B. Cooper aus und klebte es neben die fünf Botschaften des Täters auf.

Sie waren einer Fehlannahme unterlegen, die sie ins Abseits manövriert hatte. Sie hatten bei den Ermittlungen die falsche Perspektive eingenommen. Es war, wie wenn man aus einem Fenster einer Burg blickte, je nachdem, wo man stand, aus welchem Winkel man durch das Fenster schaute, sah man ein anderes Quartier der Stadt im Tal unten.

Der Täter hinterliess nicht eine Botschaft an die Helvetiacom mit den herausgerissenen Buchseiten, sondern eine verschlüsselte Nachricht – einen Geheimcode –, genau wie es D. B. Cooper angeblich mit seinen Briefen an die Zeitungen gemacht hatte.

Jeder Code hat einen Sender und einen Empfänger. Nachrichten wurden verschlüsselt, damit unbefugte Personen sie nicht lesen konnten. Der befugte Empfänger der Nachricht, der im Besitz des Schlüssels war, konnte die Nachricht wieder entschlüsseln. So funktionierte die Kommunikation im Krieg, so machte es auch der Serienkiller, dachte Monti.

Der Sender der Mitteilung war der Mörder.

Wer war der erwünschte Empfänger?

Die Opfer konnten es nicht sein. Sie konnten die Nachricht nicht mehr entschlüsseln. Sie waren bei Erhalt der Nachricht tot.

Das Management der Helvetiacom wusste bis zum heutigen Tag nichts von den Buchseiten. Die Polizei hatte sie nie erwähnt – weder in den Befragungen noch in den Medienmitteilungen. Hatte der Mörder das falsch eingeschätzt? Hatten ihm die Ermittler einen Strich durch die Rechnung gemacht? Aber er hätte doch damit rechnen müssen, dass die Polizei mit hoher Wahrscheinlichkeit tatortrelevante Details nicht mit der Öffentlichkeit teilte.

Monti glaubte nicht, dass dem Täter, der so sorgfältig, planvoll und durchdacht seine Morde verübte, ein solch vorhersehbarer Fehler unterlief. Wenn der Täter tatsächlich den Konzern als Adressat im Blickfeld hatte, hätte es andere, einfachere und direktere Möglichkeiten gegeben, damit die Nachricht den Weg zum gewünschten Empfänger gefunden hätte.

Es blieben nur die Leute übrig, welche Zugriff auf die Ermittlungsakten und die Fotos von den Tatorten hatten: Staatsanwalt, Forensiker, Rechtsmediziner und Polizisten.

Hatte der Täter ein Rätsel an die Ermittler gerichtet? Spielte er mit ihnen eine Partie Schach auf dem Brett der Kriminalpolizei?

Monti war der Einzige im Team, der sich mit Schach auskannte, und das musste der Täter gewusst haben. Er fühlte, dass er in dieser Tragödie zwei Rollen besetzte, und zwar nicht nur seine Stammrolle als Kriminalpolizist, der den Bösen jagte, sondern auch eine Nebenrolle als Zielscheibe des Täters.

DER CODE WAR AN IHN GERICHTET.

51

Nach der Eröffnung folgte nun das Mittelspiel. Es war wie beim Schach: Es galt, einen Plan auszuhecken und nach taktischen Schlägen Ausschau zu halten.

Jetzt mussten sie den Code knacken, den ihm der Mörder übermittelt hatte. Dafür gab es niemand Besseren als Lüscher. Im Vergleich zu ihr waren die Panzerknacker die reinsten Chorknaben. Ob E-Mail-Konten, Server oder Handys, der blonde Engel hatte alles schon gehackt.

«Was gibt es so Wichtiges, dass du mich aus meiner Residenz abziehst?», fragte Lüscher.

«Die Botschaft der Überschriften der Buchseiten war nicht an die Helvetiacom gerichtet.»

«An wen dann?»

«Sie sind für *mich* bestimmt. Es handelt sich um einen verschlüsselten Code.»

«Wie kommst du denn darauf?»

Monti erklärte ihr seinen Gedankengang.

«Aber weshalb sollte der Code für dich gedacht sein? Warum nicht an die Polizei als Ganzes?»

«Das weiss ich nicht. Vielleicht hat der Täter eine offene Rechnung mit mir.»

Lüscher blieb stumm.

«Du zweifelst?»

Sie beantwortete seine Frage nicht. «Und was ist der Inhalt der Mitteilung?»

«Da fängt das Problem an. Ich bin der Empfänger der Nachricht, nur fehlt mir der Schlüssel zur Dechiffrierung des Codes.»

«Verstehe. Aber wie sollen wir ihn entschlüsseln? Es gibt Tausende von Codearten. Wenn wir die alle durchgehen, sind wir bei meiner Pensionierung noch hier.»

Die Frage hatte Monti sich auch gestellt. Der Serienmörder war bis anhin äusserst konsistent und kohärent in seinem Vorgehen gewesen. Alles hatte eine Bedeutung, alles hatte eine Verbindung – einen Zusammenhang, alles musste für ihn einen Sinn ergeben, nichts geschah aus Zufall. Schach spielte die zentrale Rolle, also musste der Code auch einen Zusammenhang mit dem königlichen Spiel haben.

«Jedes Feld auf dem Schachbrett hat eine eindeutige Bezeichnung, die sich aus den Schnittpunkten der Linien und Reihen ergibt.»

Für die vertikalen Linien auf dem Schachbrett verwendete man die Buchstaben a bis h und für die horizontalen Reihen die Ziffern 1 bis 8. So ergab sich ein Koordinatennetz, wie Monti erläuterte.

«Wir müssen eine Brücke zum Schach schlagen.»

«*Certo.* Wir müssen die Überschriften in Zahlen umwandeln und dann einen Satz konstruieren. So wie es der Veteran im D.-B.-Cooper-Fall gemacht hat.»

Monti stockte. Er wusste, dass seine Aussage bestenfalls unklar war. Zudem kannte Lüscher den Fall wohl kaum, sie war 1971 noch nicht geboren.

Lüscher schien nachzudenken. Sie lief auf und ab.

«Du meinst etwas wie eine Gematrie, wo Buchstaben nach unterschiedlichen Schlüsseln Zahlenwerten zugeordnet werden, um aus diesen Bedeutungen zu erschliessen und Beziehungen herzustellen?»

Monti nickte heftig.

Es gab verschiedene Formen von Gematrie: die einfache, die hebräische oder die englische. Sie diskutierten kurz und entschieden sich, in einem ersten Durchgang die einfache Gematrie zu verwenden.

Sie starteten mit der ersten Botschaft und ordneten jedem Buchstaben seinen dazugehörigen Wert zu.

					Summe
T	**o**	**o**			
20	15	15			**50**
m	**a**	**n**	**y**		
13	1	14	25		**53**
c	**o**	**o**	**k**	**s**	
3	15	15	11	19	**63**
Total					**166**

Lüscher ging das Ganze zu langsam vorwärts, weshalb sie auf eine Internetseite für die Berechnung von Gematrie ging, wo sie die Texte der fünf Buchseiten eingeben konnte, und die Applikation spuckte die Zahlenwerte aus, die sie dann in eine Excel-Tabelle übertrug.

Begriff	**Einfache Gematrie**
Too many cooks	166
Bad judgment	101
Change of pace	84
The confrontation	197
Old wine in a new bottle	222
Total	770

«Und wie weiter?», fragte Lüscher.

«Jetzt gilt es, die Brücke zu finden.»

Sie mussten einen Satz finden, bei dem die Summe der zugeordneten Zahlen zu den Buchstaben auch wieder 770 ergab.

Lüscher schaute ihn kritisch an.

«Nichts einfacher als das. Es gibt unendlich viele Möglichkeiten. Wie sollen wir das machen?»

«Es muss einen Satz geben, der sich auf mich oder auf mein Verhältnis zum Mörder bezieht.»

Das würde eine Sisyphusarbeit werden, da machte sich Monti nichts vor, aber Lüscher wäre nicht Lüscher, wenn sie nicht eine Idee, einen Weg, eine Abkürzung fände, um den Arbeitsaufwand zu reduzieren.

Und da war sie schon. Das Gehirn der Frau arbeitete mit Lichtgeschwindigkeit.

«Ich programmiere eine Applikation, in die wir Wörter eingeben können, und das Programm stellt dann Kombinationen von Wörtern zusammen, die einen ganzen Satz ergeben, bei denen der Wert der Summe 770 entspricht. Das erspart uns viel Zeit im Vergleich zum manuellen Rätseln.»

Monti war erleichtert, obwohl er wusste, dass noch ein langer und steiniger Weg vor ihnen lag – eine Gratwanderung. Aber wenigstens waren sie auf dem richtigen Pfad.

«*Allora.* Dann will ich dich nicht mehr länger stören.»

52

Das Klopfen an der Türe riss ihn zwei Stunden später aus seinen Gedanken, die sich ohne Pause um die Frage drehten, weshalb der Mörder es mit dem Code auf ihn abgesehen hatte. Sicherlich gab es den einen oder anderen Verbrecher oder Tatverdächtigen, der ihn hassen musste, aber die meisten sassen hinter Gittern.

Frau Weber trat ein und machte gleich wieder einen Sprung zurück, er musste schrecklich aussehen, als ob er eine Nacht durchgezecht hätte, dabei war gar kein Alkohol geflossen.

Als sie sich gefangen hatte, kam sie auf ihn zu und schaute kritisch auf die herumliegenden Blätter am Boden. «Geht es Ihnen nicht gut, Herr Monti? Sie sind so bleich. Soll ich Ihnen einen Espresso holen? Im ‹Rosso Arancio›.»

Monti erhob sich. «Einen doppelten bitte.»

Einen Schnaps hätte er vertragen können, aber Urech, der in seiner Schublade immer über eine Notreserve verfügte, war bei den Kollegen der Spurensicherung und ging noch einmal die Gegenstände und Fotos der Tatorte durch, in der Hoffnung, etwas Offensichtliches übersehen zu haben. Er sammelte die Seiten des psychologischen Gutachtens ein, das er sprichwörtlich zerpflückt hatte, und legte sie auf sein Pult.

Lüscher rief ihn an, ihre Stimme war eine Oktave höher als sonst, und teilte ihm mit, dass sie die Applikation für die Dechiffrierung des Codes programmiert hatte.

So schnell war Monti noch nie im zweiten Stock unten. Frau Weber konnte ihm im Treppenhaus gerade noch die Kaffeetasse reichen.

«Jetzt müssen wir das Programm mit Wörtern füttern, die der Mörder als Geheimnachricht verwendete.»

Monti überlegte kurz. «*Allora.* Wir brauchen Begriffe, die etwas mit Schach, Rache und mir zu tun haben.»

«Und alle Wörter auf den Buchseiten aus dem Fischer-Buch.» Lüscher tippte Rachebegriffe und alle Wörter der fünf an den Tatorten gefundenen Buchseiten ein, während Monti eine Liste von Begriffen und Persönlichkeiten aus der Schachwelt auf einem Notizblock entwarf. Zwanzig Minuten später hatte Lüscher rund fünfhundert Begriffe ins Programm eingetippt von Schachspielern über Eröffnungen und Fachbegriffe bis zu kriminaltechnischen Phrasen.

«Das reicht. Wollen wir starten?», fragte Monti.

Lüscher nickte und drückte auf den roten Startknopf in der Applikation.

Der Computer spuckte wie wild Wortkombinationen aus, aber es gab keinen grammatikalisch halbwegs korrekten Satz, geschweige denn eine Botschaft an Monti.

Lüscher fluchte.

Monti lachte, und Lüscher schaute ihn verdutzt an.

«Wir haben die Verben vergessen. Ohne Verben gibt es keinen vernünftigen Satz.»

Lüschers Miene erhellte sich. Sie importierte ein Wörterbuch in ihre Applikation, drückte ein paar Tasten, sprach von Makros, was Monti mit zustimmendem Nicken quittierte, obwohl er nichts davon verstand.

Versuch Nummer zwei.

Der Computer spuckte Hunderte von Ergebnissen mit Sätzen aus, die aus Wörtern bestanden, deren Summe 770 aufwies.

Sie schauten einander an wie Kinder, die vor dem Weihnachtsbaum sassen und das Öffnen der Geschenke kaum erwarten konnten. Wo sollten sie beginnen?

Lüscher scrollte durch die einzelnen Sätze. Die meisten ergaben keinen Sinn, und sie verwarfen sie. Aber bei einer Linie blieben sie hängen.

mich du matt hast der rätsel setz in das grünfeldindischen gelöst verteidigung.

«Das ist es!», schrie Monti und küsste Lüscher auf die Wange.

Sie setzten die Wörter an ihre richtige Stelle.

du hast das rätsel gelöst setz mich matt in der grünfeldindischen verteidigung.

53

Endlich.

Der Täter hatte das Ganze mit Absicht und von langer Hand geplant.

Aber welche Rolle nahm er – Monti – in diesem Spiel ein?

Was hatte er dem Täter angetan?

Sie hatten die entscheidende Verbindung entdeckt. Für ihn war klar, was der Täter ihm mitteilen wollte.

Die Grünfeld-Indische Verteidigung war eine Eröffnung, gegen die er mit den weissen Figuren nicht gerne spielte, was bis auf ein paar Schachkollegen jedoch niemandem bekannt war.

Das «Grünfeld» war theorielastig. Man musste viele verschiedene Varianten im Kopf haben, um nicht schnell in eine schlechte Stellung zu geraten. Das Studieren von Eröffnungsvarianten war das Einzige im Schach, was er nicht mochte. Böse Zungen im Club behaupteten, er sei dafür einfach zu faul.

Den Code hatten sie entziffert, nun lag es an ihm, den Täter zu benennen. Die nächste Runde des Spieles stand an. Er wusste, dass er den Ausgang der Partie nun selbst in der Hand hatte.

Tatsächlich war der Mörder ein Schachspieler, davon war er nun felsenfest überzeugt. Er musste sich eingestehen, dass dieser Fakt die Mordermittlung noch schlimmer machte, als sie ohnehin schon war.

Es fühlte sich schon die ganze Zeit an, als ob er gegen die eigene Familie ermitteln würde. Die Hoffnung, dass es doch ein Aussenstehender gewesen sein könnte, hatte sich in Luft aufgelöst.

Monti verliess die Kasernenstrasse im Stechschritt und nahm am Stauffacher das nächste Tram. Auf direktem Weg nach Hause, um das Schachmaterial zu holen, damit sie dann auf dem Polizeiposten den Täter herausfiltern konnten.

Als er das Bürozimmer der Wohnung betrat, sah er die Hinterseite von Nicole. «Was machst du?»

Sie hatte einen Stapel seiner Partieformulare in der Hand. «Ich entrümple dein Chaos.»

«Was willst du damit machen?»

«Ins Altpapier schmeissen.»

«Bist du wahnsinnig? Das sind die Schachpartien meines ganzen Lebens. Du kannst die doch nicht einfach wegwerfen.»

Sie händigte sie ihm widerwillig aus. «Aber dann leg sie doch wenigstens in einem Ordner ab, sonst werden wir diese Sauordnung nie mehr los.»

Monti bedachte Nicole mit einem kritischen Blick, und sie verliess das Zimmer.

Das ging gerade noch einmal gut. Fast hätte Nicole wichtiges Beweismaterial vernichtet, das ihn zum Täter führen sollte. Er blätterte die Partien kurz durch, es schien ihm, dass die Sammlung immer noch komplett war, und legte sie in seine Aktentasche.

Anschliessend setzte er die Schachfiguren in die Holzbox und nahm das Schachbrett unter den Arm. Als er am Bücherregal vorbeilief, entschied er sich, das Fischer-Buch auch einzupacken. Es war ein Exemplar der vierten Auflage des Batsford-Verlages. Jetzt erst fiel ihm auf, dass die Buchstaben des Namens von Bobby Fischer auf dem Titelbild Löcher aufwiesen, und das lag nicht daran, dass das Buch unter dem Einfluss der Sonnenstrahlen gelitten hätte. Die Löcher waren vom Grafiker absichtlich auf die Hülle projiziert worden. Sie standen da wie Schmauchspuren von einer Waffe an einem Tatort. Dieses Grafikdesign hatte es bei der ersten Version noch nicht gegeben, dort wurden der Name mit schwarzer Schrift und der Buchtitel «My 60 Memorable Games» mit blauer Farbe hervorgehoben, und ein weisser König und ein weisser Läufer waren abgebildet.

«Ich muss noch einmal ins Büro. Warte nicht auf mich.

Das könnte eine Nachtschicht geben», sagte Monti und stand schon auf der Türschwelle.

«Was willst du mit dem Schachbrett im Büro?»

«Den Mörder finden.»

54

Selten hatte Monti eine ganze Nacht ohne eine Minute Schlaf verbracht. Zu seiner grossen Verwunderung fühlte er keine Spur von Müdigkeit, als die ersten Sonnenstrahlen an diesem Samstagmorgen durch das Bürofenster an der Kasernenstrasse 29 stiessen. Das Adrenalin schien nicht nachzulassen.

Endlich hatten sie den Link zum Täter gefunden.

Lüscher und er gingen Listen von verurteilten Personen durch, die Monti in seiner Karriere bei der Kriminalpolizei Zürich einer schweren Straftat überführt hatten. Rund die Hälfte sassen immer noch hinter Gittern – die hatten ein hieb- und stichfestes Alibi. Von den restlichen Personen erstellten sie eine Liste der Freigelassenen und ordneten sie nach der Schwere ihrer Taten. Seit Mitternacht gingen sie die Liste einen nach dem anderen durch. Da nach Mitternacht auch in Zürich alle Ämter ihre Pforten geschlossen hatten, erwies sich die Informationsbeschaffung als schwierig. Lüscher war gezwungen, die Passwörter für den Zugang beim Einwohneramt und bei der Steuerbehörde zu knacken.

Kurz vor sieben Uhr gesellte sich Urech zu ihnen.

Lüscher gab ihm einen Abriss der neusten Erkenntnisse, während Monti seine Partieformulare büschelte, die er im dritten Stock geholt hatte.

«Was habt ihr geraucht, Daniela? Ihr spinnt doch. Ihr habt euch hoffnungslos verlaufen.» Urech blickte sie kritisch an. «Aber warum soll der Satz genau nach fünf Toten Sinn ergeben? Weshalb nicht nach drei oder zwei?»

Lüscher wollte gerade antworten, als Monti dazwischenging. «Es ergibt Sinn. Das Buch wurde in meinem Club gestohlen, der Mörder hinterlässt Schachfiguren am Tatort. Der Täter hat es auf mich abgesehen. Er will sich an mir rächen.»

«Für was?»

«Ich muss ihm etwas angetan haben.»

«Und nun wie weiter im Text?», fragte Urech resigniert.

Monti hatte bemerkt, dass auf der Liste der von ihm überführten Verurteilten kein Schachspieler war. Zur Sicherheit glichen sie die Liste noch mit der Mitgliederliste des Schweizer Schachbundes ab, was seine Einschätzung bestätigte. Aus seinem beruflichen Umfeld war es also niemand, dachte er sich. Es war jemand aus seiner privaten Umgebung, aus der Schachszene.

«Jetzt spielen wir etwas Schach zusammen.»

Urech schaute Lüscher an, als ob er sich von ihr Hilfe versprach. «Was willst du tun?»

Für einmal war es Monti, der Urech auf die Schultern klopfte. «An den Tatorten lagen immer schwarze Figuren: ein Bauer, ein Springer, ein Läufer, ein Turm und eine Dame. In dieser Reihenfolge hatte der Täter die Figuren bei den Opfern platziert. Warum in dieser Sequenz?»

«Der Wert der Figuren nimmt mit jeder Tat zu, vielleicht hat sich auch der Wert der Opfer für den Mörder erhöht», sagte Urech.

Monti nickte. «Das habe ich auch lange gedacht, aber es ergibt keinen Sinn. Das zweite Opfer, Gabriel Aronowitz, war als Personalchef das einzige Opfer neben dem CFO, das in der Geschäftsleitung war. Oder ging es um die Hierarchie in der Projektorganisation? Nein, auch dort passt es nicht. Sowohl Aronowitz als auch Egloff sassen im Steuerungsausschuss, waren also auch hier auf der hierarchisch gleichen Stufe, aber sie wurden nicht nacheinander ermordet.»

Monti zeigte auf den Stapel mit den Partieformularen. «Wir müssen nun die Partie gegen den Mörder finden, wo die schwarzen Figuren in der Reihenfolge vom Brett verschwinden, wie wir sie am Tatort gefunden haben.»

«Was?»

«Wenn eine Figur im Schach geschlagen wird, nimmt man sie vom Brett.»

«So ist das gemeint, verstehe.» Urech zog die Augenbrauen hoch und schaute auf den Stock mit den Formularen. «Wie viele Partien sind das?»

«Ich schätze, so gegen tausend.»

«Bist du wahnsinnig? Du willst doch nicht alle Partien am Schachbrett nachspielen?»

«Nein, wir müssen nur die Partien mit der Grünfeld-Indischen Eröffnung betrachten, das hat uns der Täter mitgeteilt.»

«Und du vertraust einem Serienmörder?»

«In diesem Fall schon.»

«Und wie finden wir in diesem Heuhaufen die Grünfeld-Indischen Eröffnungen?»

«Schritt eins: Ausschlussprinzip, und dann Schritt zwei: Wir müssen die Partien nachspielen.»

Urech nickte, ohne zu wissen, was Monti damit meinte.

Monti drückte beiden einen in etwa gleich grossen Stapel an Partieformularen in die Hand.

«Alle Partien, die nicht mit dem ersten Zug d4 beginnen, sortiert ihr aus, und die restlichen gebt ihr mir.»

Monti wusste, dass man über eine Zugumstellung auch mit anderen Anfangszügen zur Grünfeld-Indischen Verteidigung kam, aber da er immer mit d4 und nie mit c4 die Partie begann, konnte dieser Fall ausgeschlossen werden.

«Ich mache dann die Feinsortierung.»

Monti konnte die Formulare aussortieren, die der Grünfeld-Indischen Verteidigung entsprachen, das war für ihn als versierten Schachspieler kein Problem. Jetzt kam sein Schachwissen doch noch explizit zur Geltung. Am liebsten hätte er Müller angerufen, um ihm das mitzuteilen. Zur Hölle mit dem Interessenkonflikt.

«Fabio, deine Schrift ist eine Katastrophe. Ist das ein d oder ein c?»

Monti schaute und nahm Urech das Formular ab. Es war ein d.

Schritt eins war schneller erledigt, als Monti gedacht hatte. Es verblieben dreizehn Formulare.

«Kommen wir zu Schritt zwei. Wir müssen die dreizehn Partien am Brett nachspielen, um diejenigen herauszufiltern, bei denen die Figuren in der gleichen Reihenfolge geschlagen werden, in der sie der Täter hinterlassen hat.»

Sie gingen die Partien am Brett durch, wobei in allen Partien zuerst ein Bauernpaar gefolgt von einem Springerpaar getauscht wurde, die sogenannte Abtauschvariante in der Grünfeld-Indischen Verteidigung. Danach trennte sich die Spreu vom Weizen. In den meisten Partien verschwand eine andere Figur als der Läufer vom Brett, womit sie diese Partien aussortieren konnten.

Urech nahm das nächste Partieformular vom Stapel und schaute verwundert auf das Blatt. «Wieso spieltest du gegen deinen Clubkollegen?»

Monti blickte auf die Paarung auf dem Blatt. «Die Zürcher Stadtmeisterschaft ist ein Einzelturnier. Da spielt jeder für sich, und mich traf es halt auf Tanguy.»

Die Partie stammte vom Mittwoch, 27. April 2016, Spielort war der Hauptsaal des reformierten Kirchgemeindehauses gewesen, wo im Erdgeschoss über hundert Schachenthusiasten jährlich um die Zürcher Schachkrone kämpften.

Monti hatte mit den weissen Figuren, Tanguy mit den schwarzen gespielt.

Sie stellten die Figuren in der Ausgangsstellung auf und gingen die Partie Zug für Zug durch.

«Ich hätte nicht die Abtauschvariante spielen sollen. Tanguy kennt sich dort aus wie kein Zweiter», sagte Monti, als ob er sich mit einem Schachgrossmeister im Clublokal unterhielte.

Im vierten Zug schlug Weiss mit seinem Bauer den schwarzen Bauer auf d5, Schwarz schlug seinerseits mit dem Springer den weissen Bauer, und nachdem Weiss den e-Bauer zwei Felder vorzog, tauschten die Spieler ein Springerpaar auf dem Feld c3 ab. Im achten Zug verschwanden die weissfeldrigen Läufer vom Brett, das war sein damaliger Plan, wie er sich erinnerte.

Dann stutzte Monti. «Stopp.»

«Was ist los?», fragte Urech.

«Normalerweise rücken die Schwarzspieler nun mit dem c-Bauer zwei Felder vor, um einen Bauernabtausch zu initiieren, mit dem Ziel, das weisse Zentrum zu destabilisieren.»

Aber nicht in dieser Partie. Schwarz rochierte und brachte den König in Sicherheit.

Sie führten die nächsten Züge auf dem Brett aus. Bald kam es zu einem Turmabtausch, und wenig später verschwanden auch die Damen vom Schachbrett.

«Donnerwetter!»

Urech stand ungestüm auf und touchierte die Schachfiguren, die vom Brett auf den Boden fielen.

«Wir haben die Partie gefunden. Es ist Tanguy!»

Monti blieb wie angenagelt auf seinem Stuhl sitzen.

«Dio mio!»

Das konnte nicht sein. Völlig ausgeschlossen. Tanguy traute er so etwas nicht zu. Aber dann schoss ein Zitat von Goethe in seinen Kopf: «Im Grunde ist jeder Mensch zu allem fähig.»

«Das ergibt nun alles Sinn. Tanguy war im IT-Projekt und hat Streit mit der Helvetiacom, er kennt dich am besten, ist ein starker Schachspieler und hat einen Schlüssel zum Clublokal», sagte Urech.

Der Raum drehte sich in seinem Kopf. Monti fühlte sich schlecht. Jetzt hatte er seinen Super-GAU.

55

Monti musste zum ersten und – das schwor er sich – zum letzten Mal in seinem Leben ein Red Bull trinken, das ihm Lüscher geistesgegenwärtig gereicht hatte.

Das Koffein und der Zucker taten ihren Job, und sein Blutzuckerspiegel war wieder auf einem normalen Niveau.

Die Reihenfolge der geschlagenen Figuren war kein Zufall. Die Figuren am Tatort hatten tatsächlich die von ihm vermutete Bedeutung. Die Grünfeld-Indische Verteidigung hatte doch noch etwas Gutes, musste er mit einem Schmunzeln konstatieren.

«Spielen wir die andern zwölf Partien auch noch durch, um sicherzustellen, dass es nicht bei einer andern zu demselben Figurenabtausch kommt.» Montis Tonfall war bedächtig, als ob er in der Kirche beim Pfarrer auf dem Beichtstuhl sässe.

Sie hoben die Figuren vom Boden auf, stellten sie zurück aufs Brett. Die nächsten sechs Partien waren schnell erledigt. Entweder wurden die Damen früh getauscht, oder es gab geschlossene Stellungen, wo keine Figuren vom Brett verschwanden.

Zu seinem Erstaunen fanden sie aber noch zwei Partien, bei denen die Schlagkombination der Figuren der Reihenfolge der am Tatort hinterlassenen Figuren entsprach.

Es waren die Partien: Monti gegen Hans Notter (2016) und Monti gegen Thomas Schneider (2012).

Hans Notter hatte er am Bundesturnier in einer dramatischen Partie geschlagen, die Notter aus dem Rennen um den Bundesmeistertitel geworfen und den Weg für Tanguy zu seinem grössten Karriereerfolg geebnet hatte.

Die Partie gegen Schneider hatte er im Rahmen der Zürcher Stadtmeisterschaft gespielt. Sie hatte nach sechzig Zügen remis geendet.

Jetzt dämmerte es ihm, als er das Formular mit der Partie gegen Schneider in der Hand hielt. Thomas Schneider hatte jahrelang die Trainings der Junioren im Clublokal geleitet, und diese fanden jeweils am Mittwochnachmittag statt, und ohne Schlüssel gab es keinen Zutritt zum Clublokal.

Monti ging zur Pinnwand, strich bei der Schlüsselliste die drei Fragezeichen bei der Nummer sieben durch und schrieb «Thomas Schneider» hin. Jetzt war die Schlüsselliste komplett. Ein weiteres Puzzleteil war an seinen richtigen Platz gerutscht.

Schneider musste im Besitz des Schlüssels Nummer sieben sein und hatte somit bis heute freien Zugang zum Raum an der Olivengasse, obwohl er vor ein paar Jahren den Austritt aus dem Club gegeben hatte.

Es verblieben also drei Akteure: Tanguy, Notter und Schneider.

Monti war einerseits erleichtert, andererseits fühlte er sich schlecht. Denn jetzt war es ihm klar: Alle drei waren Schachspieler, und einer der drei musste der Mörder sein.

Er strich das Wort «Akteure» und überschrieb es mit «Verdächtige».

56

«Und nun?», fragte Urech.

«Jetzt rufen wir Schneider an und fragen ihn nach seinem Alibi.»

Lüscher fand die Telefonnummer von Schneider im Internet, und Urech wählte die Nummer mit seinem Smartphone. Schneider nahm umgehend ab.

Nachdem Urech sich bei Schneider vorgestellt hatte, legte Urech das Telefon auf den Tisch und aktivierte die Lautsprecherfunktion. Er erklärte Schneider die Formalitäten und den Grund des Gesprächs.

«Sie vermuten, dass ich der Schachmörder bin. Da muss ich Sie enttäuschen. Ich tue keiner Fliege etwas zuleide. Einzig auf dem Schachbrett habe ich den einen oder anderen Gegner erlegt, aber das war früher. Heute bin ich nur noch Kanonenfutter für die meisten Spieler.»

«Haben Sie einen Schlüssel zum Clublokal der Schachgesellschaft Zürich?»

Schneider war kurz sprachlos. «Wie wissen Sie das?»

«Beantworten Sie einfach meine Frage.»

«Den sollte ich bei Gelegenheit dem Präsidenten abgeben.»

«Wo waren Sie am 1. Mai?»

«Was war das für ein Wochentag?»

«Samstag.»

Er schien nachzudenken, ohne Erfolg.

«Einen Moment, ich schaue kurz auf meiner Agenda nach. Ich werde älter, mein Gedächtnis lässt mich manchmal im Stich.»

Sie hörten, wie er auf dem Telefon tippte.

«Ich war in Deutschland.»

Monti zog die Augenbrauen hoch, Lüscher schaute ihn verdutzt an, und Urech rümpfte die Nase. «Haben Sie Zeugen dafür?»

Schneider lachte laut. «Ja, mindestens zwanzigtausend Leute.»

«Was?»

«Ich war mit meiner Frau und den Kindern in Rust im Europa-Park, ich kann Ihnen ein Foto schicken, falls Sie das wünschen.»

«Gerne.»

Urech zuckte mit den Schultern und schaute zu Monti, der sein Gesicht in seinen Händen vergrub. «Von wann bis wann waren Sie dort?»

«Wir sind frühmorgens abgefahren, so gegen sieben Uhr. Wir waren kurz vor neun in Rust und sind dann um acht Uhr am Abend zurückgekommen. Wir assen unterwegs noch etwas auf einer Autobahnraststätte.»

Keine Minute nachdem sie das Telefongespräch beendet

hatten, summte das Handy von Urech. Er öffnete das Foto, und sie sahen Schneider mit aufgerissenem Mund auf der Tiroler Wildwasserbahn. Die aufgedruckte Zeit auf dem Foto lautete: «10.24 Uhr».

Der erste Schuss ging ins Leere. Schneider hatte ein wasserdichtes Alibi.

57

«Und da waren es nur noch zwei», sagte Urech und blickte zur Wand.

Es verblieben Tanguy und Notter.

Die beiden antworteten nicht auf ihre Telefonanrufe.

Monti nahm das Foto von Schneider von der Pinnwand und schmiss es in den Papierkorb. Er fühlte sich wie eine Slalomstange, die man zwar leicht umknicken, aber nicht brechen konnte. Aufgeben war keine Option.

«Patt. Wir haben eine Pattsituation», sagte Lüscher. «Welcher der beiden ist der Mörder?»

Monti kratzte sich an der Stirn.

Urech stellte die Figuren wieder in ihre Anfangsstellung.

«Der schwarze Springer gehört auf das Feld b8, nicht auf c8», korrigierte Monti seinen Kollegen, der seinen Fehler umgehend rückgängig machte.

Monti nahm den Springer vom Brett und betrachtete ihn aus nächster Distanz, als ob er ihn küssen wollte.

Aus heiterem Himmel kam ihm ein Einfall, ein Detail, das er bisher übersehen hatte. Er sprang von seinem Stuhl auf. Ein weiteres Puzzleteil fiel in seine korrekte Position.

«Daniela, können wir die Fotos von den Tatorten noch einmal anschauen?»

Sie verband ihr Notebook mit dem 34-Zoll-LED-Flachbildschirm an der Wand.

«Kannst du die Fotos vom zweiten Tatort auf den Bildschirm laden?», fragte Monti.

Lüscher durchforstete die Fotobibliothek, während sich Urech einen Kaffee am Automaten holen ging.

«Stopp! Ein Foto zurück. Hier haben wir es.»

Urech trampelte herein und hielt zwei Kaffeebecher in der Hand. «Hier etwas Stärkung.»

Lüscher nahm ihm einen Becher ab.

Monti ging zum Bildschirm. «Kannst du den Ausschnitt mit dem Springer vergrössern?»

Lüscher adjustierte den Zoom, sodass der Springer nun im Zentrum des Bildes war.

«Der Mörder hat den Springerkopf direkt auf das Opfer – auf Aronowitz – gerichtet.»

«Und? Was willst du uns damit sagen?»

«Das wirst du gleich erfahren. Wir machen ein kleines Experiment.»

Monti nahm alle Figuren vom Schachbrett und setzte sie wild verstreut auf den Tisch.

«Peter, stelle die schwarzen Figuren in die Ausgangsstellung.»

Urech schaute ihn verdutzt an, aber folgte seinen Anweisungen.

«So korrekt?», fragte Urech.

«*Tutto a posto.*»

Sogar die Springer waren auf den richtigen Feldern.

«Und nun du, Daniela, positioniere die weissen Figuren.»

Lüscher setzte die Figuren auf ihre Ausgangsposition und blickte zu Monti. «Und nun?»

«Was fällt euch auf?»

Urech ging näher zum Bildschirm und betrachtete das Foto, Lüscher nippte am Kaffee. Sie sahen nichts.

«Schaut euch die Köpfe der Springer an.»

«Was ist damit?», fragte Lüscher.

Monti lief um das Brett herum und legte seine Zeigefinger

auf die beiden schwarzen Springer. «Ihr habt alle vier Springer mit dem Kopf geradeaus – in Richtung des Gegners – arrangiert, genau so, wie wir den Springer am Tatort vorgefunden haben.»

«Was ist daran so abnormal?», fragte Urech.

«Nein, das ist keineswegs abnormal. Ich mache das auch so, und ich würde behaupten, dass die meisten Schachspieler den Springer so aufstellen – der Täter auch.»

Sie schauten ihn fragend an.

«Das Aufstellen der Schachfiguren ist ein Ritual, das die meisten Spieler immer auf ein und dieselbe Weise vollziehen. Es drückt Vertrautheit und Gewohnheit im Unterbewusstsein aus, etwas, das man intuitiv tut, immer und immer wieder.»

«Ich verstehe nur Bahnhof», sagte Urech. «Was hat das mit dem Fall zu tun?»

«Wir werden nach Payerne gehen und dort das gleiche Experiment mit den beiden Verdächtigen durchführen.»

58

Das Endspiel begann: Viele Figuren respektive Verdächtige waren vom Brett verschwunden. Jetzt galt es, den Gegner matt zu setzen.

«Was zum Teufel willst du in Payerne machen?», fragte Urech.

«Notter und Tanguy spielen dort Schach am Bundesturnier.»

«Du willst die beiden verhaften?»

«Nur einen der beiden. Aber wir müssen zuerst herausfinden, welchen.»

Urech bedachte ihn mit einem kritischen Blick. «Um Himmelsgotts willen! Wir müssen doch beide umgehend verhaften und aus dem Verkehr ziehen – zum Schutz der Bevölkerung. Es sind schon genug Menschen gestorben.»

Wenn einer der beiden der Serienmörder war, konnte er wieder zuschlagen, und dann hätten sie aber so was von einer Zwei auf dem Rücken.

«Ich verstehe deine Sorge, Peter. Aber zurzeit spielen die beiden Schach, und das Turnier dauert bis morgen Nachmittag, bis dahin wird der Täter nicht zuschlagen.»

Urech kratzte sich am Bart. «Aber warum lassen wir die beiden nicht einfach von den Waadtländern verhaften und hier nach Zürich bringen?»

Sie könnten die Waadtländer Kantonspolizei um eine vorläufige Festnahme ersuchen und danach die Festgenommenen innerhalb von vierundzwanzig Stunden nach Zürich überführen, um sie zu befragen. Das hatte sich Monti auch überlegt, aber er hatte einen anderen Plan.

«Die Verdunklungsgefahr ist mir zu gross. Wir müssen einen Überraschungszug landen, der Täter muss sich selbst schachmatt setzen, sonst geht er uns durchs Netz.»

«Was hast du vor?»

Monti erklärte ihnen seinen Plan.

Urech lachte zuerst laut und bekam dann einen Hustenanfall.

«So einfach ist das», sagte Lüscher.

«Wenn man die Lösung sieht, ist jedes Rätsel einfach.»

Monti rief die Polizeikommandantin an, um sie über die kantonsübergreifende Aktion zu informieren, und er bat sie, die Waadtländer Kollegen zu kontaktieren. Dass der Leitende Staatsanwalt seinen Segen zur Aktion nicht explizit gegeben hatte, liess er unerwähnt.

Eine halbe Stunde später sass Müller auf einem Plastikstuhl am Besprechungstisch.

Monti trug seinen Schlachtplan vor, und sie spielten die beiden Grünfeld-Partien, die er gegen Hans Notter und Charles Tanguy gespielt hatte, auf dem Schachbrett nach.

Nachdem er den letzten Satz ausgesprochen hatte, starrten sie schweigend auf das Schachbrett, das in der Mitte des Tisches stand.

Müller atmete tief, bevor er die Stille durchbrach. «Herr Monti, wenn ich Sie nicht schon länger kennen würde, würde ich Sie sofort ins Burghölzli schicken. Sie sehen eine Fata Morgana. Sie bauen Luftschlösser. Sie konstruieren eine absurde, phantastische Geschichte.»

«Herr Müller, das sind die beiden einzigen Partien, in denen die Reihenfolge der abgetauschten Figuren genau der Abfolge bei den Morden entsprach, und der Geheimcode –»

Müller schüttelte den Kopf und unterbrach ihn. «Sie wollen die beiden auf fremdem Kantonsgebiet vernehmen und ...», er suchte nach dem richtigen Begriff, «... eine Art Experiment durchführen. Ich weiss gar nicht, ob die Strafprozessordnung so etwas vorsieht.»

Das tat sie bis zu diesem Zeitpunkt nicht.

«Nennen Sie es doch einfach eine Beobachtung, dann haben wir keine juristischen Probleme.»

«Sie sind ein Schlitzohr. Verstehe ich Sie richtig? Sie wollen die beiden zuerst beim Schachspiel beobachten und danach einen der beiden verhaften.»

«Ja, genau.»

«Das geht doch nicht!»

«Wieso nicht?»

«Sie können die beiden von mir aus zu einer Befragung auf den Polizeiposten hier in Zürich aufbieten, aber wir können doch nicht Schweizer Bürger verhaften, nur weil sie eine Schachpartie mit einer gewissen Zugfolge gegen den leitenden Ermittler der Kriminalpolizei Zürich gespielt haben und den Springer auf eine bestimmte Art auf das Brett stellen. Das ist doch purer Wahnsinn.»

Müller schaute Urech an. «Herr Urech, ich kann nicht glauben, dass ein bodenständiger Mann wie Sie einen solchen Plan unterstützt.»

«Warum nicht? Haben Sie einen besseren, wie wir den Täter dingfest machen?», fragte Urech.

«Die Nerven sind mit Ihnen durchgegangen, Monti. Sie lassen sich wieder einmal von Ihrem Gespür leiten. Sie haben sich verrannt.»

«Dieses Mal nicht, Herr Staatsanwalt.»

«Beweise. Wir brauchen *Beweise* und nicht wilde Vermutungen. Monti, Sie träumen, Sie haben eine blühende Phantasie, das attestiere ich Ihnen, Sie sollten als Produzent bei Disney arbeiten, aber nicht hier als Ermittler bei der Kriminalpolizei. Sie sind am falschen Ort.»

Monti fuhr unbeirrt fort: «Der Mörder spielt ein Spiel mit mir, und das muss ich nun gewinnen.»

«Und Sie spielen Kasperlitheater mit mir. Sie haben mir meinen freien Samstag ruiniert. Wenn ich die Polizeikommandantin wäre, würde ich Sie in die Ferien schicken. Sie brauchen eine Pause, eine Erholung, einen Neustart. Ihr Kopf muss mal so richtig durchgelüftet werden.»

Für einen Moment sagte keiner etwas, alle schienen ihre Gedanken zu ordnen.

Monti war der Erste, der sich wieder fing. «Wir müssen nach Payerne gehen und den Täter überraschen, sonst kann er sich vorbereiten und –»

«Und dann? Kennen Sie den Unterschied zwischen einer Verhaftung und einer Verurteilung?»

Natürlich kannte er den Unterschied. Nicht jede Verhaftung endete in einer Verurteilung. Der Weg von der Verhaftung zu einer Verurteilung konnte steinig sein, und wenn die Ermittler ihre Arbeit nicht sorgfältig vorgenommen und Verfahrensfehler begangen hatten, konnte ihnen ein Verdächtiger auf der Zielgeraden entwischen. Ob die Spuren und Beweise gut genug für eine Verurteilung waren, stand auf einer anderen Karte, das wusste Monti, aber er war sich sicher, dass er auf dem richtigen Weg war.

«Und haben Sie wenigstens eine Vermutung, welcher der

beiden der Täter ist?», fragte Müller. Seine Stimme wurde mit jedem Satz, mit jeder Frage lauter.

Das war der einzige Haken an der Sache, aber leider ein grosser, zumindest für den Staatsanwalt, der die Ermittlungen formal leitete.

Monti hatte zurzeit zwei Tatverdächtige, aber nur einer war der Mörder. Das Problem war: Er kannte den Täter nicht. Deshalb entschied er sich für einen Doppelangriff. Wie beim Schach griff man zwei Verdächtige an, einer würde sich retten können, und der andere würde fallen.

Müller schaute sie alle nacheinander an. «Darauf haben Sie keine Antwort. Wollen Sie eine Münze werfen?» Er stand auf, schüttelte den Kopf und verliess wortlos das Zimmer.

Als Monti ihn im Gang eingeholt hatte, sagte er: «Herr Müller, wir brauchen Ihre Zustimmung. Wir sind doch ein gutes Team, wir haben es immer geschafft. Vertrauen Sie mir.» Das war genau ihr Problem. Sie vertrauten einander nicht.

Müller lief weiter, und Monti folgte ihm.

«Sie spinnen, Monti.»

«Ich bin überzeugt, dass wir den Mörder fassen, aber ich brauche Ihre Hilfe.»

Müller blieb stehen und drehte sich zu Monti um. «Ohne mich.» Sie schauten sich in die Augen wie zwei Boxer vor der ersten Runde. «Ich mache mich doch nicht zum Deppen.»

«In der Waadt kennt Sie doch keiner. Wir werden die nötige Diskretion walten lassen, damit niemand ausserhalb dieser Wände von der Aktion erfährt.»

«Sie sind und bleiben ein Spinner. Sie bringen mich noch ins Grab.»

«Das wollen wir nicht hoffen.»

Müller blieb stehen und hob seinen Zeigefinger. «Wenn der Schuss nach hinten losgeht, dann mache ich Ihnen die Hölle heiss.»

Es war kein explizites Ja aus dem Mund von Müller, aber Monti interpretierte es als ein solches.

Das waren die letzten Worte von Müller, als er das Hauptgebäude der Kantonspolizei verliess.

59

Dreissig Minuten später waren Urech und Monti bereits am Fressbalken bei der Raststätte Würenlos auf der A 1 vorbeigedonnert. Das Tachometer des Subaru Impreza zeigte weit mehr als die zulässigen hundertzwanzig Stundenkilometer an.

Sie hatten noch eineinhalb Stunden Autofahrt vor sich, als eine Mitteilung auf Montis Smartphone eintraf. Die Polizeikommandantin hatte die Waadtländer Kantonspolizei informiert und um Kooperation gebeten, was diese umgehend zugesichert hatte. Der formale Teil war erledigt, jetzt wollte er die Waadtländer Kollegen über ihre Ankunft und das konkrete Vorgehen informieren, was Monti mit seinem guten Französisch, ein anderes positives Überbleibsel seines Stages im Wallis, ohne Problem erledigen konnte. Die Kollegen jenseits des Röstigrabens erwiesen sich als äusserst kooperativ, keine übertriebenen Formalismen oder lästigen Fragen. Die Polizei – dein Freund und Helfer. *Très bien.*

Während Urech über die Autobahn bretterte, schaute sich Monti die fünf Buchseiten zum wiederholten Mal an. Er verglich sie mit den Seiten seines Fischer-Buchs der neueren Auflage. Bis auf die angepasste Notation und die kleinere Schriftart konnte er keine Unterschiede zur Originalversion feststellen. Die Überschriften, der Text und die Varianten waren identisch. Er blätterte hin und her, drehte die Seiten, aber er kam zu keinen neuen Erkenntnissen.

Als sie von der Autobahnausfahrt auf den Kreisel vor dem Coop in Payerne fuhren, bremste Urech den Wagen abrupt.

«Was ist los?», fragte Monti.

Urech liess sein Fenster herunter und streckte seine Hand hinaus, als ob er nach etwas greifen wollte. «Das gibt es doch nicht. Mitten in der Stadt an der dicht befahrenen Hauptstrasse ein schöner grüner Flecken mit Rehkitzen.» Er zeigte auf den Park, wo fünf Rehkitze am Zaun standen, keine drei Meter von ihnen entfernt, wahrscheinlich waren sie hungrig. Füttern war jedenfalls verboten, wie Monti wusste, hatte ihn doch ein Wärter zusammengestaucht, als er das letzte Mal hier während des Bundesturniers vorbeigelaufen war und die Rehe gefüttert hatte.

Urech lachte freudig und schaute den Jungtieren nach, bis das Auto hinter ihm ein Hupkonzert startete und er seine Gedanken wieder auf die Strasse richtete.

«Das ist es!» Monti küsste die erste der fünf Buchseiten. Er fühlte, wie ein Fluss der Erleichterung durch seinen Körper schoss. Aller Druck fiel von ihm ab. Er boxte mit seinen Fäusten auf Urechs Oberarm.

«Verdammt! Was ist in dich gefahren?»

«Ich weiss, wer der Täter ist.»

Urech trat auf die Bremsklötze. Vollbremsung.

«Der Mörder hat einen Fehler begangen.»

Es war wie in einer Schachpartie. Man spielt eine schöne Partie, erhält eine aussichtsreiche Stellung, und dann verfällt man in eine kleine Unachtsamkeit, das ganze Kartenhaus bricht zusammen, und man geht als Verlierer vom Platz. Genau das war dem Serienkiller passiert.

Monti musste lachen. Er selbst war Zeuge, als der Täter den Fehler beging.

60

Urech stellte den Wagen auf dem öffentlichen Parkplatz vor der Festhalle in Payerne ab. Am Zaun, der ein Fussballfeld umschloss, war ein Plakat angebracht: *«Tournoi d'échecs»*. Sie waren am richtigen Ort.

Die Sonne stach vom Himmel, keine einzige Wolke weit und breit. Der Parkplatz war gut besetzt mit Autos, aber die fünfte Runde des Schachturniers lief noch, weshalb bis auf einen älteren Mann, der mit seinem Hund Gassi ging, kein Mensch draussen auf dem Areal war.

Monti erinnerte sich, wie er 2016 hier gemeinsam mit Tanguy zum Turniersaal geschlendert war und vier Tage später dessen Turniersieg mit einigen Gläsern Rotwein und einer Tessinerplatte auf der Heimfahrt im Zug gefeiert hatte. Der Bundesmeistertitel war der einzige Titel, der Tanguy dazumal noch in seinem Palmarès fehlte, dementsprechend ausgelassen war er nach der Preisverleihung gewesen.

Urech und Monti inspizierten die Umgebung, wo das Schachturnier stattfand. Sie wollten für alle Eventualitäten gewappnet sein, falls der Täter ihnen entwischen würde. Sie liefen das Gelände ab. Es war flach, mit wenigen breiten Wegen. Neben dem Fussballplatz und der Festhalle lag ein grosser Schulplatz mit Basketballfeld.

«Das ist der einzige Fluchtweg, der ihm eine Chance gibt», sagte Urech.

Sie gingen zurück zum Auto und fuhren zur nördlichen Seite der Festhalle.

Es war vierzehn Uhr fünfundvierzig.

Die sechste Runde begann in dreissig Minuten. Sie parkierten ihren Wagen in der Rue des Grandes Rayes, wo sie von ihren Kollegen der Waadtländer Kantonspolizei und der Gemeindepolizei Payerne, die ihre blauen Uniformen mit der Beschriftung «Gendarmerie» trugen, herzlich begrüsst wurden. Gleich ein Dutzend Frauen und Männer waren erschienen, sehr zur Freude von Monti, damit konnte eine Flucht – die er sowieso als nicht realistisch einschätzte – so gut wie ausgeschlossen werden.

Die Waadtländer Kollegen waren äusserst speditiv mit den

Formalitäten, die es brauchte, da sie nicht mehr auf Zürcher Kantonsgebiet tätig waren. Sie händigten Monti einige Dokumente aus, die in juristischem Französisch verfasst waren. Er überflog sie und tat so, als ob er sie studierte und verstand, bevor er seine Unterschrift daruntersetzte.

Monti tauschte sich kurz mit ihnen aus und erläuterte das Vorgehen, während Urech sich eine Zigarette genehmigte. Er wies die Kollegen an, bei den drei Notausgängen der Festhalle zu warten und die Fluchtwege im Auge zu behalten. Das Gebäude war ein Alptraum für einen Täter, der die Flucht ergreifen musste.

Die Polizisten teilten sich auf und stellten sich vor die Ausgänge rund um die Festhalle. Die Gendarmen mit den blauen Uniformen platzierte Monti an den Notausgängen, damit sie von den Zuschauern und Spielern nicht bemerkt wurden. Die Waadtländer Kantonspolizisten, Urech und er fielen in ihren zivilen Kleidern in der Masse nicht auf. Sie konnten Kiebitze sein, die die Partien der Schachspieler verfolgten. Trotzdem entschied sich Monti, dass er nicht zu nahe an die Schachbretter gehen würde. Notter und Tanguy sollten ihn erst nach Beendigung ihres «Experimentes» bemerken, damit es unter natürlichen Bedingungen durchgeführt würde.

Sie liefen rund hundert Meter, und dann standen sie vor der roten Wand, wo das Gemeindewappen und die weisse Schrift ihr Ziel waren: «Halle des fêtes».

An den Eingangstüren der Festhalle hingen von Kinderhand gemalte Türme, Springer und Läufer. Die Stadt schien im Schachfieber zu sein.

Monti fühlte, wie sein Puls stieg, als er die Halle betrat. Plötzlich waren seine Füsse schwer, als ob sie mit Blei ausgegossen wären. Viel lieber wäre er als Schachspieler hier gewesen, anstatt als Polizist Tatverdächtigen aufzulauern.

Als sie durch den Korridor liefen, grüsste Monti die beiden Verkäufer, die er bestens kannte, waren es doch immer dieselben, die ihre Bücher, DVDs und Schachbretter veräusserten.

Einer der beiden kam auf ihn zu, klopfte ihm liebevoll auf den Arm und wollte ihm ein neues Endspielbuch anpreisen. Er vertröstete ihn auf später, er wolle sich zuerst die Partien zu Gemüte führen.

An den Wänden hingen die Spielpaarungen der sechsten Runde und die Zwischenrangliste nach fünf Runden. Monti schaute kurz darauf. Tanguy war auf Platz zwei und Notter auf Rang drei auf der Tabelle. Sie hatten, wie zwei weitere Spieler, alle ihre ersten fünf Partien siegreich gestalten können und grüssten von der Spitze der Rangliste. Monti hatte bereits im Auto die Paarungsliste im Internet abgerufen, er wollte nur kontrollieren, ob sich nichts geändert hatte oder einer der Tatverdächtigen von dem Turnier zurückgetreten war, was beides nicht der Fall war.

Tanguy war an Brett eins mit den schwarzen Figuren eingeteilt. Notter würde auf der anderen Seite des Tisches an Brett zwei mit den weissen Steinen in die vorletzte Runde steigen. Beide konnten den Turniersieg aus eigener Kraft realisieren, falls sie die nächsten beiden Partien gewannen. Das Turnier versprach Hochspannung.

Sie öffneten die Tür zum Turniersaal und betraten ihn. Die Luft war stickig, etwas feucht, und die Temperatur musste deutlich über fünfundzwanzig Grad sein. Sie gingen in eine Ecke, von wo aus sie die Spitzenbrette sahen, ohne jedoch direkt im Blickfeld der Spieler zu sein.

Jetzt sah Monti einen Schiedsrichter zu einer der drei Türen gehen. Er drückte den Hebel nach unten, um sie zu öffnen, aber nachdem er sie einen Spalt aufgestossen hatte, stand schon ein Polizist da und nahm sich den *arbitre* zur Brust. Wenig später kam er wieder rein, schüttelte den Kopf und verriegelte die Tür. Keine frische Sauerstoffzufuhr für die Denkameisen an den Brettern. Die Polizei wollte kein Risiko eingehen und alle Türen geschlossen halten.

«The Final Countdown» lief. Die Veranstalter spielten immer ein Musikstück ab, es war das Zeichen, dass die Partien in fünf Minuten starten würden und die Schachspieler ihre Plätze einnehmen sollten. Die Spieler strömten an die Tische, fast vierhundert Teilnehmer vermeldete der Schweizer Schachbund, der das Turnier zusammen mit dem Schachclub Payerne organisierte.

Die Spieler sassen auf gelb bemalten Holzstühlen mit Metallverstrebungen und an Festbänken, wobei immer zwei Bretter auf einem Tisch standen. Moderne digitale Uhren waren im Einsatz. Auf der rechten Seite spielten die stärksten Spieler, die Kategorie Hauptturnier I, an schönen Holzbrettern, die mit Kabeln verbunden waren, damit die Züge automatisch auf einem Server aufgezeichnet und übers Internet live übertragen werden konnten, wie Monti Urech erklärte.

Notter betrat den Turniersaal. Er ging an den Tisch, wo das Brett Nummer zwei stand, reichte seinem Gegner die Hand und setzte sich. Er nahm einen Kugelschreiber und eine Colaflasche aus dem Rucksack, den er am Boden neben dem Tischbein verstaute. Er füllte sein Partieformular aus und kramte die Ärmel seines Hemds zurück.

Monti stockte der Atem.

Notter berührte die Figuren. Er rückte zuerst die zweite Reihe mit den Bauern aus, alle im Zeitlupentempo mit der rechten Hand. Im zweiten Schritt folgte die Grundreihe, wobei er die Figuren von aussen nach innen zentrierte, nun mit beiden Händen gleichzeitig.

Gespannt blickte Monti auf die beiden Springer. Notter drehte diese hin und zurück, als ob er damit ein Loch ins Brett bohren wollte, bis er sie endlich stehen liess.

Geradeaus. Genau wie am Tatort.

Die beiden Springerköpfe starrten direkt auf ihre Gegenüber. Verdächtiger Nummer eins hatte das Experiment beendet.

«Alles aufgenommen.»

Urech hielt ihm das Smartphone vors Gesicht.

Europe hatte die letzte Strophe gesungen. Die Musik verstummte, und die Spieler betätigten die Uhren und begannen die Partien.

Am Spitzenbrett blieb der Stuhl von Tanguy leer.

Sein Gegner, ein junger Teenager mit T-Shirt des Schachclubs Payerne, schaute sich um, zog die Schultern hoch und startete die Uhr. Er zog seinen d-Bauer zwei Felder vor, drückte die Uhr und notierte den Zug.

Tanguys Zeit tickte.

Es war still, nur wenn die Spieler ihre Züge ausführten und die Uhr drückten, hörte man ein Klicken.

Drei Schiedsrichter patrouillierten durch die Turnhalle und hielten sich bereit einzugreifen, falls es zu Regelverstössen oder Streitigkeiten zwischen den Spielern kommen sollte, was selten vorkam.

«Um Gottes willen! Wo ist Tanguy?»

Urech schaute sich im Turniersaal um.

Monti legte seinen Finger auf den Mund. Nichts hassten die Schachspieler so sehr wie Kiebitze, die Lärm machten. Er wusste, dass einige Spieler es vorzogen, ein paar Minuten später zu kommen, um dem grossen Strom an Spielermassen aus dem Weg zu gehen. Ex-Weltmeister Anatoli Karpow soll das gegen Garri Kasparow in den Weltmeisterschaftskämpfen gemacht haben, aber ohne Erfolg, konnte er doch keinen der Wettkämpfe gewinnen.

Urech flüsterte Monti ins Ohr. «Wo bleibt er? Seine Zeit läuft, das ist doch dumm.»

Der damit verbundene zeitliche Nachteil auf der Uhr hielt sich bei der Bedenkzeit von neunzig Minuten plus dreissig Sekunden pro Zug für die ganze Partie in Grenzen, dachte Monti. Er fasste es jedes Mal als arrogantes Benehmen auf, wenn sein Gegner mit Verspätung ans Brett kam. Das Reglement sah eine Wartezeit von dreissig Minuten vor, danach würde die Partie als verloren gewertet für den Spieler, der zu spät kam. Tanguy würde nie im Leben eine Partie auf diese Art verlieren. Im Verkehr konnte er nicht stecken, übernachtete er doch im Hotel La Suite, das gleich neben dem Polizeiposten vis-à-vis vom Bahnhof in Payerne lag. Zu Fuss war der Turniersaal für ihn in zehn Minuten erreichbar. «Geduld. Er kommt schon noch.»

Und tatsächlich erschien Tanguy fünf Minuten später am Tisch. Es schien, als würde er sich beim Gegner für seine Verspätung entschuldigen, bevor er sich setzte. Er füllte seelenruhig das Partieformular aus. Er drehte den Kopf und schaute sich um, als ob er bemerkt hätte, dass er unter Beobachtung stand. Er strich sich durch den Bart und sagte etwas zu seinem Gegner, wahrscheinlich *«J'adoube»*, damit er die Figuren zurechtrücken durfte. Die Bauern richtete Tanguy von innen nach aussen, er führte das Prozedere parallel mit beiden Händen aus. Er hob seinen Kopf und reichte seinem Gegner die Hand. Tanguy zog den schwarzen Königsspringer auf f6.

Dio mio!

«Verdammt! Und jetzt. Was machen wir?»

Urech schaute ihn verärgert an.

«Ich habe alles gefilmt, aber er hat die verdammten Rösser nicht berührt.»

Dieser Teil des Experiments war ein Flop. Die Figuren auf der Grundreihe hatte Tanguy nicht angefasst, sie waren bereits schön aufgestellt gewesen, oder er hatte es in der Hektik einfach unterlassen, sie zurechtzurücken.

Da sass er.

Der Serienmörder sass am Schachbrett und spielte seine letzte Partie.

Urech ging ein paar Schritte vor, als er bemerkte, dass Monti ihm nicht folgte. «Auf was wartest du noch?»

«Wir lassen die beiden ihre Partien zu Ende spielen.»

«Für einen wird es die letzte sein.»

Tanguy hatte nun das Kinn auf seine Hände gestützt, er war in Gedanken versunken, sein Gegner und er hatten die Eröffnung im Eiltempo runtergespielt. Im Mittelspiel begann sein Gegner mehr Zeit in die Züge zu investieren. Alle zweiunddreissig Figuren standen immer noch auf dem Feld. Weiss hatte die königsindische Verteidigung mit dem Vierbauernangriff gekontert. Jetzt musste Tanguy sich entscheiden, ob er den typischen Angriff am Königsflügel einfach unbeeindruckt weiterzog oder ob es besser war, den Verteidigungsmodus zu aktivieren.

Monti schaute kurz auf das zweite Brett, wo Notter etwas schlechter stand als sein Gegner. Er ging zurück zum Brett eins. Tanguy hatte sich für den Angriffs- anstatt den Verteidigungsmodus entschieden. Er überquerte mit seinem f-Bauer die Brettmitte und bildete nun einen Dorn in der gegnerischen Stellung. Eine pragmatische Entscheidung: Objektiv schien die Stellung ausgeglichen, aber sie war für den Weissen nicht angenehm zu spielen. Niemand mochte gegnerische Figuren in der eigenen Hälfte, schon gar nicht in der Nähe des eigenen Monarchs. Tanguys Gegner hatte nur noch zehn Minuten auf der Uhr, während ihm noch über fünfzig zur Verfügung standen. Unter Zeitdruck funktionierte das menschliche Hirn in der Regel schlechter, man begann Fehler zu machen, man sah Geister, man bekam es mit der Angst zu tun, anstatt die Stellung sachlich, neutral und objektiv zu betrachten. Aber Menschen waren halt nicht so emotionslos wie Computer – zum Glück, dachte Monti. Er blickte in Tanguys Gesicht und bemerkte, dass die Frequenz von dessen Augenschlag zugenommen hatte. Selbst er schien Nerven zu besitzen.

Am anderen Spitzenbrett nahte das Ende der Partie. Notter stand schlecht, und er schien sich seiner Stellung bewusst zu sein: Er zitterte mit seinem rechten Bein unter dem Tisch. Seinen weissen Figuren fehlte die Harmonie, Schwarz gewann durch einen einfachen taktischen Schlag im Zentrum einen Bauern. Notter versuchte noch durch einen Bauernsturm etwas Gegenspiel zu erhalten. Das Manöver blieb erfolglos, und Notter gab auf.

Sofort bildete sich eine Ansammlung von Kiebitzen um den Tisch, die mit Staunen den Gesprächen der beiden Spieler zuhörten, die im Flüsterton ihre Partie Zug um Zug analysierten, bevor ein Schiedsrichter sie anwies, ihre Analysen im dafür vorgesehenen separaten Saal durchzuführen, um die anderen Spieler nicht zu stören.

Monti schaute im Rücken von Notter den Diskussionen zu. Erst als die beiden Spieler sich die Hände gaben und sich voneinander verabschiedeten, schritt er ein. Er stellte sich Notter in den Weg, als dieser sich vom Stuhl erhob und seinen Kugelschreiber in der Jackentasche verschwinden liess.

Notter blickte ihm direkt in die Augen. Sie standen sich für einen Moment wortlos gegenüber. Monti gab vor, eine wichtige Frage zu haben, und führte ihn zum Notausgang auf der Nordseite, wo er ihn zwei Waadtländer Polizisten übergab.

Monti ging zurück ans Spitzenbrett. Tanguys Gegner brach unter dem wachsenden Zeitdruck und dem Raumnachteil zusammen. Tanguy hatte ihn mit seinen Bauern am Königsflügel erdrückt, der König hatte keine Fluchtfelder, war umzingelt von schwarzen Figuren, und das Matt war nicht mehr abzuwenden. Sein Gegner nahm den weissen König in die Hand und legte ihn verdreht auf das Schachbrett.

Aufgabe.

Tanguy rückte in der Rangliste auf Platz eins vor.

Monti näherte sich ihm. «Charles, du musst auf den Polizeiposten mitkommen.»

61

Zehn Minuten später standen die Polizisten und die beiden Verdächtigen vor der Gendarmerie, die in einem altehrwürdigen Gebäude untergebracht war, von dem die Waadtländer Flagge mit *Liberté et Patrie* hing. Gleich um die Ecke ragte das Wahrzeichen von Payerne über ihnen auf. Die Abteikirche stand leicht erhöht auf dem Place du Marché. Sie war das grösste erhaltene romanische Gotteshaus der Schweiz und wurde in der zweiten Hälfte des 11. Jahrhunderts errichtet, wie Monti von seinem letzten Besuch hier in Erinnerung hatte.

Der Polizeiposten verfügte über einen kleinen Schalter, der jedoch bei ihrer Ankunft nicht bedient war, ein Gemeinschaftsbüro, ein kleines Zimmer für Befragungen und einen Aufenthaltsraum mit einer Küchennische.

«Wir sollten uns einen Anwalt nehmen», forderte Tanguy und schaute zu Notter hinüber.

«Du brauchst keinen Anwalt. Das ist nur Geldverschwendung», sagte Monti und blickte Urech an, von dem er ein bestätigendes Kopfnicken erhielt.

«Wollen Sie einen Anwalt?», fragte Urech und schaute sowohl Tanguy als auch Notter an.

«Das ist nicht nötig», sagte Notter.

Tanguy schüttelte halbherzig den Kopf.

Zwei Gendarme führten Notter und Tanguy in den Aufenthaltsraum, wo sie nach Getränkewünschen gefragt wurden und ihnen ihre Rechte erläutert wurden und dass sie als Zeugen im Zürcher Serienmordfall befragt würden.

Im angrenzenden Gemeinschaftsbüro bat Monti Urech, die Befragung der beiden durchzuführen. Die Gespräche sollten getrennt voneinander und ohne Monti stattfinden. Sie wollten nicht riskieren, dass die Ergebnisse wegen eines Formfehlers respektive eines Interessenkonfliktes vor Gericht nicht zugelassen würden. So kurz vor dem Ziel durfte man nicht nachlässig werden. Müller würde ihm sonst den Hals umdrehen.

Es war wie beim Schach, man musste bis am Schluss konzentriert bleiben, sonst entwischte der Gegner und konnte remis halten. Bei Mordermittlungen gab es nur Sieg oder Niederlage, ein Remis existierte nicht. Entweder man fasste den Täter, oder er lief frei in der Gesellschaft umher.

Monti bat Urech, Notter und Tanguy nach den Geschehnissen vom Samstagnachmittag, 1. Mai im Clublokal zu befragen, wobei er ein Augenmerk auf die Gespräche im Anschluss an die Partien richten sollte, als die Spieler ihre Spiel-Analyse durchführten und Tanguy das Fischer-Buch suchte.

Urech hatte ihn verwirrt angeschaut und gefragt, was das zur Sache tat. Monti weihte ihn erst jetzt in seine Beobachtung vom 1. Mai und den daraus abgeleiteten Plan ein.

Nach dreissig Minuten war der Spuk vorbei. Urech kam mit den Ergebnissen der Befragungen der beiden zurück.

«Die Aussagen der beiden decken sich. Absolut identisch – keine einzige Abweichung, als ob sie sich abgesprochen hätten.»

«Das passt. Protokollieren und unterschreiben lassen.»

Zehn Minuten später hatten sie die unterzeichneten Gesprächsprotokolle der beiden in ihren Händen.

Monti spürte, wie sein Herz rascher schlug.

«Bringen wir es hinter uns.»

Sie betraten den Aufenthaltsraum, wo Notter und Tanguy unter der Bewachung von zwei Gendarmen Kaffee tranken und sich unterhielten.

Monti ging auf Tanguy zu. «Eine Frage hätte ich noch. Wo hast du am Samstag, 1. Mai, zu Mittag gegessen?»

«Im ‹Totò›. Das habe ich euch bereits gesagt.»

Monti lachte. Tanguy hatte das «Totò» mit dem «Amalfi» verwechselt.

«Charles, herzlichen Dank für die Aussage, du hast uns sehr geholfen. Du kannst gehen. Ich wünsche dir viel Glück für deine letzte Partie morgen Vormittag.»

Tanguy schaute ihn fragend an, verabschiedete sich und verliess den Polizeiposten. Er konnte sich nun in aller Ruhe auf die letzte Runde des Turniers vorbereiten, mit einem Glas Rotwein, da war sich Monti sicher.

«Herr Notter, wir verhaften Sie wegen fünffachen Mordes.»

Genau zwei Wochen nach der Niederlage am Schachbrett und dem ersten Mord war Notters Zeit abgelaufen.

Monti gelang nun doch noch seine «Petite Combinaison», wenn auch abseits des Brettes.

Game over.

Schach.

Matt.

62

Nicole kam aus dem Schlafzimmer, sie trug immer noch ihr Pyjama, während er bereits geduscht hatte. «Fabio, weisst du eigentlich, was heute für ein Tag ist?»

Er schaute sie fragend an.

«Sonntag», sagte er und blickte auf die Uhr. «Der 16. Mai.»

Sie sah ihn mit einem kritischen Blick an, als ob er etwas vergessen hätte. Er zuckte mit den Schultern. Ihr Geburtstag war es nicht, der war immer einen Tag nach dem Valentinstag, weshalb er ihn im Gegensatz zu Letzterem nie vergass.

«Heute vor einem Jahr hatten wir unsere Hochzeit geplant», sagte sie in bedächtigem Ton.

Ein Donner schlug in seinem Kopf ein.

Monti strich sich mit der Hand über die Stirn. Das Thema Hochzeit schwebte wie ein Damoklesschwert über ihm. Die Guillotine war noch nicht gefallen. Einmal rettete ihn sein Stage im Wallis, letztes Jahr war es ein heimtückischer bakterieller Infekt, der Nicole für Wochen ausser Gefecht gesetzt hatte.

Dieses Mal würde er dem ewigen Bund fürs Leben nicht entkommen, das war ihm bewusst.

«Sicuro.»

Zuerst eine kirchliche Zeremonie, auf Druck von Monti in einer katholischen Kirche, und danach wollten sie in der

«Krone» in Küsnacht, in der Gemeinde, wo sie als Kind aufwuchs, eine rauschende Party am See zelebrieren.

Monti blieb still.

«Aufgeschoben ist nicht aufgehoben. Wir sollten heiraten, bevor das Baby das Licht der Welt erblickt.»

Es war wie beim Schach, wenn die Bauern auf einen losgestürmt kamen und man sie nicht aufhalten konnte: Die Luft für den König wurde dünner und dünner.

«Was stellst du dir vor?»

«Wir machen alles so, wie wir es vor einem Jahr geplant hatten, aber das Fest machen wir im August oder im September.»

«Ist das für dich nicht zu anstrengend?»

«Kein Problem. Ich bin dann erst im fünften Monat, das kriegen wir schon hin.»

Da war er wieder, der Optimismus von Nicole. Sie hätte Unternehmerin werden sollen. Er war sich sicher, die Risikokapitalgeber hätten ihr das Geld nur so nachgeworfen.

Sie gingen ihre Agenda durch und setzten den zweiten Samstag im September als Termin für ihre Hochzeit fest.

63

Die Luft war angenehm warm in der Bäckerei, und es duftete nach Brot, das gerade aus dem Ofen kam. Monti liebte diesen Geruch, erinnerte er ihn doch an seine Kindheit, als er seine Mutter bei den Kommissionen begleitet hatte. Freitags hatte es immer frischen Zopf vom Bäcker gegeben, den sie innerhalb kürzester Zeit verzehrt hatten, meist mit selbst gemachter Zwetschgenkonfitüre und einer extradicken Schicht Butter. Cholesterin war damals noch kein Problem gewesen, zumindest nicht in ihrem Haushalt.

Er konnte es sich nicht verkneifen, Frau Baumberger zu

informieren, dass der Täter nun hinter Schloss und Riegel war.

Frau Baumberger bedankte sich bei ihm und begann laut zu klatschen, was dann zu einer Kettenreaktion führte. Die Leute in der Schlange hinter ihm taten es ihr nach. Richtig laut – wie im Flugzeug bei einer gelungenen Landung nach einem Flug mit heftigen Turbulenzen.

Frau Baumberger übergab ihm den Papiersack mit seinen Backwaren. «Sie sind ein Genie, Herr Monti! Das geht heute aufs Haus.»

Monti bedankte sich, nahm den Sack vom Tresen und lief an den Personen, die für ihre Brötchen anstanden, vorbei. Sie klatschten immer noch und schauten ihm bewundernd und anerkennend nach. Er nickte kurz, Worte brachte er keine heraus.

Als er draussen war, flog eine Taube an ihm vorbei, und er bemerkte, dass ihm eine Träne übers Gesicht gerutscht war, die er mit seiner Hand abwischte. Er war stolz und froh, dass die Leute die Polizeiarbeit schätzten. Man hörte heute oft nur das Negative, die Kritik, die Beschwerden, aber das Positive, das Schulterklopfen und das Loben, ging häufig vergessen.

Es tat ihm gut.

64

Als Monti die Küche der Wohnung betrat, sangen Il Divo «Nella fantasia». Ein Lied, das bei ihm immer wieder aufs Neue Emotionen auslöste, eine Mischung aus Trauer und Hoffnung. Das Stück wurde bei der Beerdigung seines Vaters gespielt, der viel zu früh einem Krebsleiden erlegen war.

Er erinnerte sich noch an jede Minute des Gottesdienstes und der anschliessenden Beisetzung. Die Frauen hatten schwarze Röcke, weisse Blusen und schwarze Schals getragen, während die Männer ausnahmslos in schwarze Anzüge gekleidet waren bei der Trauerzeremonie in Piazza al Serchio, wo sein Vater seine letzte Ruhe fand.

Nella fantasia io vedo un mondo giusto
Lì tutti vivono in pace e in onestà

In der Phantasie sehe ich eine gerechte Welt
Dort leben alle in Frieden und Ehrlichkeit

Wird es sie je geben? Eine gerechte Welt, wo alle in Frieden leben?

Wohl kaum.

Monti war zwar erleichtert, dass sie den Serienmörder, der fünf Menschen das Leben genommen hatte, hinter Schloss und Riegel gebracht hatten, wie er es Frau Baumberger versprochen hatte. Neben der Genugtuung machte sich aber auch etwas Melancholisches, etwas Bedenkliches und etwas Unangenehmes in ihm breit.

Der Täter hatte das Schachspiel instrumentalisiert und für seine Taten missbraucht und ihm so einen Bärendienst erwiesen. Das königliche Spiel genoss in der Schweiz ohnehin einen Dornröschenschlaf. Während zum Beispiel in Norwegen, das seit fast einem Jahrzehnt mit Magnus Carlsen den Weltmeister stellte, Schachpartien direkt im Fernsehen übertragen und von Experten kommentiert wurden, hatte auch die letzte grosse Schweizer Tageszeitung ihre wöchentliche Schachkolumne eingestellt.

Für einen kurzen Moment war das Dornröschen mit dem «Zürcher Schachmörder» aus seinem Schönheitsschlaf erwacht. Gerne hätte Monti aber darauf verzichtet. Er bekam viele Gesprächsanfragen von der Presse. Alle wollten ihn sprechen und die Details der spektakulären Verhaftung aus erster Hand erfahren.

Nicole riet ihm, diese Interviews zu führen und so seine Sicht der Dinge aufzuzeigen, um auch das Schachspiel ins richtige Licht zu rücken. Es wäre besser, mit den Journalisten zu kommunizieren, als ihnen das Feld zu überlassen, oft liege eine schlechte Berichterstattung am fehlenden Wissen der Reporter, das er – Monti – korrigieren könnte.

Aber er lehnte sie alle ab.

Monti fühlte sich müde, nicht physisch, aber im Kopf. Es war das eine, einen Mörder ausfindig zu machen, der einem unbekannt war, mit dem man keine Beziehung, keine Vergangenheit und keine Emotionen verband. Aber einen Mörder zu verhaften, der in der gleichen Szene wie man selbst verkehrte, das war für ihn psychologisch anstrengender. Die Vermischung von Privatem und Beruflichem führte zu einem Cocktail, der ihm nicht gut bekam.

Monti musste der ganzen Angelegenheit Tribut zollen, er nahm sich neben den Sizilien-Ferien zusätzlich ein paar Tage frei, um Abstand vom Fall und vom Schach zu gewinnen.

Er schrieb Tanguy, dass er bis Ende des Jahres kein Schach spielen wolle – keine SMM, kein Clubturnier, nicht einmal eine Blitzschachpartie.

Monti setzte sich zu Nicole an den Tisch. Sie füllte ihre Schale mit einer Portion Müesli auf.

«Hast du den Mietwagen reserviert?»

«Welchen Mietwagen?»

«Am Flughafen Palermo. Für unsere Sizilienrundreise.»

«Das mache ich gleich.»

Nicole hob den Finger.

«Die Ferien werden nicht verschoben, Commissario.»

«Nein, ganz bestimmt nicht.»

Noch nie hatte er Ferien so nötig gehabt wie jetzt.

Sie kam zu ihm rüber und gab ihm einen dicken Kuss auf den Mund.

«Alles wird gut, Commissario.»

«Ich weiss. Nun bin ich bereit, manchmal muss man zum Glück gezwungen werden, damit man es sieht und festhalten kann.»

Tod und Leben waren manchmal so nahe beieinander, das musste man akzeptieren. Sie gehörten einfach dazu.

Monti wusste, dass er die Vergangenheit ruhen lassen musste und nun die Zukunft mit Nicole und dem Baby geniessen sollte. Er strich sich über seine Narbe. Den Autounfall, bei dem seine damalige Freundin Viola und ihr ungeborenes Kind ums Leben gekommen waren, konnte er nicht mehr rückgängig machen, der gehörte einfach zu seinem Leben. Lass sie ruhen in Frieden.

Da er am Vorabend erst spät nach Hause gekommen war und Nicole bereits tief geschlafen hatte, konnte er ihr erst heute die Details von der Verhaftung des Mörders erzählen.

Schwieriger als die Verhaftung von Notter hatte sich anschliessend das Gespräch mit Müller gestaltet, den er vor vollendete Tatsachen gestellt und der der Sache zuerst nicht wirklich über den Weg getraut hatte.

Nachdem sie ihn beruhigt und die juristischen Formalitäten für die Untersuchungshaft von Notter erledigt hatten, hatte Urech darauf bestanden, dass sie zusammen etwas essen gingen, wobei das eine oder andere Glas Rotwein zu viel geflossen war.

Nicole hatte ihr Müesli schon fast leer, und im Kauen fragte sie: «Fabio, eines muss man dir lassen. Du hast Nerven wie Drahtseile. Weshalb hast du Notter seine Partie in Payerne fertig spielen lassen?»

«Ich wollte eine Wettbewerbsverzerrung für das Turnier oder einen Turnierabbruch vermeiden. Notter hatte schon genug Chaos angerichtet.»

Heute Morgen kämpfte Tanguy an Brett eins in Payerne um den Turniersieg. Ein zweiter Sieg bei einem Bundesturnier würde ihm guttun, nach all den Strapazen mit den Untersuchungen rund um die Schachgesellschaft, die ihm so viel bedeutete.

«Zum Glück hat Müller von diesem Detail nichts mitbekommen», sagte Nicole, die korrekterweise die Annahme traf, dass Urech und Monti dem Staatsanwalt diesen Umstand vorenthalten hatten.

«Sonst hätten wir einen sechsten Todesfall gehabt – er hätte sich einen Herzinfarkt eingefangen.»

«Mit dir und Urech zusammenzuarbeiten ist kein Zuckerschlecken für einen Paragrafenreiter wie Müller.»

Nachdem Monti sich ein Stück von dem Zopf abgeschnitten und wie in seiner Kindheit mit reichlich Butter und Zwetschengenkonfitüre bestrichen hatte, setzte Nicole ihre Befragung fort.

«Weshalb hat Notter gemordet? Was war sein Motiv?»

Monti nahm einen Bissen vom Zopf, der vorzüglich schmeckte, immer noch warm, innen weich und die Kruste knusprig, wie ein Bauernzopf eben sein sollte.

«Darf ich nicht mal in Ruhe frühstücken?»

«Zuerst musst du durch mein Verhör, Commissario.»

«Notter arbeitete seit fast vierzig Jahren für die Helvetiacom respektive deren Vorgängerorganisation. Er hatte dort seine Lehre gemacht, das Unternehmen war sein einziger Arbeitgeber, bereits sein Vater hatte zeitlebens dort gearbeitet. Er sei immer glücklich und dankbar für den Job gewesen, und er hatte sich mit der Gesellschaft identifiziert.»

Nicole biss auf ihre Lippe.

«Und dann wurde er Knall auf Fall wegen eines gescheiterten IT-Projekts entlassen.» Monti zuckte mit den Achseln. «Er fühlte sich als Bauernopfer für das misslungene Projekt und wollte sich an der Helvetiacom rächen, für die Ungerechtigkeit, die ihm widerfahren war, und ein Exempel statuieren: So könne man nicht mit einem langjährigen und loyalen Mitarbeiter umgehen. Das Projekt sei dem Projektleiter und dem Management aus dem Ruder gelaufen, aber dass man dann die Schuld ihm und ein paar kleinen Fischen in die Schuhe schob, ertrug er nicht.»

«So ein Psychopath.»

«Er fühlte sich hintergangen, fallen gelassen. Das waren

seine Worte. Und deshalb habe er auch am 1. Mai – am Tag der Arbeit – mit den Taten begonnen.»

«Den Frust kann ich nachvollziehen. Aber deswegen muss man doch nicht fünf Männern in den Kopf schiessen.»

«Nein, Mord bleibt Mord. Dafür gibt es keine Entschuldigung.»

«Manchmal finden wir etwas ungerecht, das andere Leute gar nicht als ungerecht empfinden. Die ganze Gerechtigkeit ist doch ein subjektives Konstrukt.»

«Un mondo giusto» hallte in seinen Ohren. Das mit der Gerechtigkeit war so eine Sache – eine Ansichtssache, wie so vieles im Leben.

«Eine Entlassung ist nie schön, für keine der Parteien. Eigentlich ist sie ein Resultat dessen, dass etwas schiefgegangen ist, meist auf beiden Seiten. Schuldzuweisungen bringen einen nicht weiter. Manchmal muss man auch eine Niederlage einstecken können, obwohl sie ungerecht erfolgt ist. Wir dürfen nicht immer alles so ernst und so persönlich nehmen.»

«Einfacher gesagt als getan. Wie würdest du reagieren, wenn die Polizeikommandantin dich morgen fristlos entlassen würde?»

Monti dachte lange nach. Er überlegte sich, ob er sich juristisch dagegen wehren würde, was er verwarf. Die Kommandantin hatte sicherlich zahlreiche Verfehlungen in seiner Personalakte gesammelt, die ihm zur Last gelegt werden konnten.

«Wenn du nicht mehr erwünscht bist – egal, ob der Entlassungsgrund gerecht oder ungerecht ist –, musst du weiterziehen. Die Vertrauensbasis ist das Wichtigste. Es ist wie Schlittschuhlaufen auf dem Zürichsee. Wenn die Eisschicht nicht dick genug ist, kannst du dir die besten und teuersten Schlittschuhe kaufen, es hilft nichts.»

Nicole nickte.

«Es sind immer die anderen schuld am eigenen Elend. Man muss immer einen Sündenbock haben.»

«Die Fehler bei sich selbst zu suchen ist am schwierigsten und am härtesten. Wahrscheinlich ist zu viel Selbstkritik sogar ungesund, und es hilft, eine Ausrede zu haben. Ich muss mal Dr. Blum fragen, ob es dazu Studien gibt.»

Sein Hausarzt konnte für alles im Leben eine Studie aus der Schublade ziehen.

Nicole schenkte ihm einen kritischen Blick. «Wie kam Notter überhaupt in den Besitz des Buches?»

«Das hat uns wertvolle Zeit gekostet, da wir uns auf die Schlüsselbesitzer fokussiert hatten. Notter war mit seinem Team im April zu Gast bei uns im Clublokal. Während einer Partie der Zürcher Mannschaftsmeisterschaft hatte er das Buch entwendet. Er war schon zigmal bei uns im Lokal, er wusste, dass wir das Fischer-Buch besassen.»

«Vor euren Augen? Das müsste doch jemand gesehen haben.»

«Nein, die Spiele fanden im vorderen Teil statt, dort, wo die Küchennische ist, und er muss sich, während die übrigen Spieler gedankenversunken am Brett waren, nach hinten zur Bibliothek geschlichen und das Buch eingepackt haben.»

«Das war riskant. Weshalb kauft er das Buch nicht einfach in einer Buchhandlung?»

«Er wollte, dass der Verdacht auf Tanguy fiel.» Das war das Perfide am Plan.

«Weshalb hat er die Kerzen am Tatort hinterlassen?»

«Es war ein Symbol: Das Licht des Lebens erlosch für die Opfer.»

«Woher hatte er die Waffe?»

«Die hat er sich im Darknet besorgt.»

Sie nahm die Karaffe in die Hand und schenkte sich ein Glas Orangensaft ein.

Nicole quetschte Monti wie eine Zitrone aus. Jeder einzelne Tropfen wurde aus ihm rausgesaugt. Er musste an den Journalisten denken, der ihm im La Stanza aufgelauert hatte. Im Vergleich zu Nicole war dieser Reporter eine Miezekatze.

«Was hatte es mit den Schachfiguren und den Buchseiten auf sich? Gab es den 770-Code an dich wirklich?», fragte Nicole kritisch. Einmal Journalistin – immer Journalistin.

Monti grinste. «Ich berufe mich auf mein Zeugnisverweigerungsrecht gemäss Artikel 169 der Strafprozessordnung.»

Nicole lachte laut. «Du hast dir das nur eingeredet. D. B. Cooper hat dich auf eine falsche Fährte geführt.»

Monti hob die Schultern und schwieg.

Tausende von Sätzen passten zur Gematrie von 770.

Oft redete man sich eine Hypothese so stark ein, dass sie einfach passen musste, obwohl man sie bei nüchternem Betrachten verwerfen musste. Aber manchmal musste man auch etwas ausserhalb des Rationalen denken, um ans Ziel zu gelangen.

«Hast du je daran gedacht, dass Tanguy der Mörder sein könnte? Oder hast du ihm vertraut, weil er dein Clubkollege ist?»

Monti überlegte. Er wollte seine Worte mit Bedacht wählen, als ob er vor einer Richterin am Bundesgericht aussagen müsste.

«Vertrauen ist wichtig. Aber Gefühle bringen dich in meinem Job nicht so weit, manchmal führen sie dich in eine Sackgasse, wo du nur schwer wieder rauskommst.»

«Commissario, jetzt einmal Hand aufs Herz, wann warst du dir sicher, dass Notter und nicht Tanguy der Mörder war?»

«Erst als wir an den Rehkitzen im Zentrum von Payerne vorbeifuhren. Notter beging eine Unachtsamkeit, die ich beobachtet hatte.»

«Nicht erst beim Aufstellen und Ausrichten der Springerköpfe?»

«Nein. Notter hatte den Fehler im Clublokal am 1. Mai begangen – vor meinen Augen, als wir unsere Partie analysierten.»

Nicole sah ihn mit weit aufgerissenen Augen an.

«Tanguy kam an unseren Tisch und meinte, dass Fischer

eine schöne Partie mit der gleichen Eröffnung gewann, und Notter wollte das Fischer-Buch holen, um die Partie zu zeigen. Aber das Buch, das war ja verschwunden.»

«Und …»

«Notter fand die Partie, die Tanguy erwähnte, im Internet.»

«Was ist daran so aussergewöhnlich. Du hast mir einst gesagt, dass alle wichtigen Schachpartien im Internet kostenlos abrufbar sind.»

«Das schon, aber Tanguy nannte weder den Namen des Gegners von Fischer noch das Jahr, in dem die Partie gespielt wurde.»

Nicole nickte anerkennend.

«Notter fand die Partie Keres gegen Fischer aus dem Jahr 1959 sofort im Internet. Er kannte die Partie, da er sie Stunden zuvor aus dem Fischer-Buch herausgerissen hatte und im Prime Tower auf den Bauch von Goldman gelegt hatte.»

«Dann kam dein Schachwissen doch noch zum Einsatz.»

Es war am Schluss vielmehr sein gutes Gedächtnis, dem Monti dankbar sein konnte.

«Was hättest du gemacht, wenn er nicht gestanden hätte?»

«Das wäre kein Problem gewesen. Das Geständnis brauchten wir nicht, um ihn zu überführen. Wir haben genug Beweise.»

«Du meinst, dass die Anordnung der Springerköpfe und deine Feststellung, dass er die Partie Keres gegen Fischer sofort im Internet fand, vor Gericht zu einer Verurteilung reichen würden.»

«Nein, wohl kaum.»

«Weshalb hat er dann gestanden? Er hätte die Aussage doch verweigern können.»

«Das tat er am Anfang auch.»

«Wie hast du ihn weichgeklopft?»

«Ich teilte ihm mit, dass wir seine Schuppenspuren an den Tatorten gefunden haben und dass er eine DNA-Probe abgeben müsse, die wir dann mit den Profilen am Tatort abgleichen würden. Da hatte er eingesehen, dass er auf verlorenem Posten stand, und gab seinen Widerstand auf.»

«Du hast geblufft, nicht wahr?»

Monti schüttelte den Kopf. «Die Forensiker haben an allen fünf Tatorten Tausende von Schuppenspuren gesichert, aus denen sie dann eine Unmenge von DNA-Profilen erstellt haben.»

Die Sisyphusarbeit der Spurensicherung zahlte sich wie so oft bei der Mordermittlung aus.

«Aber die können ja von vielen unschuldigen Menschen stammen, die sich in diesen Räumen aufgehalten haben.»

«*Certo.* Alle bis auf eines der DNA-Profile stammen von vollkommen unschuldigen Leuten. Aber eines der DNA-Profile wurde an allen fünf Tatorten gefunden. Und du kannst dir sicher sein, dass es Notters Profil war.»

«Eine Sache verstehe ich nicht. Nach den ersten Morden, als bekannt war, dass es der Mörder auf die Helvetiacom abgesehen hatte, würde ich als Helvetiacom-Mitarbeiter doch nicht mit einem entlassenen Ex-Mitarbeiter in einen Keller steigen.»

«Notter war äusserst gerissen. Er hat mit allen Opfern seit seiner Entlassung immer losen Kontakt gehalten, hat per WhatsApp mit ihnen kommuniziert oder hat sie zufällig in der Stadt getroffen und auf einen Kaffee eingeladen. Er ging sogar an die Anlässe für ehemalige Mitarbeiter. So hat er sich ihr Vertrauen erschlichen, und sie haben keinen Verdacht geschöpft, als er sie an ihrem Todestag getroffen hatte.»

«Das zweite Opfer wurde doch bei einem Fischhändler gefunden. Wie kam der dorthin?»

«Notter hatte bei dem Fischhändler einmal in der Administration ausgeholfen und sich eine Schlüsselkopie besorgt. Er hat Aronowitz nach dessen Referat aufgelauert und ihn mit der Waffe in der Hand in die Fischhandlung geführt.»

«Bereute er seine Tat?»

«Nein. Notter hatte kein schlechtes Gewissen. Er zeigte

keine Empathie, keine Schuldgefühle. Ganz im Gegenteil. Er fühlte sich als Richter, der die Gerechtigkeit wiederherstellte.»

Sie schwiegen einander an. Er schnitt sich ein drittes Stück Zopf ab, das er ebenfalls mit reichlich Butter bestrich, bevor er die Zwetschgenkonfitüre daraufschmierte.

«Bist du oder ich schwanger?» Nicole goss sich noch einen Orangensaft ein. «Möchtest du auch einen?»

Er nickte.

Sie hatten den Fall gelöst und die Helvetiacom von dem mordenden Phantom erlöst, aber ein Wermutstropfen blieb. Das Fischer-Buch der ersten Auflage, oder was davon übrig geblieben war, würde nie wieder in der Bibliothek der Schachgesellschaft stehen, hatte Notter es doch verbrannt.

«Wie hat Müller reagiert?», fragte Nicole weiter.

«Der hält mich immer noch für verrückt.»

«Er ist nicht der Erste, und ich muss gestehen, dass er nicht ganz unrecht hat. Er hält es mit Albert Einstein.»

Monti schaute sie an. «Was hat der denn gesagt?»

«Schach ist das Spiel, das die Verrückten gesund hält.»

Dank

Mein herzlicher Dank geht an:

Sie, liebe Leserin, lieber Leser. Ohne Sie macht das Schreiben keinen Spass. Ich hoffe, dass Sie die emotionale Achterbahnfahrt zusammen mit dem Commissario gut überstanden haben und das Buch und die Figuren Sie gut unterhalten haben.

Meine Frau Tina und meine beiden Töchter, die mich immer tatkräftig unterstützen, inspirieren und motivieren. Wenn ich eine Idee für einen Roman habe, führe ich einen Lackmustest durch, bevor ich viel Zeit ins Schreiben investiere. Der Test besteht darin, meine Frau restlos von der Handlung zu überzeugen. Als Vielleserin hat sie über die Jahre ein feines Gespür für gute Geschichten entwickelt. *Grazie mille!*

Meine Eltern, meinen Bruder und meine Schwester, die kräftig die Werbetrommel für meine Romane rühren. Gab es im Café Thalmann in Hergiswil am Napf früher um neun Uhr ein «Arbeiter-Znüni» bestehend aus Sandwich und Kaffee, so gibt es heute Gipfeli, Espresso und ein Buch.

Dr. med. Christian Issler und die Schachgesellschaft Zürich, dass ich den ältesten Schachclub der Welt in der Geschichte verwenden durfte. Der Club hat eine lange und erfolgreiche Geschichte. Leuten, die mehr darüber lesen möchten, empfehle ich, die Blaue Bibel: den Festband «Schachgesellschaft Zürich: 1809 bis 2009 – Eine helvetische Schachgeschichte in zwei Jahrhunderten» von Richard Forster zu erwerben oder einmal selbst im Clublokal in der Olivengasse 8 vorbeizuschauen. Christian ist mir als langjähriger Präsident der Schachgesellschaft Zürich ein grosses Vorbild: stets gut gelaunt, allzeit bereit für eine Blitzpartie und als Organisator von zahlreichen Grossmeisterturnieren weltweit bekannt in der Schachszene.

Florian Lüthi, der mich als erfahrener Polizist und Tatortfunktionär vom Forensischen Institut Zürich in die Geheimnisse der Kriminaltechnik einweihte und mir von den praktischen Herausforderungen bei der Spurensicherung berichtete, mit denen auch meine Ermittler zu kämpfen haben. Ein spezieller Dank noch einmal für seine Kommentare als Leser zu meinem Roman «Mord im Hotel Savoy», die ich sehr geschätzt habe.

Prof. Dr. med. Michael J. Thali, Direktor des Instituts für Rechtsmedizin der Universität Zürich. Er hat sich nicht nur die Mühe gemacht, mir zu erklären, wie viel Blut eine Leiche nach einem Schuss in den Kopf verliert. Ich weiss jetzt auch, wie man ein Henssge-Nomogramm ausfüllt, um den Todeszeitpunkt an einem Tatort zu schätzen. Er hat die rechtsmedizinischen Aspekte des Buches unter die Lupe genommen, damit die Leichen korrekt beschrieben sind.

Janine Mosimann von der Kantonspolizei Zürich, die mir als Juristin wiederum zahlreiche administrative Fragen beantworten konnte, damit der Roman eine Prise Realität erhält. Das hat dazu geführt, dass Monti sich an die gängigsten Prinzipien bei der Strafverfolgung hält.

Florian Frei, Dienstchefstellvertreter Mediendienst bei der Kantonspolizei Zürich, der täglich mit der Presse und Schriftstellern kommuniziert. Er hat mir das Prozedere erklärt, das die Staatsanwaltschaft initiiert, wenn ein Polizist von der Schusswaffe Gebrauch macht. Er hat mir klipp und klar erläutert, dass es undenkbar ist, dass die Polizei in irgendeiner Weise Einfluss auf die staatsanwaltschaftliche Verfahrensleitung nehmen würde, um eine Einstellung des Verfahrens gegen einen Polizisten zu erwirken. Meine Figuren wissen dies eigentlich auch. Wenn ein Arbeitskollege jedoch in der Patsche steckt, nehmen sie eine Abkürzung, trotz der Fahrverbotstafel. Ich hoffe, Herr Frei und seine Kollegen vom Mediendienst nehmen die kritische Haltung von Monti gegenüber der Kommunikationsabteilung nicht zu persönlich. In der Realität kommuniziert die Kantonspolizei nicht so aktiv wie in meinen Romanen beschrieben.

Bezirksrichterin Gabriele Ramer Jenny, die den Autor und Monti vor einem gravierenden Verfahrensfehler bei der Einvernahme der beiden Verdächtigen in Payerne bewahrte.

Stefanie Rahnfeld und Christel Steinmetz, die als Leiterinnen des Lektorats Kriminalroman bei Emons sich entschieden haben, auch meinen zweiten Kriminalroman zu veröffentlichen.

Den Emons Verlag und das ganze Team für das ausgesprochene Vertrauen, die reibungslose Zusammenarbeit und den angenehmen Umgang.

Irène Kost, die das Lektorat dieses Buchs gemacht hat.

Die Swiss Prime Site AG, die es mir als Eigentümerin des Prime Towers erlaubte, den Namen des höchsten Gebäudes in Zürich im Titel des Romans zu verwenden. Die Geschichte ist frei erfunden. Selbstverständlich wird der Prime Tower in der Realität viel besser überwacht als im Roman dargestellt, aber die Damen und Herren an der Rezeption tragen wirklich ganz feine Anzüge, ob die von Armani sind, entzieht sich meiner Kenntnis.